LONGUE MARCHE I
Traverser L'Anatolie

Bernard Ollivier

徒 步 丝 绸 之 路 I
穿越安纳托利亚

〔法〕贝尔纳·奥利维耶 著 徐晓雁 译

人民文学出版社
PEOPLE'S LITERATURE PUBLISHING HOUSE

著作权合同登记：图字 01-2023-1789 号

Bernard Ollivier
LONGUE MARCHE I: Traverser L'Anatolie © Éditions Phébus, Paris, 2001
Published by arrangement with Éditions Phébus, through The Grayhawk Agency, Ltd. Simplified Chinese translation copyright © 2023 by Shanghai 99 Readers' Culture Co., Ltd. All rights reserved.

图书在版编目（CIP）数据

徒步丝绸之路.Ⅰ,穿越安纳托利亚/(法)贝尔纳·奥利维耶著；徐晓雁译. —— 北京：人民文学出版社，2023
（远行译丛）
ISBN 978-7-02-018215-2

Ⅰ.①徒… Ⅱ.①贝…②徐… Ⅲ.①游记－作品集－法国－现代 Ⅳ.①I565.55

中国版本图书馆CIP数据核字(2023)第173212号

出 品 人	黄育海
责任编辑	朱卫净　何炜宏
封面设计	汪佳诗

出版发行　人民文学出版社
社　　址　北京市朝内大街166号
邮政编码　100705

印　　制　山东临沂新华印刷物流集团有限责任公司
经　　销　全国新华书店等

字　　数　185千字
开　　本　890毫米×1240毫米　1/32
印　　张　9.375
版　　次　2023年10月北京第1版
印　　次　2023年10月第1次印刷

书　　号　978-7-02-018215-2
定　　价　59.00元

如有印装质量问题，请与本社图书销售中心调换。电话：010-65233595

一九九八年四月，退休后第六天，无法从妻子过世的悲伤中自拔、儿女亦已长大成人的贝尔纳·奥利维耶，从巴黎出发，徒步前往孔波斯特拉①，以此决定余生将如何度过。行走了两千三百公里后，抵达终点。他回来时带着两个计划：帮助陷入困境的年轻人，通过远足重塑自身，一如他自己不久前的行动；还有就是继续行走在历史之路上。一九九九年四月，他着手徒步丝绸之路（一万两千公里），并于二〇〇〇年创办"门槛"协会，致力于帮助失足青少年，组织他们徒步远足，以此代替牢狱。

---

① 孔波斯特拉（Compostelle），西班牙古城，加利西亚自治区首府，是欧洲著名的朝圣地。中世纪时，由于地理位置偏远，孔波斯特拉被称为"世界的尽头"。——译注（本书脚注除特别注明外，均为译者注）

目　录

1　一　道路尽头的城市
16　二　樵夫哲学家
37　三　好　客
60　四　困　惑
86　五　康加犬
110　六　我来、我见、我……
132　七　一千公里大关
151　八　宪　兵
175　九　丝路驿站
197　十　妇　女
221　十一　盗　贼
250　十二　高原被困
272　十三　磨　难

一　道路尽头的城市

一九九九年五月六日

孩子们站在月台最后一次向我挥挥手。车站大钟的指针指向了出发时刻，火车带走了我。城市和它的嘈杂、灯火，渐渐远离。一闪而过的车灯刺破郊区别墅群的昏暗和乡村沉沉的夜。我终于出发，踏上丝绸之路的漫漫征途。

在我鼻子贴着车窗，目光追随窗外的光束陷入沉思之际，包厢里另三位退休乘客却兴奋不已。其中两位去度一场迟到的蜜月，三十五年来他们一直没有时间。那位妻子刚才对我说："开一家布列塔尼风味食品店，要花很多精力。"另一位独自旅行的女士，已经去过那座城市，这次是去看狂欢节，威尼斯的旅游旺季开始了。

我在走廊上待了很长时间，不想说话。我已经上路，踏上了这条让我梦寐已久的路。我觉得不让朋友们送我到站台是对的，在那些依依不舍看着我离开的人中，有一半肯定还会问我同样的问题：为什么要做这趟旅行？如果一个年轻人这么做，他们还能理解：为了追寻未来。然而作为一个靠谱的男人，退休后不在诺曼底精心打理他的芍药，却要背上背包，徒步三千公里，去一个出了名的危险地区，这么做真是不可思议。另一些欣赏我或羡慕我有漫长假期的朋友，他们的在场，对我也不见得是一种鼓励，万一我让他们失望了呢？

我从未怀疑自己计划的成功，此刻面对黑夜，依然如故。而据说重要的出发前总会伴随一点小小的忐忑，这是常见现象。

不管对前一种还是后一种朋友，我上百次重复过我的理由。我六十一岁，不上不下的年纪。我在政治领域而后经济领域的记者职业生涯，一年前业已结束。我的妻子，在经过二十五年我们共同的旅行和探索后，心脏停止了跳动，留下心碎的我，而今已经十年。我的孩子们也有自己成年人的生活，他们已经能体会到即使相聚我们仍觉孤独的焦虑情感。我是多么爱他们啊！他们和我，我们面对的是生命的浩瀚大洋，他们目前还只看到水面的浩渺无边，而我已经看见了要从哪里上岸。

幸福的童年和偶有波折的青少年，忙碌的成年：我经历了两段丰富、充实的人生，为什么要让这一切停下来呢？"那些为了我好的人"希望的是什么呢？希望我围炉夜读，守着沙发电视，漠然认命，等待衰老之手揪住我的衣领？不，我还没到那种时刻，我依然对相遇、对新面孔、对新生活有着顽固的渴望。我依然梦想着遥远的大草原，渴望风雨拂面，渴望不同阳光的烤灼。

而且，在过去的生命中我过于忙碌，从没时间像我身后包厢里那对食品店夫妇那样，可以唠唠叨叨一晚上。人们必须争取一席之地、努力工作学习，配得上自己的地位。我们总是在人群中被可笑的欲望推着走，不断向前，快了还要更快。整个社会还在加速这种不可思议的狂奔，在癫狂和焦躁的喧嚣中，谁还有时间从他的机器上下来，与陌生人打个招呼？在我的第三段人生中，我渴望缓慢和沉静，为一双涂着黑眼线的美目、为一截女人裸露的小腿、为一片薄雾笼罩的梦幻原野停下脚步,坐在草地上,迎着风,啃一块面包和奶酪。还有什么比徒步更适合这一切?世界上最古老的移动方式,也是最适合相遇的方式,确切地说是唯一的方式。我已看够了盒子中的文明与温室里的文化。属于我的博物馆是路途,是路上的行人,是村庄里的广场,是一碗热汤,是与陌生人共坐一桌。

去年是我"退休"的第一年,我行走了世界上最古老的徒步线路之一:孔波斯特拉朝圣之路。从巴黎到加利西亚,步行两千三百公里,背着背包,像头驴子。无与伦比的线路,充满历史与传说。清晨复清晨,我在尘土小路上磨损鞋底。这条路十二个世纪以来,指引着成千上万身怀信仰的人们。那七十六天中,我融化在见证过虔诚者穿行而过的风景里,我在同一道陡坡上挥汗如雨,嗅吸着同样的气息,踏在教堂同一些被他们粗粝鞋底磨亮的砖石上。如果说我并未在孔波斯特拉之路上寻找到信仰,却是满怀喜悦地归来,与那些拥有信仰、自远古以来在这条路上留下足印的人更加亲近。当旅途接近终点,被加利西亚桉树林熏醉的我,发誓要继续走我的路,只要我还有力气,就要在这世间的路上一直走下去。还有哪条路能比丝绸之路更令人向往、更激动人心、更承载历史?

在孔波斯特拉朝圣之路的尽头,我找到了新的道路——人类和各种文明经历过的路。就这么定了,我将沿着丝绸之路,从威尼斯到古代拜占庭,一直到中国,徒步徐行。因为我不想与亲朋好友、与日常生活隔绝太久,所以要把这趟行程分成几大段,每年走上三到四个月,亦即两千五百至三千公里。今年,一九九九年,我打算从伊斯坦布尔走到德黑兰。

不过,在背上行囊去伊斯坦布尔之前,我需要先呼吸几口威尼斯的空气——即便它有些湿霉——需要嗅一嗅牡蛎色潟湖的气息。明天早上我将抵达这座城市，七百年前，它见证过一个十五岁的年轻人，著名的马可·波罗，奔赴世界的尽头。

我钻进被子时，所有人都已入睡。我的背包就在我的枕边，它将是我唯一的旅伴，我就要这样奔赴那些寂静和梦幻的小径。三个月来，我满脑子全是地图、行程、装备、签证、书籍、衣服、鞋子……尽量做到有备无患。这些前奏曲占据了我的日日夜夜。

我终于在车轮与铁轨的晃荡声中渐渐入睡，脑海里浮现商队穿越大草原的画面，上百头毛茸茸的骆驼摇摇晃晃，缓缓前行。

列车悄然驶进还在沉睡的潟湖边时，天空露出鱼肚白。最初，只有教堂的尖顶刺破晨曦，接着整座城市呈现于眼前——仙女般的城市、巫女似的城市、行人的城市、基督徒的城市、异教徒的城市。得益于它繁荣的商业，尤其他发明的某种民主形式，这里很快住满贵族。这是一项重要的发明，因为当时的世界还只相信靠武力才能建立帝国。

威尼斯的财富来自丝绸之路。十三世纪初，拜占庭时代结束，威尼斯共和国的黄金时代开启。商人们追求财富的欲望无止境。威尼斯人建立新商行，开拓新商路，在神秘中国与大量需求香料、丝绸、纸张、珠宝的富庶西方之间，占尽天时地利。拥有强大舰队使他们占据了地中海的控制权，更幸运的是，通向东方的那条商道亦已畅通，六个世纪后被人称作"丝绸之路"。成吉思汗的继承者们保持的"蒙古治世"，使得这条商路十分可靠。没听人说即便一位处女顶着一碗金币从里海穿越到今日朝鲜这样的大片区域，都可以不用担心她的贞操和财富吗？在由亚历山大大帝建立并由鞑靼人确保安全的商路上，商业繁荣，藏在骆驼和牦牛背上的褡裢里的金钱，源源不断。

拥抱威尼斯，可以搭乘大运河的水上巴士，不过威尼斯的展现更仰赖人们步行穿过它阴凉的小街小巷。深入这座城市，亦是追溯时光。我迷失在各类广场中，遥想着丝绸之路带给我们最初、最美的奇遇之一：波罗兄弟的奇遇。也许他们就是穿过这个坚固大理石和易碎方砖铺就的广场，于一二六〇年的某个清晨，登上一条船，去遥远未知的国度寻找财富。

在忽必烈大汗的宫廷里待了九年后，他们返回家乡。他们让蒙古皇帝相信他们的宗教最出类拔萃，忽必烈因此给他们颁发了安全通行证。他们荣归故里不多久，又想着再次出发，要把那些野蛮的蒙古人改宗为基督徒，不过更主要是为扩充他们的财富。他们深知在太阳升起的地方，藏着多少财富啊，所以兄弟俩于一二七一年再次上路。尼古拉的儿子马可时年十六岁，失去了母亲，便跟着他们一起出发，先是走海路，然后骑马。伟大的旅程开始了。

直到二十五年后，即一二九五年，三个男人才重新回到威尼斯。这下可是石破天惊，大家都以为他们死了，分割了他们的遗产。马可，这个大嘴巴讲述了一万两千公里之外的辉煌世界。他说那里的城市有上百万居民，还吹嘘皇帝给了他上百万金币。这些听起来实在匪夷所思，如此荒诞不经，没人信以为真。大家嘲讽他，给他起了个绰号"马百万"。

我在城中漫步时，发现威尼斯不乏纪念其总督、音乐家、画家和诗人的地方，关于马可·波罗，我却什么也没找到。没一条小巷，没一处广场，没一块纪念牌，能让人想起威尼斯人中最出名的这一位。最近,威尼斯才做出补救,将他们的机场命名为马可·波罗机场,鼓励另一种旅行方式……距里亚托桥两步之遥的马可·波罗旧居早已毁于火灾,人们在原址上造了一幢砖砌的寒酸小楼。我在广场上徒劳地寻找着著名的马可·波罗早年旅行东方的一丝痕迹,仔细看了看之后,我终于找到了:这地方就叫"马百万"披萨店。

五月初的时节,游客已经蜂拥来到这座城市。他们在圣马可广场的鸽子群里转来转去,对广场所呈现的不可思议的平衡,大部分人都漠然不见。广场一侧,大教堂代表了教会权力;另一侧,总督府代表了公民权力。我们今天的文明,还能做到如此和谐地表达双重权力吗?我在城里游走,悠闲轻松,享受着远行前的美妙时光。我匆匆掠过科雷尔博物馆,我曾有幸欣赏过它丰富的藏品。最后,我终于找到了上次来此旅行时错过的航海博物馆。不过初次造访时这座城市给我的奇妙感受,这次已经不再。确实,我的心早已飞向了大草原。

萨姆松号是一艘巨大的土耳其邮轮,维系着每周威尼斯与伊兹密尔间的航线。停泊在港口的巨型白色船体,高浮于这座水城建筑物的屋顶之上。它正面的巨大舱门敞开,吞入岸上一辆接一辆大功率德国汽车的长龙。车里的东西从底座塞到车厢顶,这是土耳其劳工回老家去度夏,不打算把自己的汽车留在法兰克福或斯图加特的某个停车场。回到村子,这汽车就是他们公开的成功标志。

我与两个亚美尼亚人共享一个舱房,他们带回家两辆在法国买的大奔驰。在三天的旅程中,他们只在吃饭时才从床上爬起来,把几罐啤酒一直放在水槽里用流水冰镇。我很惊奇：为什么他们要到这么远的地方买这些汽车？年轻的那个，用含混不清的法语黑话，嚷嚷着告诉我说，我肯定想不到他们运送的是"偷来"的汽车。第二天，在说起另一些事的时候，我才明白他是在里尔……在监狱里学会了我们的语言。

在船尾甲板的酒吧，我坐在一把椅子上，努力辨认着附近的南斯拉夫海岸线。科索沃战争每天都在制造恐怖，晚上我们正进餐时，一名服务生大叫起来，我们顺着他的视线看：在漆黑的夜里，先是一道长长的火线，紧接着一道浓烟，昭示着一枚火箭刚从北约的军舰上发射，去完成它在塞尔维亚的死亡任务。

我在船上还遇见了三个法国人，都是跟我一样的银发冒险族。前企业主路易，牙科医生埃里克，两人都已退休。他俩是老朋友，每年会跟一群朋友出去，从热带地区到寒冷北部，经历过无数次冒险。今年，他们将骑自行车完成一系列征程，从路易的家乡阿韦龙省的加亚克村出发，计划于二〇〇〇年骑行抵达耶路撒冷。他们有着一堆从前旅途上的奇闻轶事等着绘声绘色地讲述，他们领略过半个世界，还一心想着去丈量剩下的半个。他们的故事唤起了我自己的担忧。跟所有旅行者一样，路易和埃里克唯有通过点缀他们旅途的种种考验、灾难、意外，才能记得起行程，仿佛旅行就是一连串的忧愁烦恼和折磨。旅行用它特有的方式让我们见识它，让我们随后笑得更开心。大多数时候，游记都这样写道："我的旅行精彩极了，证据：我三次与死神擦肩而过。"几年前，在出发去北极圈的火车上，埃里克的一只脚严重发炎。（我心里悄悄想：但愿我的双脚在路上能挺住……）还有一次，这两家伙在一座冰川的浓雾中迷路,差点掉进冰窟窿丧命。(我在心里想象着自己迷失在中亚的大草原;至于悬崖峭壁,在安纳托利亚和帕米尔高原,我会遇见上千座。而我跟他们最大的区别是:我独自一人。)

另一个法国人叫伊冯,是个身材敦实、下颌线条分明的布列塔尼人,水上航行的行家里手。他大半辈子在海上石油钻井平台工作,也是过着漂泊冒险的生活,并希望继续过下去。他要去土耳其的乔鲁姆,取回一条他终于有能力买下的十六米长的帆船。四十年来辛苦工作,就是为了实现驾驶属于自己的帆船去航行。这位有点疯狂的同行者让我心生好感,他也将独自一人,穿过地中海,然后北上大西洋,最后回到故乡布列塔尼。

被他们的叙说感染,我也讲述了自己的梦想:从伊斯坦布尔徒步到西安——西安,古代中国的皇家都城,因为二十五年前[1]某个人在打井时发现了"兵马俑",从而名震天下。伊冯,作为标准的沉默寡言的布列塔尼人,听着我的叙述没说一句话,但另外两位承认被我的计划惊掉下巴,这下子引起了我的担忧。如果连他们这样喜欢冒险的人都觉得我的旅程太危险,也许我该降低期望值,别再昂首挺胸,天真得像个菜鸟,以为面对世界的混乱,可以毫发无损……

从前,西方游客通常是初次出去闯荡的正经人家的孩子,在踏上按部就班的职业生涯之前,趁着还有时间,给自己来一场异域风情之旅。今天人均寿命的延长和六十岁退休,造就了新一批历险者。他们额头爬上皱纹,头发灰白,谨慎、坚韧、顽固,而且已经来到甲板上,准备实现儿时梦想。这之前,家庭责任、职业限制、

---

[1] 此处叙述的时间是1999年,25年前即1974年。当年3月,下和村农民在村南打井,井口刚好开在一号坑的东南角,兵马俑由此发现。

经济压力，阻止他们付诸行动，退休解放了他们。

萨姆松号是一个相遇之地，但它无数个角角落落也是孤独者的避风港。我躲在那里，思考着即将展开的独自远行。对于线路，我已有大的框架；对于体能，我有相当把握；但对于我的脑袋，对于这漫长道路上的思考，我要怎么做？我的思绪要指向哪里？我是要引导它们还是顺其自然？在出发去孔波斯特拉之前，我是带着一系列思考提纲的：今天我是谁？你所成为的这个人是如何形成的？是你所希望成为的吗？你保持了初心未改还是已然背叛了你的梦想？人生路上的妥协、被放弃的愿望又是什么？谢幕前，哪块石头放在哪堵墙上？这份令人生畏的数学大纲——我将痛苦做减法，将获益做乘法，将快乐做除法，计算结果证明我存在着——被可笑地运用于本体论问题，我们总想把一切纳入公式，遗毒非浅……但孔波斯特拉之旅改变了我。如果说寻求智慧，我还需要很多努力，那么我已经带着更轻盈、更悠闲、更顺其自然的心态出发。

行走可以承载梦想，但不适合建设性反思，后者更适合在冥想时进行，双目紧闭，身体靠在细沙软垫上，在松林的树荫下打坐。行走是动态、跃进、移动。在前行的过程中，人不断被细微变化的风景所吸引：飘浮的白云、拂面的清风、路上的水洼、麦田的塞窣、樱桃的鲜红；被刚割下的草垛的清香和盛开的金合欢花所打动；思绪纷飞跳跃，厌恶连续性的工作。思维采撷、收割着画面、感受、芬芳，藏于一边，等日后归巢时，将它们梳理，赋予它们意义。

在马达的轰鸣和船体的轻微摇晃中，我本可以心满意足地睡去，但是没有，反而一种隐隐的焦虑，趁着我无所事事之时趁虚而人。我没有进入梦乡，而是一刻不停地翻阅着我心头无数的问题，也许能在路上找到它们的答案。是否要走到这条道路的尽头，我才能明白推动我花上三四个月时间，独自一人奔向未知的这股力量，到底来自何处？我大致知道我为什么行走，却不知道我为什么迷失，因为从阿尔卑斯到我的家乡诺曼底，明明有那么多条标记清晰、安全已知的小路。难道我正在可笑地追随早已远逝的青春？即使我的身体宣告力不从心，至少我对这个问题有个答案。头脑可以撒谎一时，肌肉可是直截了当。

　　孤独在等待着我，我能战胜那些黑色深渊并掌控我的乐趣吗？我能提炼出孤独带来的种种好处吗？因为这份孤独并非一种逃避，而是自由选择的结果。它是我书写后续的写字板；是我将要种上光滑或带刺思绪的一片沃野，花朵只有在我回程后才会怒放。

　　但谁告诉我一定有回程？我投身于这场大冒险，无时不想到我的死亡。不久前，我还在想象死亡可能会在某天降临我头上，但今天我是确定。死亡会让我把这段旅程走到底吗？我知道疾病、意外、暴力，各种危险在觊觎着我。几人同行，大家尚可相互支持、相互帮助、相互鼓励、相互支撑。可以有犯错的余地，有短暂的脆弱。一切波折是暂时的、相对的。而在独自行走中，很少有第二次机会。

　　手撑舷墙坐在萨姆松号酒吧某个昏暗的角落，或坐在前甲板通风筒下面朝大海，我任凭丝丝焦虑袭上心头，并不去抵抗。我知道一旦我上路迈开第一步，它们便会烟消云散，随后等着另外的机会卷土重来。当这种典型的防御性抑郁变得过于强烈，我就去走廊和甲板见见新朋友或找找老朋友。

　　天色渐暗，我们四个爱冒险的法国退休老男人，迎风排成一排,欣赏着游轮通过令人震惊的科林斯地峡运河。运河陡峭狭窄的崖壁引得人们纷纷来到甲板,土耳其人也在船上迅速发扬他们的传统,谈天说地此起彼伏,热茶一杯接一杯,少有酒精或几乎没有。喜欢喝酒的人早就躲到侧翼的两个小酒吧里,舷窗透过的微光更适合品酒。

我是极少数步行的旅客之一,绝大部分乘客,不管独自一人还是一大家子,都是开车乘坐萨姆松号。我与一对瑞士—土耳其夫妇闲聊了许久,他们回丈夫的故乡度假。这位从瑞士理工大学毕业如今已经退休的工程师,大部分的职业生涯都贡献给了瑞士法语区的道路和桥梁。但从童年时期起,他对自己出生的村子就一直有着强烈的依恋。夫妇俩住在瑞士,但每年夏天,他们都要回到乡下去。

年轻商人雅鲁帕,和家人在巴黎地区经营一家服装厂,他把自己的汽车运回家乡。因为法国竞争过于激烈,他把制衣厂转移到土耳其,当然是到乡村。"法国一个工人的工资,我在那里可以雇十个人。"他说,他将坐飞机返回巴黎,为了工作也为了探望家人……他们几乎在那里重建了一个村子。因为为了能够生活在一起,所有的亲兄弟和堂兄表弟,都买了同一栋楼里的公寓,结果这栋楼从地窖到阁楼,都属于他们这个家族。

到了伊兹密尔,伊冯、埃里克、路易和我相互道别。我于当晚坐上一辆大巴,第二天一早到达伊斯坦布尔商业区的塔克西姆广场,去了一趟土耳其银行,我在巴黎开了一个这家银行的账户。我一走进去,柜台后的女孩子笑着相互碰了碰臂肘,她们都听说了有个神经不太正常的法国人要徒步丝绸之路。我不能排除路上被偷的可能,出于谨慎,我没有带很多现金。她们给了我一张封了塑膜的卡,我可以用它在一些大城市的自动提款机上取土耳其里拉。银行行长贾恩和助理穆罕默德,两人都会说我的语言,是在城里的法国学校学的法语。我的计划让他们很惊讶,更多还是担心。"您真的需要很多的运气。"贾恩在门口握着我的手说道。后来我在路上,经常想起他的这句话。

我穿过广场到附近的法领馆去登记一下,万一我发生不测(完全不排除这种可能性),至少在土耳其的法国当局知道我是谁、我在干什么。我不知道是否因为在戒备森严、暖气充足的办公室里公务员比较怯懦,或受他们所处理公务的影响,领事馆的工作人员不排除任何我将会面临的风险。他们向我解释说危险无处不在,听上去只有土耳其南方的热门旅游地区和卡帕多西亚一带,尚可一去。他们给我列举我将遭遇的种种危险:土耳其司机之于行人,是真正的马路杀手,还有小偷,以及库尔德工人党(PKK)成员的伏击,更不用说土耳其东部令人恐惧的康加牧羊犬。如果我相信这些警告,那我就该立即乘上反方向的萨姆松号。在威尼斯,唯一的风险就是卡布奇诺的价格比市场价贵很多。

这是我第二次来土耳其。今年年初,我对丝绸之路做了些研究,并认识了安纳托利亚研究中心主任斯特凡纳·耶拉西莫斯,他注释、介绍和再版了好几本有关丝绸之路的著作,尤其如马可·波罗的《寰宇纪》[1],伊本·白图泰的《游记》[2]。他还出版了让-巴蒂斯

---

[1] 原注:马可·波罗,《寰宇纪》(*Le Devisement du Monde*),发现(La Découverte)出版社,1998年。

[2] 原注:伊本·白图泰,《游记》(*Voyages*),共3卷,斯特凡纳·耶拉西莫斯注释并作序,马斯佩罗(Maspero)出版社,1982年。

特·塔维尼耶的两卷本回忆录①。后者是一名法国珠宝商人,写了一本十七世纪他在土耳其和波斯旅行的珍贵日记,事无巨细地记录了他途经的城市和驿站。我要追随他直到埃尔祖鲁姆②,这是他描写过的最为精彩的线路之一。这是通向东方的重要商路,从伊斯坦布尔出发,径直向东,经埃尔祖鲁姆直抵亚美尼亚,随后朝正南,通往波斯的大不里士。从那里,一条线路通向巴格达,另一条从南边绕过里海,北上布哈拉、撒马尔罕和中国。后者就是我明年要走的那一段。

正式出发前,我给了自己二十四小时的时间,是为了积蓄力量还是为了游览这座城市,我自己也不清楚。伊斯坦布尔如今是一座拥有一千三百万人口的超大型城市,是国家的经济和文化中心。它故意把第一角色——政治中心,让位于安卡拉。不过它仍然是土耳其最欧洲化的城市。这五月初的时节,城里气候温暖,却一直下雨。我在贝约格鲁街区,加拉塔萨雷小清真寺对面的拉戴斯餐馆用午餐,预演一下我将要一路遇到的场景:第一件事,先浏览一圈摆放的各种食品。无需会讲土耳其语或叫得出菜肴的名称,我用手一指一道我向来喜欢的冷热拼盘,还有看上去诱人的油焖茄子,那是我喜欢的另一道菜。我刚在一张桌子坐定,菜就端了上来。土耳其人经常做蔬菜炖肉,烹饪技术好,上菜又快。

吃过午餐,我在老城区闲逛,必须把我只走了不到三百公里的新鞋"磨旧"。在领事馆,一名女秘书提醒我防备那些难缠的年轻

---

① 原注:《土耳其和波斯的六次旅行》(*Six voyages en Turquie et en Perse*),让-巴蒂斯特·塔维尼耶,马斯佩罗出版社,1981年。
② 土耳其东部山区最大城市与军事要塞,埃尔祖鲁姆省省会。

人，他们通常会说不错的法语，尤其喜欢纠缠落单的游客。他们在大街或公共交通上跟游客套近乎，然后向受害者递上下过药的饮料或甜品，后者立刻昏睡过去，醒来后所有财物已被洗劫一空。在饮料里下药这种方法并不新奇，在丝绸之路上，强盗经常用来打劫商队。毒饮料最常用狼蛛毒来调制，而那些商人就再也醒不过来。

大巴扎后面的小路上，生活着一群卫生条件很差的穷人，估计我在那里不会遇到游客或游客的劫持者。我终于看见人们着手修葺几幢称不上豪华的奥斯曼风格木结构的老房子。到目前为止，只有托普卡比宫这一类的名胜古迹和一些宗教建筑才有这样的待遇。确实，伊斯坦布尔，更准确地说君士坦丁堡，并不具有商路上的垄断地位，历来只是其中一环。从某种意义上讲，这里是货栈兼收费站。然而，拜占庭却在政治上控制了所有地中海城市，从安塔基亚①到亚历山大②，组成众多的商路起点。所以丝绸之路不只有一条，而是很多条。

我也可以为留一点时间给朋友们。迪拉哈和拉比娅，两位在伊斯坦布尔法国学校上过学的年轻女子，讲一口流利的法语，很优雅地发着小舌音"r"；马克斯，一位巴黎音乐家，来伊斯坦布尔研究和演奏东方乐器，尤其萨兹琴（Saz）。在这里住了两年后，他有点难以回法国了。我们四人共进的这顿晚餐，是对我上战场前的饯行，让我在一头扎入大冒险和孤独远行前最后一次沐浴友谊。我们什么都聊，就是不聊我的旅行。出发近在眼前，骰子已掷出，我很感激朋友们把话题引向别处。而且拉比娅告诉我们她将要跟雷

---

① 土耳其南部城市，哈塔伊省省会，位于奥朗提斯河下游河畔。
② 埃及最大的港口，也是埃及第二大城市。

米——一个到伊斯坦布尔工作的法国人结婚。如果他们不久就结婚，我只能缺席婚礼了。

五月十三日至十四日这天夜里，我睡得很少也没睡好，天没亮我就已经醒来，起床。博斯普鲁斯海峡和金角湾的天刚蒙蒙亮，我就背上行囊出发，走进伊斯坦布尔空无一人的街道。我沿连接独立大道——伊斯坦布尔的香榭丽舍大街——与港口的斜坡路往下冲。途中，我向俯瞰着这片著名海湾的古老加拉太塔致敬。我马上就要到港口，坐船穿越博斯普鲁斯海峡，从土耳其欧洲一侧到达东方那一侧。当我从船上下来时，我将踏上亚洲的土地，也是我行程的零公里处。在我进入德黑兰之前，我有三千公里要穿越。

二 樵夫哲学家

苏哈迪纳号,负责连接博斯普鲁斯海峡两岸的一艘小渡轮,从欧洲一侧启航,迅速加入到一群渔船中间。这个时间点,船上乘客寥寥无几。一个胖男人,利用渡海峡的这几十分钟,继续他的睡眠,脑袋舒服地垫在他的双下巴上。阳光正费劲地穿透薄雾,在逐渐远去的欧洲那侧,几座翠绿小岛逃过席卷全城的粗暴城市化的劫难。皮埃尔·洛蒂[①]疯狂喜欢这片曾被叫作"斯坦布尔"的区域,他肯定不会欣赏它被现代住宅群侵占的样子。

我们上方,连接两个大陆的巨型斜拉桥上,驶过蚂蚁般成群结队的小汽车和卡车。大桥禁止行人通行,不允许从欧洲步行到亚洲。表面上是因为有些绝望的人翻过栏杆,纵身跃入博斯普鲁斯海峡,实际上则是把守大桥两端的军队,担心库尔德人会破坏这座代表了土耳其现代化的标志性建筑。

当渡轮在乌齐库达尔靠岸时,对岸的清真寺以及辉煌的托普卡比宫还笼罩在薄雾中。这一带就是一个巨型巴士站,一种简单的延续,因为这里一向为旅行服务。确实,从无法记忆的时代直到二十世纪初,出发去中亚的商队一向在乌齐库达尔汇聚。当商队头领判断商人和牲口的数目足以保证他的盈利和商队的安全时——一般在

[①] 皮埃尔·洛蒂(Pierre Loti,1850—1923),法国小说家,作品充满异国情调。

八百至一千头牲口,百来号旅行者——他便下令出发。

所以我决定从这里出发徒步,不过我还是允许自己第一次对这条古老商道不那么忠实。古老的驼队是从伊斯坦布尔亚洲一侧郊区出发,沿马尔马拉海岸,向东至阿达帕扎鲁。但这条路在二十世纪初被改造成大马路,后来变成高速公路。有点担心徒步会混杂于车辆的嘈杂和吸进大量汽车尾气,我选择绕道北上博斯普鲁斯海峡。如果说我的初衷是沿商道前行,不言而喻这更多是追随其精神,而非亦步亦趋。我并不想写一本地理或历史作品,而是更愿意随着一路跋涉,分享我的思考、感受,以及构成商队和商人日常生活的各种风险。而且我深信必定是在乡村而非城市,才能更接近曾经踏上这条道路的人,接近他们的气氛、传统及生活方式。所以我打算尽可能避开大路,但我会在传统的中间站寻找古老商道的痕迹,特别是驿站,那些客栈接待商队、旅人和牲口,提供食宿和安全。

如果说沿博斯普鲁斯海峡——黑海和马尔马拉海之间运河般狭窄的一段海峡——那条路不是高速公路,很遗憾它却承担了高速公路的车流量,我迅速陷入机动车的海洋。土耳其司机都火气很大,横冲直撞,喇叭按不停,左躲右闪避开凹坑,也不管路上到底有没有凹坑,他们构成了持续性的威胁。最终妥协的结果就是:行人能在这个国家活下来,是因为他们彻底接受手握方向盘的人在任何时候享有优先权。昨天晚上,我在伊斯坦布尔目睹一位老人被一辆机动车撞翻,司机把受害人狠狠骂了一顿,受害人竟然说不出一句话。很正常,这里开车的人才是国王,错的总是行人。虽说行人不该在马路上走,但伊斯坦布尔的人行道又窄又不方便,那该在哪儿走路呢?

当下，我决定逆行，这样可以正面迎对危险。我沿一段女儿墙小步前行，脚下海浪惊涛拍岸。我已下定决心，如果有汽车逼得我太近，我就跳到海里。卡车和汽车与我擦肩而过，发出急促的喇叭声。无法从两座高悬的大桥下穿过，第一座桥下方是军事禁区，围着带棘刺的铁丝网。荷枪实弹的士兵把枪横在胸前，脸上毫无表情，手指扣着扳机，警戒四周。一些牌子上写着：禁止拍照。我以后还会无数次看到这种战争画面。道路在某些地方稍稍离开海岸线，穿过一些被围墙和墙上牌子保护起来的住宅。牌子上的字不用翻译，每个行人都能看懂——"小心恶狗"。住在这些房子里的人应该是聋子吧，因为引擎的噪声让人难以忍受。被汽车和卡车包围和威胁，我顾不上欣赏风景。这启程的第一天，我小心翼翼缓步前进，双脚的感觉还不错，被背包带勒紧的双肩有点隐隐作痛。这一切都很正常，也是预料之中的。我的皮肤需要尽快适应。

我的背包确实有点重。在巴黎时我十次下手减行李，但背包本身就重两公斤半，我还带了近三公斤的书籍、资料和地图，如何能减下来？剩下的东西倒是不重，除了我身上穿的衣服，包里还塞了两件T恤衫、一条裤子、一双换洗的袜子，另有一条我特意选的轻薄裤子，因为天气炎热。事后我才发现这裤子有点透明，且被汗水浸湿后变得完全透明，所以我只能在中途休息时，晚上才穿。我有一个睡袋和一顶露营帐篷，还有一条救生毯，另外就是折叠小刀、牙刷、超轻便照相机等。在把包口的带子系上之前，我把所有东西又称了两遍，但无论如何减不到十二公斤以下。此外还要加上一个两升的水壶及最少量的食物：面包、奶酪和水果，总共十五公斤。

博斯普鲁斯海峡对岸，轰鸣的货轮划破水面，那些古老的防御工事保存完好。但海峡的景色（博斯普鲁斯原意为"奶牛的通道"）与两座巨大的斜拉桥及一根高压线很不相称，后者破坏了这里的风景。

走了十五公里左右，我应该右拐进入帕夏巴丘村。可是哪儿都不见指示牌，连最小的告示都没有，也不见指向城市或村庄的路牌。我必须停下脚步向当地人问路。下午一点，我在一家普通小饭馆停下，在没有伊斯坦布尔朋友翻译的情况下第一次尝试用土耳其语交流。效果肯定不尽人意，因为老板用手势打断了我，转身去找那位潜水员。潜水员是个矮个子男人，正在洗碗呢，不可思议地穿着一身西装，一尘不染的白衬衫，还系着领带。他用英语告诉我，他在阿尔巴尼亚是数学老师，他的愿望是移民法国，但人家拒绝给他签证。他在这里做潜水员，比在自己国家做教师挣得多很多。在喝完老板奉上的一杯茶后（在土耳其，餐后的茶水从来不收费），我继续上路。

像很多运动员面临重大比赛时一样，我也专注于我的机体。肋间有点痛，膝盖也有点痛，脚有点抽筋，我就十分紧张。实际上我很清楚这些现象正好说明我充满活力。在萨姆松号船上，我几乎每天检查双足，一切完好，但我还不太放心。再次上路，经过几个小时行走，我始终保持警惕，关注来自身体的哪怕极微小的疲倦信号，尤其来自双脚，那可是行走的资本。我在巴黎时在地图上为刚开始的几天规划了较短的路程，下午还剩六七公里要走，我打算在二十二公里处的古穆苏尤停下。行动第一天，这样规划比较明智。

可是右拐的那条道到底在哪儿呢？我向两个散步的行人打听，他们十分友好，提议带我到那条路上。他们领着我走了大约五百米……来到公共汽车站。可我问的明明是通向村庄的道路，不是问公共汽车。也许他们一秒钟都不曾想过我要步行这七公里，我有点想逗逗他们，用很蹩脚的土耳其语告诉他们，我的最终目的地是德黑兰。他们简直惊呆了，我不知道他们的目瞪口呆是因为我词汇量的限制，还是因为我说出的计划。我用另一种方式重复了我刚才的话，这回他们听懂了，他们立刻认为遇到了疯子。我从他们的眼神里看到强烈的怀疑，夹杂着同情、怜悯和警惕。从此以后，我尽量避免用轻佻的口吻说起我的计划。转身离去时，我还能感觉到他们投在我后背的目光。

几乎没什么进展，我依旧在原地打转，我问过的人都不知道古穆苏尤这个村子。这让我想起我在巴黎郊区徒步时，想找共和国街或法利埃总统街，从来没一个人知道。我的平均速度在直线下降，最终，我在一间仓库和生产玻璃瓶的工厂之间，终于找到了那条路。路陡峭地向上攀升，离开博斯普鲁斯海峡。走到半路，我发现计步器掉了。算了，以后我只能大约估算走过的路程。再说了，那玩意的嘀嗒声在旷野里也挺让人心烦的。而且那机器肯定没有调试好，计数不是很准确。我倒并非缺了它不可，甚至还觉得有点累赘。

道路两侧，几百座独立别墅正在建造中，由围墙或栅栏保护起来的这些房子，构成"群落"，很像堡垒的村庄，一种反向的隔离区。这种为生活优渥、享有特权的人建造的房子，在美国或非洲，是为了保护有钱人免受行人打搅。这儿和那儿都一样，房子入口有岗亭和保安。为了吓唬捣乱者，他们制服的颜色和式样模仿警察制服。在丘陵更高处，矗立着一排排钢筋水泥的高楼骨架，它们将很快迎来下等人的入住。伊斯坦布尔大区，如今汇聚了一千三百万人口，而且还将逐年增加。房地产商正欢欣鼓舞。

沿途，可见东一处西一处未完工的别墅，他们的主人通常住在底楼或二楼。再上面，墙砌了一小截，水泥柱生锈的钢筋直愣愣刺向天空。后来我才知道，只有当房子建造完毕后，才需要付房产税。所以人们就让房子处于未完工状态。

我来到漫长海岸的最高处，博斯普鲁斯海峡消失了。在山顶，路边有个小食摊，由一个小老头和他老婆经营。食摊很简陋，就是四根木桩上拴了一块塑料篷布。饮料放在冰箱里，靠两根偷电的电线连接到附近的一个电桩。我生平第一次喝可口可乐，当冰箱里只有这一种饮料，当我两升的大水壶已经见底，我还能有别的选择吗？下午三点半，我抵达古穆苏尤。村里没有旅馆，人家向我保证波兰镇上有一家，离此地约十公里。因为我一点不觉得累，那么就去波兰镇吧。

我在准备行程时遇到的困难，从第一天起就活生生呈现于眼前。我在地图上根据距离、海拔及假定的历史意义，把行程做理论上的分段。当然我也知道土耳其乡村没有任何接待设施，只有沿主要公路，才有一些相距甚远、专门接待机动车旅客的客栈。选择在乡村行走，事先我就知道每天或几乎每天，都要面对一些难以预料的情况。

房屋越来越稀少，我进入一片幽深的冷杉林，渐渐地它又让位于更热情的橡树。道路笔直向东延伸，攀上丘陵顶端，可见满眼无边的绿色。到了波兰镇，我在一道竖着十字架的大栅栏门前愣住了。穆斯林土地上的基督教十字架？原来这是座公墓，大门紧锁。

波尔斯卡旅馆客满,但有好几个家庭接受坚挺货币,为旅行者提供食宿。

一位金发碧眼的年轻女子,克里莎,经营着她的"罗拉小筑",可以为我提供晚餐、一晚住宿和早餐,共计一千万土耳其里拉。我承认使用五百万面值的纸币很让我震动。但在这个国家,一杯咖啡就要四十万里拉。多年来饱受二位数的通货膨胀率,人们很快就对这样的天文数字习以为常。一千万也只相当于区区一百六十法国法郎。上路第一天,我步行了三十二公里,比计划多出了十公里,我感觉全身疲惫,但夜晚正好可以一扫疲乏。

克里莎脖子上挂着一枚金闪闪的十字架,她不穿长袍不戴头巾,轻巧的服装,领口开得恰到好处。在我的整个土耳其旅途中,以后再也没见过一个女人穿戴得像她这样自由。她说土耳其语,但像这儿所有居民一样,她的母语是波兰语。她向我讲述了这座小镇的历史,1842年,阿卜杜勒·迈吉德苏丹在与俄罗斯的一场战争后,给了一群波兰人伊斯坦布尔郊外森林里的一块地方,供他们建立村庄。一个多世纪以来,他们从事林业,并在对故土的怀念中封闭地生活着。波尔斯卡旅馆之外,镇上几乎所有商店也都有个波兰名字。此地所有居民都是天主教徒,说着自己祖先的语言。最近十五年来,有些穆斯林土耳其人在这里定居。波兰人保留了信仰自己宗教的权利,有自己的教堂。但自从义务教育实施以来,镇上的学校只教授土耳其语。

床很舒适,土耳其-波兰风格的早餐也相当丰盛:面包、土豆、黄瓜、白煮蛋,还有一种很咸的白奶酪。这一切伴着热茶享用,茶盛在郁金香形状的杯子里。我已经有机会见识过土耳其人如何沏茶，他们对茶的需求量真令人惊奇。我看着克里莎为我泡茶：她使用一把双层子母壶，那样子跟俄式茶壶差不多。第一层空间最大，盛滚烫的开水；第二层放大量茶叶和少量水。茶就通过大容器的蒸汽保持温度，人们可以根据自己的喜好，灵活调节二者的水量以控制茶的浓淡。但注意了，这可是一门手艺。这里的人随时随地都在喝茶，茶壶从早到晚都放在炉子上。

我告别克里莎时，天已经亮了许久。心中有点不舍，离开一个受到热情接待的地方时，我总是会有点难过。我想到了从前先于我走在这条路上的商人，他们没有我这样的思绪吧。对他们来说，歇脚处不重要吧？抵达终点，顺利做完买卖，毫发无损地尽早回家，是他们唯一关注的事情。

我的第二段行程会很困难吗？昨天的路程走得我浑身肌肉酸痛。但天气晴好，一会气温该升高了。我兴冲冲踏上这条笔直得仿佛被大砍刀在橡树林里砍出来的大路。出于谨慎，我仍然沿公路左侧行走，但车流比昨晚要少一些。这里大卡车比小汽车多，在这条笔直的大路上，大卡车远远可见，咆哮着穿过周边的绿色植被。司机们都被路上这个驴子般驮着超重行李的步行者吓一跳，大部分人会放慢速度，使劲挥挥手。我认为那是一种表示友好的动作，便回以相同的动作。也有极少数人严厉地伸出手，示意我走到护堤上去。他们因看到一个步行者侵犯了他们的领地而愤怒，不会做出任何动作从贴着的路边让出一点空间，根本不管他们驾驶的是十吨或二十吨的庞然大物，我只有礼貌地躲开。这一天里，好几辆与我同向的卡车放缓速度，示意可以捎上我，更有两辆小汽车特意停下，邀请我上车。我都微笑着婉拒了他们的好意。怎能放弃攀爬这条笔直道路的乐趣呢？这可是我期待了好几个月的事。我又迎面遇到三个骑马的人，再远一点，有个白胡子戴黑帽的老农民半躺在一辆手推车的座位上，他的儿子很自豪地推着车。我们相互打了招呼，我们都是慢吞吞前行的步行者。那父子俩很显然对我充满了好奇，但他们没敢开口询问。而我，鉴于极有限的那点土耳其语，当下也避免与人交谈。

走了两小时后，我肌肉的热身已足够，让人忘记其存在。但摩擦使得我臀部和大腿的皮肤有烧灼感，还是有太多脂肪无处安放。我已经习惯于让身体去适应我强加给它的状况，我可以毫不扭捏地忍受一定的痛楚。掉几斤肉，多走几公里路，我这身皮肉就会变得愈加结实。而身体器官，在适应了头几天的考验后，也能各行其事。高强度行走最需要用到的那些肌肉，还未准备好承担我交给它们的重任。我在鞋里的双足，承担背包重压的双肩、胯部及背部，我的臀部和大腿会首先吃苦头，然后再被遗忘。昨天这样一天，意味着四万五千次左右的迈步，意味着同样次数的摩擦。鉴于我们长期定居的生活，我们的皮肤并未准备好一下子承受考验。但我的皮肤会逐渐适应。徒步的乐趣不是被授予的，而是需要去赢取，为此要遵循一些简单规则。起初，人的身体还一无所知，所以要尽量缓慢地引导它进入状态。操之过急会造成酸痛、损伤，并且每天的行走也会延长机体恢复的时间。对于每一块肌肉、每一处关节的把握在于我们自己。如果最初身体有些脆弱，机体会无视这种脆弱，它不会唉声叹气，而是修复、锻炼。某块肌肉营养不良、蜷缩、孱弱，它就去滋养它、为其供氧、使其柔软，直到达到平衡。如果这样的状态突然降临，那真是心花怒放、身心愉悦的时刻。徒步可以产生和建立一种和谐。

我在巴黎预计的是第二天小走十八公里,然后在萨鲁普纳尔停下。但因为昨天多走了十公里,我的时间被打乱,中午就到达这里。走出村子,我看到一家餐馆在橡树底下摆放着餐桌,一盆炭火预示着有美味的烧烤。我走上前想找个座位,但老板觉得我着实有些古怪,拦下我,把我带到远离其他顾客的一张桌子上。

确实,我的红色双肩背包、蓝色宽边帆布帽、塞满物品而变了形的上衣和裤袋鼓胀的短裤,让我看上去与众不同。在一个不修边幅会遭鄙视的国家,我邋里邋遢、令人震惊的样子更被我手里握着的棍子放大。我昨天进榛树林时削了一根棍子,它除了帮助我走路,更是打狗棒,恶狗可是徒步者的噩梦。在土耳其,人们多次对我提到康加狗,一种极其凶狠的狼狗,牧羊人用它来对抗狼群和狗熊、保护羊群。坐在这家餐馆露天座上的食客似乎都穿着制服,白衬衫、深色长裤,大多系着领带。最大胆的那些已经预见到今日姗姗来迟的大太阳,穿上了短袖。这个小世界显得循规蹈矩、正常、得体,每人都有车,停在隔壁停车场的树荫下。因为我没有车,有些人带着好奇看着我,有些则带着排斥。

我吃完了想吃的烤羊排后,态度软下来的老板过来搭讪。我看见他刚才与几个瞅着我的顾客在聊着什么,肯定是在谈论我,现在老板要满足他们的好奇心。我愉快地报复了他刚才的怠慢,对他的提问装作一句都听不懂。实际上他蹦出的几个土耳其语单词如"来自哪里""去哪里",我还是能辨别的。但是他不会知道我来自哪里、要去哪里,我的土耳其语只是用来问他,我在地图上指的一些村庄里有没有旅店。"有的,"他说,"在库穆鲁克。"

我心满意足了，背起行囊，放弃我已走了七八公里的伊斯坦布尔至希莱（Shilé）的大路。尽管没有路牌，但我几乎立刻辨认出了穿过森林往东而去的土路。我看中一块僻静的草地，走过去放下背包喘口气。不仅因为背包带勒得我双肩生疼，而且一出汗，腰带的摩擦折磨着我的胯部。午饭前我就感觉皮肤有点发烫，现在火辣辣地疼，肌肉也在休息过程中冷却下来。我快速检查了一番，有些地方磨破了皮，发红，备受折磨。休息了一个小时，我继续上路。髋部皮肤一碰就痛，但经过调节背包带的长度，我避免了摩擦那些敏感地方。

我从一个可以俯瞰绿色海洋般大片植被的小山冈往下走，突然一辆军用吉普从下方一条路上窜出，它本来打算拐上右侧的道路，此时骤然停下，我看见车上的人把头转向我的方向。几个月来我阅读到的、别人告诉我的，以及我离开伊斯坦布尔后的一路所见，都在证实一件事：土耳其军队十分强大，无处不在。别人告诉我说，不排除有些道路禁止你通行，你也会经常遭到检查。

吉普车熄了火，副驾驶上的那个人跳下来，倚靠着右侧的引擎盖，双眼紧盯着我。从他双手的位置，我猜他手中的武器瞄准着我。显然他的手指正扣着扳机，我稍有不慎，他只需稍稍抬起冲锋枪，让我出现在他的瞄准器中央。我尽可能表现出放松的样子，这反倒越发让我显得不自然。他们一共六个人，表情严肃。我努力挤出笑容，但笑得僵硬。我慢慢走到路的另一侧，正打算远离这些大兵时，司机座位后的那个人打开车门，示意我走过去。他是唯一不戴头盔、腰上别着一支手枪的人。所有人都穿着迷彩服，手里握着冲锋枪或步枪。我穿过马路，那个当官的冷冷地向我喝道"kimlik

（证件）"。因为我一看就是外国人，他又加了句国际语言"护照"。我从口袋里掏出证件递给他。

其中一名士兵问道："Do you speak English？"我说 yes，随后开始解释我来自哪里。然而他的提问已经耗尽了他全部的英语词汇，他根本听不懂我的回答。所以轮到我调动我所有的土耳其词汇。"我是法国人，"我用阿塔图尔克①使用的语言说道，"我在走丝绸之路，从伊斯坦布尔到埃尔祖鲁姆。"惊讶取代了警惕。今天早晨我自哪里出发？晚上要到哪里？他们什么都想知道。"波兰镇，库穆鲁克"，他们知道那地方，这让他们放下心来。最后，那位长官从护照上看到我住在巴黎，便露出了大大的笑容。另一个激动不已的大兵，重复着"巴黎，巴黎"。引擎盖右侧的那名士兵，也低垂下武器，没等长官吩咐，便回到了自己的座位。后排，一名下士示意一个士兵挪挪身子。他们指着挤出的空位，邀请我坐上去，他们正好要去库穆鲁克。我大笑着谢绝了他们。

"我走路过去！"

他们困惑，车开远了。我看着他们离去，随后一屁股坐在马路旁边，背包扔在草地上。五月的阳光真美好，我与可怕的土耳其军队的首次相遇，还算很不错。后来，我在下午又两次遇见这辆巡逻的吉普车，士兵们友好地向我挥手致意，我也友好地回应。

我下午五点抵达库穆鲁克。村子被树林环抱，低矮的房屋外墙沉闷，屋顶铺着失去光泽的红瓦。牛粪覆盖的泥巴路上，留下拖拉机轮子的印痕，时不时还有一两块水渍。唯有白色清真寺刺破这一

---

① 指穆斯塔法·凯末尔·阿塔图尔克（1881—1938），土耳其共和国缔造者，"阿塔图尔克"意为"国父"。

片灰色。从我一进村子，一群小男孩便跟着我、围在我周边，看着这个奇怪的外国人，带着好奇又有些惧怕。经过清真寺，我朝小广场上一家可怜兮兮的店铺走过去。一块堆放着果汁和黄瓜的搁板后面，一个三天未洗脸、胡子跟他的店铺一样肮脏的男人看着我。大门上方，写着几个扭扭歪歪的白色字母 bakkal（食品杂货店）。他警惕地回应着我的招呼。

"这儿的旅馆在哪里？"

"Otel yok（没有旅馆）。"

原来今天中午那家餐馆的老板对我瞎说的呀，真是一报还一报。现在我在这个村子里孤立无援，走了三十多公里后，双腿像灌了铅，夜里还没个住处。我早该想到这种可能性，现在只能自认倒霉。去哪里吃饭，哪里睡觉？我身上背负的重量决定了我没有带帐篷的遮雨顶，也没有带炊具，太重了。我手捧着字典，问围在我身边越聚越多、苍蝇般嗡嗡作响的孩子们：

"附近的村庄，有旅馆吗？"

"Hayir（没有）。"

两三个男人过来解围。一个男人命令孩子们不要围着我，他们只是后退了半步。所有人都在议论，出主意。经过一番我一句听不懂的长久讨论后，其中一个男人对我说在濒临黑海的希莱，有一家旅馆。

"很远吗？"

"不，就在边上。"

我看了眼地图，往北三十公里，也就是说还得步行一天。不过作为一名资深徒步者，我一点不惊讶。自从汽车统治了我们，距离的概念已经异化为开车时间。步行者要懂得辨认出"不太远""就在边上""十分钟"等这类词语的含义,这是汽车司机的判断。"十分钟",一分析,翻译过来就是十到十二公里,即两小时的步行。在法国,有人这样反应,我还能理解,但在私人汽车还相当罕见的土耳其也如此,这对喜欢缓慢节奏的人来说,倒是个值得思考的问题。

当我解释我没法走到希莱时,那些人立刻面露难色。我成了个烫手山芋,怎么甩掉呢?杂货店老板借口要卖樱桃,不再理会我的问题,其他成年人则建议我去下一个村庄。

"那里有旅馆吗?"

"没有旅馆。"

拥过来的孩子乌压压一片,一声声"What is your name(你叫什么名字)"机枪似的连扫过来。所有男孩都会向旅游者提这个问题,还会添上一句"My name is(我的名字是)"穆罕默德或穆斯塔法。大人们又接着讨论,拿我怎么办?一个先前悄悄离开了几分钟的男人,微笑着扯了扯我衣袖。他肤色黝黑,一看就是在田间劳作的人。短短的白胡须,乱蓬蓬的眉毛仿佛刷过一层墨,一顶花边小圆帽勉为其难地覆在他光秃秃的脑袋上。他告诉我他叫泽基,示意我跟他走。我听不懂他的话,但知道他在为我解决问题,便亦步亦趋跟在他敦实的身躯后,而我身后又跟着几乎全村人,年轻和年老的,推来搡去,议论纷纷。我必须谦虚地承认,今天我成了这里的焦点人物。靠近清真寺,一个男人带着热情的笑容,张开双手朝我走来。

"Welcome(欢迎)。"他用宽厚的嗓音说道。

我用英语回答，但他立刻用手势阻止了我。他的英语词汇应该同中午的那几名士兵一样贫乏。男人很强壮，深褐色的面孔上有着乌黑茂盛的头发、眉毛和胡须，婴儿般的健康皮肤。易卜拉欣是清真寺的阿訇，他带我走向一道楼梯，楼梯前几乎全村的人都聚在那里了，叽叽喳喳谈论着有关我的事。易卜拉欣、一名老年男子和我上到二楼。他们俩脚一蹬就脱去了鞋子，因为他们穿的是无带低帮便鞋或后帮被踩扁了的拖鞋似的鞋。而我不得不在我新朋友们的注视下，俯身吃力地解开大头皮鞋的鞋带。背上压着超重的背包，这可真是个费劲的动作。

我们进入一间相当宽敞的房间，宽大的落地窗可俯瞰全村。地上铺着地毯，架子上放着几本书，一个茶几和一张折叠式沙发，家具极少。易卜拉欣混杂着英语和土耳其语，向我解释这是他给孩子们上宗教课的教室，今晚我可在这里过夜。

泽基再次消失，回来时端上一盆冷的炸肉、一些土豆、一根黄瓜和一大碗酸奶。我连声道谢，掏出钱来，但他们请我放回去。有人给易卜拉欣拿来一本"实用"土耳其语-英语双语书，以方便跟外国人交流。在我吃饭时，易卜拉欣翻阅了好一会，只找到很少几个合适的句子，并且它们的使用效果仍然存疑。比如"修好我的汽车需要多久"或"我很乐意再来一点这道美味的甜点"。这样的句子很难让我和阿訇继续交流。折腾累了，我们还是回到肢体语言，还是求助于我的小字典。

我说希望参观一下清真寺。易卜拉欣同意了，但他做了个手势，一个年轻人消失了一会，几分钟后回来递给我一条厚运动裤。我不明白为什么，易卜拉欣指指我裸露的双腿，这副打扮是不能进入宗教圣地的。我赶紧从背包里掏出适用我这条短裤的护腿套,用拉链接上,重新穿上五分钟后又该脱下的大头皮鞋。实际上我是带了轻便拖鞋的,为了在休息时能够解放我的双脚。但我现在来不及从一堆杂乱无章的东西里找出来。

清真寺很大,地毯铺满整个地面,上面画着一些小小的长方格,如蜂巢的一个个穴,周五挤满祈祷人群时,可以指引虔诚者找到自己的位置。妇女的数量明显少得多,被安置在上方悬垂于大厅的一个小阳台上。阿訇对他的教区十分自豪,指给我看朝向麦加方向的壁室,他就是在那里引领大家每天祷告五次。旁边是一条长长的木楼梯,通向他每周五布道的台子。我对穆斯林的宗教实践一无所知,我很惊讶妇女们不能跟男子在同一层参加祷告。易卜拉欣耐心地向我解释道:如果妇女和男人处于同一层,当她们向麦加朝拜时,她们身后的男人可能会被升起的邪念打搅了心神。我的词汇太有限,只能把到了嘴边的问题咽回去,留待以后:那么身在阳台上的妇女,不会被从高处看到的无数屁股所困扰吗?稍远处,在一间极小的房间里,库穆鲁克的阿訇为我揭秘了他的扩音设备,他就是用这个喇叭每天五次召唤人们祈祷,而不用爬到宣礼塔顶上。鉴于他肥胖的身躯,爬塔本可以成为他了不起的工作成绩,很可惜现代技术剥夺了他的这种成就。

人们陪我回到村里客人借宿的地方。易卜拉欣临走前向我承认他是库尔德人,接着把还在我楼梯上打瞌睡的最后一个孩子赶走。我在沙发上铺开睡袋,下楼在供人祈祷前净手的水龙头下,猫抓脸似的洗了一把。然后在众人的目光下洗涤,或者说漂一漂我白天穿过的T恤衫、短裤和袜子。因为选择了极简行李,我不得不一路上在被汗水浸湿一套衣服的时候,赶紧晒干另一套。回到我的"房间",我察看了一下腰部皮肤,涂上红汞,让它们快点结痂。我的脚也有点痛,脚趾处的些许发红并不让我担心,但也许我错了。我躺下,立刻就睡着了。

根据徒步经验,我在巴黎需要花两个钟头时间找回平静才能睡着,而在这里,晚上十一点易卜拉欣召唤祈祷的大喊声也没能阻止我立即入睡。早上五点三十分,依然是伊斯兰唱经声将我吵醒。我穿上衣服,下楼到水龙头前漱洗一番,用冷水刮了胡子。我昨晚洗的T恤衫还有些潮湿、冰凉。我把它系在背包上,路上会晒干。

我离开的时候五点四十五分,天正好大亮。广场上,一个老头儿从清真寺出来,我听不懂他在说什么。但从他滔滔不绝的语气和富有表现力的动作,我猜他说的大概是这样:

"你这样做有什么意义呢?如果你真想旅行,买一辆像我那样的车——他指着那车:你已不是徒步的年纪啦。来吧,来喝杯茶……"

我朝他灿烂一笑,迎着初升的朝阳大步走去,朝霞为灰白的清真寺塔顶涂上一层红色。我穿过的第一座还在沉睡中的村庄,叫卡尔万塞("沙漠客栈"的意思)。可这附近没有或再也没有任何沙漠商队了。

走出村子,路边空地上有个简陋的露营地,十来个人在三顶帐篷间忙碌。其中两顶帐篷是用一张透明的塑料布绑在一些木桩子上。帐篷中央,一个上了年纪的老妇人在拨弄着火盆。其中一个男人看见了我,双手围嘴向我招呼道:

"Quel, tchaï(过来,喝茶)!"

我走上前。这群人中领头的男人朝我微笑，露出满是牙垢的牙齿。他找出一个坐垫，放到一个锈迹斑斑的金属架子上，郑重其事地邀请我入座。他儿子帮我卸下身上的大背包。稍远处一堆扎了一半的扫把，揭示了这个家庭的职业。这家人由三个男人、四个女人和一个婴儿组成。除了母亲，另三名年轻女子也生活在这里。她们年轻漂亮，戴着仅遮住头发的头巾，尽管生活条件艰苦，穿戴却很整洁，显然有着和男人相同的地位。这家的男主人出于对旅行者的友善，表示很荣幸能接待我。我在那里喝茶，度过愉快的半个小时，并拍了几张照片。很可惜他们没有地址，我无法将照片寄给他们。

太阳已升得老高，我多次遇到难以确认方向的情况。我的地图不够详细，而这里的十字路口没有指示牌，这已是一种规律。在一个茂密树林里走了两个钟头后，我彻底迷失了方向，完全不知道自己到底身处何方。我向一个农民打听如何去达鲁克，他指给我往南的方向，我现在应该处在北边的某个地方。他对我说了一大通话，我一句也没听懂。结果，我在地图上也没找到自己身处的位置，我怎么会偏离线路这么多？

完全出于偶然，我又走上了往北的道路，大约走了一个多小时，遇上一群正在野餐的伊斯坦布尔人，他们邀请我一起午餐。女人们都是欧式打扮，未戴头巾，从后备厢中拿出两张大桌布和各种食物。我们分两组吃饭，男人在一边，女人在另一边。他们都很热情，但是没法帮我确认我在地图上的位置，也无法指出去达鲁克的方向。因此，我再次盲目地走向树林。

在一块林中空地，樵夫们正在用电锯锯圆木柴，并将锯好的木柴装到卡车上。"请问去达鲁克的路怎么走?"一个男人回答了我,但他发现我几乎没怎么听懂,就去找在稍远处忙碌的另一名护林员。这个人放下手中的活计,擦着光秃秃脑袋上的汗珠走向我。他说他叫塞利姆,把他喊来的那位朋友叫穆斯塔法。作为周到的土耳其人,交谈比什么都重要。他们停下电锯,因为刺耳的噪声让我们不得不提高音量。我们在山毛榉树荫下坐下,穆斯塔法扯了几把蕨类叶子,为我铺了个舒服的坐垫。

塞利姆英文说得不错,声音温和、不急不慢。当他看见我的地图时,无声地笑了,这一笑露出了他掉光牙齿的口腔,只剩一颗蛀坏的虎牙。他说我的地图太老了,在此期间,人们修建了一个大型水库,为伊斯坦布尔提供直饮水。地图上标示的三个北边的村子已经搬迁到往南十五公里处,但依然保留了原来的名字。这就解释了我上午的"偏离"。不过后续并不轻松,我们的交流继续围绕着线路。朝东的道路已被切断,就是说我必须往南或往北绕五十公里左右一大圈,才能到我原计划今晚抵达的多赫门特贾厄鲁。这前景着实不妙。

"森林里应该还有路,"穆斯塔法试探道,由塞利姆翻译,"但你有可能迷路,这片林子太大了……"

"我出一点钱,村里有没有什么人可以给我做向导?"

两个人交流了几句,随后穆斯塔法用他的大手拍了拍胸脯。

"我,我可以带你走,不要钱。不过这之前,我必须装满我的卡车,至少还有一小时的活。"

他喝了一大口水,走回他的那堆柴。与我交谈的塞利姆越来越让我惊讶,他今年四十四岁,曾在部队待过十来年。为了做护林员，他离开了部队。他前额光秃，长着个大鼻子，胡子稀疏，给人沉静、热情友善又相当平和的感觉。在回答每一个问题之前，他会先沉默几秒钟。他会自嘲，常常带着无声的笑容，露出他唯一的那颗发黄的残牙。

"我喜欢护林员的生活，因为我热爱大自然。尤其是冬天的那几个月，我可以沉浸在阅读中。我对哲学深深着迷，所以从一月到三月，我醉心阅读，晚上去茶馆说服我的朋友们皈依美和逻辑带来的幸福。"他的眼睛里闪烁着智慧的光芒和会心的亲切。

"我很羡慕你，你可以实践逍遥派哲学，而我只能满足于阅读亚里士多德。"

话匣子一打开，他东拉西扯地跟我谈论起尼采、笛卡尔、柏拉图、黑格尔、海德格尔等。我善意地提醒他：

"可是生活中并非只有哲学，还有女人……"

"是，比如说圣女贞德，这是我理想中的女性。我要学习法语，这样就可以阅读所有关于她的文字，观看有关她的电影，还为了阅读阿拉贡。"

我简直惊呆了。

"你有孩子吗？"

"没有，我没有结婚。我是村里唯一的单身汉。"

"为什么？"

他笑了：

"也许因为我还没有遇到我的圣女贞德……"

穆斯塔法干完了活。我依依不舍地离开塞利姆，他重新开始干活。在我们走向森林深处时，他朝我使劲挥手道别。跟这两个知足乐天派男人的短暂相处，让我精神倍增。走在我前面的穆斯塔法，套了件T恤衫，勾勒出强健的身躯。森林无比美丽，林间小道在丘陵间延伸到无尽的远方。我的向导不时停下，指给我看某处风景。这是他的王国，他为此自豪。蹚过一条小河时，一些周日在白杨树底下休息的人邀请我们一起凉快一会。他们活得一点不着急。真是神奇的时刻，我闭上眼睛，享受时光。

我们终于走到水库最南端。穆斯塔法正在和我道别，一群士兵突然从一辆吉普上跳下。这回是宪兵，是专门负责反恐行动的特警。指挥他们的年轻军官衣服上别着"指挥官"标记，命令我出示证件，然后询问了我很长时间。他很感兴趣，想知道更多。刚才听过塞利姆翻译的穆斯塔法向他解释了我的线路的来龙去脉。我们在草地上坐下，在军官的要求下我掏出地图，指给他看我打算行走的线路。这个时候，其他军人则手里握着枪，在他们的汽车附近警戒。友善的森林沐浴着和煦春风，在这样一个美好的傍晚，这些全副武装军人的出现显得很不寻常。我继续赶路，走远后才停下来休息。我抬起头，发现一只乌龟正在斜坡高处瞪着圆圆的眼睛望着我。

你好，老兄。我告诉你，我们可不赛跑哦。

三　好　客

多赫门特贾厄鲁村名的音节非常丰富,而与之相反,村里的房子只有几间,清真寺就是间杂货铺。我在店里买些干果做储备的那一会,越来越多的孩子挤在门口,来看我这个外国人。在哪儿睡觉呢?杂货铺老板挠了半天头,最后宣布说他没有办法解决。我是个认命的人,就到隔壁的茶馆喝起茶来。肯定有几个孩子去通风报信了,一名自称小学老师的年轻男人过来坐到我桌子边,说他可以解决我的问题,并请我跟他走。我们在村民惊奇的目光中穿过村子,身后跟着一大群叽叽喳喳的孩子。我已经预感到这样的场景以后会成为常态。

在另一个小茶馆,小学老师把我介绍给胡赛因,后者在警察部队工作过,现在已经退休。六十来岁,灰白相间的小胡子,身形肥硕,戴一顶灰色帽子,穿一身咖啡色西装。他不怎么爱说话,只是用手势邀请我们坐到他身边。我的向导解释了一番我的处境,退休警察并没有发表我预计的长篇大论,这不是他的风格。那他今天晚上能接待我吗?

"可以。"

那些围观者就等着我的问题得到解决,他们终于可以抛出一百个问题,以满足他们的好奇心。伴着轻松的手势和表情,我试着在每个人坚持递上来的茶杯里慢慢喝下几小口,这算是一种交流。胡赛因离开去准备晚餐。随后他过来找我,指给我看浴室,我可以在那儿舒舒服服洗个淋浴,冲刷两天来的风尘。我跟胡赛因、小学老师及后来加入的小学老师的一名同事,一起享用的这顿晚餐十分愉快。年轻人对上了年纪的人表现出极大的尊重。等他们离开后,尽管我一再反对,我的东道主坚持把他的卧室让给我,自己睡到华丽客厅的沙发上。

　　第二天早上,我简单漱洗完毕,系上背包袋口的带子,去敲他的门。他出门去了,我想我肯定能在昨天的那个茶馆里找到他。我带上门出去,但我没有找到他。我折回,又等了一会。后来我就在一张小纸片上写了几句感谢的话,附上一张五百万里拉的纸币作为食宿费,一起从门缝里塞了进去。

　　当天下午,有个土耳其人向我解释说我犯了一个巨大错误,胡赛因会感觉受到了侮辱。我的行为有违土耳其人好客待人的传统。在穆斯林的土地上,在家里接待旅人并给予最好的招待,是信仰者的一种义务。他给我解释道,对一个好的穆斯林来说,好客(missafeurperver)意味着你的客人(missafeur)即旅行者有权得到各种照顾。你的房子就是他的,你应该与他分享食物。这些善行的报偿将会在安拉的国度里得到。将旅行者拒之门外,是一名虔诚教徒所能犯下的最糟糕的罪行。我心想在我们温带的好气候下,也应该向他们学习。

　　天空飘起喜人的毛毛细雨。我脚痛,当你的脚趾占据全部思绪时,灵魂会怎么样?事实上就是不怎么样。昨天早上发现的小红点,正越来越严重。昨晚洗澡时,我看到脚趾有块擦伤的皮肤,今天早上两个大拇趾各形成了一个小脓包。如果感染加重,我的徒步计划面临严重推迟的危险。可我手头除了处理水泡的膏药，什么也没有。有那么一小时左右，我感觉很不舒服，过了一会，这种感觉消失了。

这里的风景让我想起上卢瓦尔省，道路伸入到炫目的山谷，河流在谷底蜿蜒。每当坡度陡峭，爬坡的艰难加重我鞋子的折痕，不适感重又出现。中午，在一片榛子树荫下，我脱下鞋子，发现两个小脓包已破，周边的皮肤受皮革上千次的挤压，已经发红、肿胀、破裂。我用瑞士军刀上的小剪刀把死皮剪去，人们对这种便携式瑞士军械的赞赏是否已足够？我用手头仅有的东西，两块纱布和瓶底的一点红汞，处理了一下伤口。

我再次遇到辨别方向的巨大困难。我手上这份一比五十万的地图不怎么管用，主要是不精确。可是如果我相信地图下方的注释，这份地图是一家德国企业和土耳其国防部的合作成果。不用怀疑，肯定是土耳其军方的小伎俩，用以阻止任何入侵的企图。地图上有些指引，干脆就是错误的。我就是这样来到一个地图上标记就在大路边而且破天荒还有路牌，实际却位于一条死路尽头的小村子。我白走了两个多小时，只能折回去。当然我也得到了某种补偿，我跟一名叫艾哈迈德的木匠聊了一会天。他的眼睛笑眯眯的，告诉我他靠制做木勺和木叉为生。他一边和我说话一边磨着一把小锛子，时不时用拇指试试锋口。他肯定可以用手中的玩意刮胡子——他长着一把短胡须——它们实在太锋利了。

在森林里，我看到堆得有两层楼那么高的巨大木材堆，用来烧炭。我在边上绕了一圈，没有发现一个烧炭人，我很想让人给我讲讲烧炭的过程。雨下个不停，我不得不披上雨披。我穿过一个小村庄时，有个年轻人朝我走来，跟我搭讪，跟在我身后亦步亦趋。我想着走出村子他就会离我而去了吧。但他就是一路跟着我，一、二、五公里。他不怎么说话。我们走过另一个村子，这下他该放开我了吧？可是不，他继续跟着我，尽管他的衣服已经湿透。偶尔他也会问我，我包里有什么。

他从衣袋里掏出一个小瓶子，向我保证说里面装的是神奇药水，只要我喝几滴，就再也不会感觉疲劳，我终于明白他到底想干什么。他啰嗦了很久试图说服我喝下他的神奇药水，但实在缺乏说服力，因为很明显他跟不上我的节奏，尽管他身上没有背东西，却已经汗流浃背。我建议他可以自己喝两口，我又想起在伊斯坦布尔人家告诉我有人引诱游客吸毒的事。绝对不能碰他的小瓶子，首先我害怕别人的阴谋诡计，而且我最痛恨兴奋剂，不管什么种类，都是作弊。当我们来到卡拉雷小镇时，我看到一间药房，我建议他和我一起去。我对他说药剂师会对他的小瓶子感兴趣，因为这是种神奇药水。我的话是否有某种神奇魔力？肯定有，因为那家伙就像幽灵般消失不见了，以后我再也没有见到他。

药房学徒看到我双足状态后大骇。确实，我的感染进展很快，右脚又有两个脚趾开始发炎。上来两名药剂师帮我处理，处理结果很符合我的预期。经过一番简单包扎，我的脚趾变成一排整齐的木乃伊似的布娃娃。我很高兴，谢过他们，顺便还想买一小瓶90%的酒精。可药店只有半升装的大瓶，我只想要一小瓶，放在背包里比较轻。他们找隔壁商店的老板求助，他找到一个小瓶子。听了我的故事后，他要送我一个巨型圆面包，足有一公斤重的一大块奶酪和一大瓶差不多重的蜂蜜。我费了九牛二虎之力婉言谢绝，可是他听不懂。实在没有办法，我只好请他称一下我的行李。他被我行李的重量说服，终于接受只给我一大块涂了黄油的面包，及先前食物的四分之一。贴心的药店老板为我准备了一小瓶酒精，外加一小瓶碘酒和一些纱布。他拒绝收我的钱，还为我仔细画了一张详细地图，我跟着地图走，就能找到我今晚打算过夜的那个村子。

我的双脚焕然一新，我在照亮乡村的春日艳阳中重新上路。在一片临湖的翠绿迷人山坡上，我停下脚步，与一个很老很老的农夫聊了起来。饱经风霜的艾哈迈德，一整年都在沿路的草坡上放牧他唯一一头牛，让它吃饱喝足，那是他最值钱的东西。我们交流了几句，他接受我给他拍张照片。

多汗吉拉是个非常贫穷的村子，唯一一条道路的两侧，挤着一堆泥巴墙的房子。两天的大雨让这条路铺上了一层泥浆和牛粪。好奇的村民跟着我，我为一座干打垒房子的废墟拍了几张照片。房子所用的材料：木头、干草、黏土与奥日或乌西一带的诺曼底传统木筋墙房如出一辙。看到我的照相机后，村民们纷纷要求我拍摄他们的谷仓或拍他们自己。在这些村子，照相机可是罕见之物，被摄入照片更是独一无二的事。所以我承诺会把他们的照片寄给接待我的人，这是我能找到的感谢他们热情接待的唯一方式。因为他们拒绝我付钱，而我背包的重量又不允许我随身带着礼物，不过我还是带了送小孩子的一百来枚小徽章。我第一次拿出这个袋子，是为了送给六个孩子一人一枚。我把这些宝贝摊在桌子上，让他们挑选。结果十二只小手伸过来疯抢，我费了好大劲才抢回来一部分。自此，我只得把它们一枚枚分散，只送出别在我衣服上的小徽章。

走出村子，我来到一个加油站的小餐馆兼杂货铺。一个头戴鸭舌帽、架一副酒瓶底般厚镜片的男人正在看一份报纸。他会不会认识村里什么人,可以收留我一宿?他抬起头,看了我一秒钟说"我",随后又埋头看他的报纸。我对他这种迅速却又毫不热情的态度有点不知所措。我在桌边坐下,点了一杯茶。给我端茶的年轻人也是边上杂货铺的伙计,我就向他买了一包巧克力饼干,补偿刚才没能吃到的午饭。那个表示要接待我的男人起身离开,没说一句话。我越来越困惑,他是回家去了吗?他的"邀请"靠得住吗?餐馆伙计和另一个稍年长的男人过来坐到我桌边。他们问了我无数个问题,我很乐意回答,因为他们十分友善。他们想看看我的护照和我用来规划线路的地图。

"刚才离开的那个看报纸的男人是谁?"

"我们的父亲,泽凯伊。介绍一下,我是雷甲伊,这是我弟弟塞扎伊。现在泽凯伊正在为我们和你准备午餐。"

第三个弟弟,最年轻的穆罕默德也加入我们中。当老父亲端着食物走进来时,三个儿子讲给他听我们刚才的对话。我觉得他们没少添油加醋。我终于明白了,鉴于探问自己招待的旅人被视为一种不礼貌,但泽凯伊又有些不放心,于是让他的孩子们打听一番他遇到的这个奇怪徒步者。他有点严肃,不苟言笑。晚餐吃得很愉快,我和穆罕默德共享一室,他的房间里有两张床。睡觉前,我处理了一下脚上的伤口,伤口又扩大了点,我要再剪去一圈死皮。我尽量让可怜的双足透透气,以尽快结痂。但到了早上,伤口上出现一层透明的膜,脓包再次形成。我挑破脓包,涂了点90%的酒精。在雨中上路之前,必须把它们处理好。

我小步往前挪,每走一步,鞋面的皱褶都会压迫脚上的感染区，而且伤口缠着的纱布，把鞋子撑得更紧。我解开纱布，情况并未好转。为了让我的皮鞋稍稍变软，我刚才在泽凯伊院子的一个容器里，取了点拖拉机油擦鞋，因为泽凯伊没有鞋油。我走路时一心想着自己脚上的痛，无暇关注周边的环境。不过我还是注意到太阳重又探出了头，轻抚这泥泞湿滑的道路。走了一个半钟头后，疼痛终于平息，应该是被我体内大量分泌的内啡肽中和掉了吧。我终于又有心情欣赏周遭变幻的风景。昨天的红土和孱弱的植被与阿韦龙①一带的地貌很相似，今天则是良田万顷的丘陵地带。我登上一个高坡，极目远眺，望不到尽头的田地呈几何形状，有刚翻耕过的黑土，也有麦浪翻滚的绿野。今天早晨起，我还看到了越来越多的榛树林。

我又有二度迷失方向。指路牌极少或干脆没有，即便偶尔遇到一两块，信息也难以辨认。土耳其的路牌是蓝色字母的村名写在白底的薄铁皮上。我应该说"曾经写上"，因为这些路牌显然已成为猎人们射击的目标，且猎人数量还不少，大多数字母已被打穿。这些可怜的路牌让我想起每年秋天我用来烤栗子的长柄平底锅。这些路牌满是窟窿，四周也都锈迹斑斑，抹去了弹孔间的所有信息。土耳其指路牌的唯一作用，也许就是透过这些弹孔看天空。我几乎也不能指望路遇的村民，今天早上我发现两个十二岁左右的孩子，对离他们村子八公里之外的村庄，一概不知道。

我离开土路，来到一条可通车辆的小路上。我很不寻常的身影总是让路过的拖拉机和小汽车司机好奇，他们会停下车，满脸困

---

① 法国南部的一个省份。

惑，手掌朝向天空，仿佛指望天上会掉下解释。他们询问我的行程，然后建议捎我一段路。面对我的拒绝，他们会从后备厢翻箱倒柜拿出苹果、樱桃、可乐或果汁，还有小条巧克力递给我，我只能赶紧吃掉或扔掉，怕它们在我衣袋里融化。

快到下午五点时，我接近今天的既定目的地——安巴尔朱。地图显示，我行走了三十五公里，这是我设定的这一程的距离。但实际上因为走错了两次路，我肯定步行超过了四十公里。这就解释了为何快到目的地时，我的多巴胺分泌中心开始罢工。我步履蹒跚，几乎无法前行。雪上加霜的是，背包带子勒住的胯部烧灼感也苏醒了过来。我达观地忍受这一切，我早就准备好接受被我称作长途跋涉磨合症的这种现象。最初几天，机体强化被过度使用的肌肉，严重的疲劳酸痛使得机体再启变得困难，并且最常遭遇摩擦的部位，如双足、大腿、臀部、背包处等，会发热，继而出现擦伤或水泡。所有这些表浅的伤痛，十来天后都会消失。所以，我正在受的小痛楚，是我为没有遵守我在巴黎制定的合理计划所必须付出的代价。我规划了稍短的路程，每天在十八至二十五公里之间。然而我很不谨慎，强迫自己平均每天走了三十公里。明晚我将抵达萨卡里亚，离我的出发地有两百二十公里，我只花了六天时间，而我的原计划是八天。

所以我必须减少行走时间，少晒一点太阳、少淋一点雨。徒步这件事，一点做不得假，投入是全方位的。我的身体、我的备忘夹、我的药箱、我的衣服袋子、我的食品袋、我的睡床，我是唯一的搬运者。任何错误都有代价，马上或第二天就见分晓。我独自行走，无依无靠。我受困于语言障碍，受困于这张不靠谱的地图，受困于我选择的线路。唯一的文明象征是我裤袋里两张长方形的塑料卡片，一张是电话卡，另一张是银行卡。电话卡，可让我与这世界连接；银行卡，可让我取到钱。然而，这两张卡只有在城市才能使用。在牧场、榛树林，在山口最高处，它们毫无用处。我在这里的食物、睡眠、安全，既不依赖于国际通话，也不依赖于纸币，完全取决于掌握这一切的人类弟兄，他们如此相似又如此不同。我怀揣着这些灰色念头走向他们。

安巴尔朱村几乎空无一人，清真寺前面的小广场上，只有一个小男孩在玩一个生了锈的自行车轮胎。小杂货店也关着门，门口有条木长凳接待了我。下了一早上的雨停了，炙热的太阳晒干了贴在我身上浸透汗水的T恤衫。男孩告诉我他叫雷杰普，走过来坐在我边上。我在太阳下的长凳上坐了会儿，休息了几分钟。店主一直没来，我起身去探访村子。一所房子后面，有个老妇人正在生火炉烤馕，对这个穿短裤、看着自己忙碌的陌生男人，她似乎并不惊讶。但等我回到长凳，她装着随意散步的样子凑近，用眼角偷偷打量我。她的穿着一如此地千年来妇女的穿着，一条盖住脚踝的黑色长裙，披肩和头巾包住了头发和脖子。

货架沿窗户排开，算作杂货店的橱窗。货架上堆满干裂的蛋糕，包装陈旧的糖果上落满灰尘。食品包之间，一些老鼠屎散落在垫货架的报纸上。雷杰普指着一个手执镰刀、穿过广场的男人，他就是杂货店老板。这是个干瘦老头儿，步履坚定。他的白胡子让他粗黑浓眉、眼神犀利的脸看上去稍稍慈祥了些。他戴了顶蓝色羊毛编织的无边圆帽，穿一件苏格兰格子的衬衫。他棕褐色的皮肤肯定源于他在田间的劳作，而非源于待在他的小店里。被劳动压弯的腰也不是长期站在收银台后的结果。

  他为自己的姗姗来迟抱歉,然后打开店铺门,在一个纸箱子里找出一罐果汁,请我在两条长凳中的一条上坐下,那两条长凳占据了店铺的大部分空间。在穆斯塔法这儿,他花在聊天上的时间比卖东西的时间多,用在买卖上的精力比用在家里的多。当他听说了我的来历后,吃惊和怀疑让他呆立在那儿。一群张牙舞爪、咯咯叫着的母鸡,趁店门开着,争先恐后挤进来,争抢被老鼠咬出破洞的米袋下散落的米粒。穆斯塔法怕母鸡打搅到我,费力驱赶这些家禽,但毫不管用,可以感觉到它们才是这里的主人。但屋主怕我不舒服,锲而不舍地驱赶着母鸡。在我叙述一路历险的过程中,他打断过我两三次,问我是否一切都好,斜射进来的阳光是否晃到了我的眼睛,我想不想要一个坐垫……我脸上的倦态应该越来越明显。

  我实在过于疲倦,难以找到正确的词汇表达我想借宿一天的意愿。我拿出请伊斯坦布尔的土耳其朋友写的一小段文字,比起我通常的词不达意,它用更正式、更简练的语言解释了我行走的线路以及我想找个地方过夜的请求。穆斯塔法仔细地、慢慢地看了一会儿,然后笑着看了看我。就像护林员穆斯塔法一样,这位穆斯塔法也指着自己,表示由他来接待我。看得出这件事让他十分开心,我也很开心,因为我挺喜欢这家伙。

  雷杰普就像个消息发布人,挨家挨户告诉大家村里来了个穿短裤的外国人。听到消息的第一拨村民蜂拥而至。在这个与世隔绝、靠一条满是拖拉机车辙印的泥巴路与外界相连的小村子,这绝对是开天辟地第一遭,村里所有男人轮番而至。他们挤在门口,向穆斯塔法说了句什么,然后进来坐到长凳上,提几个问题,坐了一会后再离开。随着到访者越来越多，我的东道主高兴得越发坐不住了。显然，在全村人眼里，接待外国人是他的一种巨大荣耀。他在和朋友们说话的间隙，每隔五分钟，还要担心地问我是不是饿了、渴了、是否一切都好。他兴奋得双颊通红，凹陷的小眼睛里闪烁着快乐的光芒。时不时有一两只老鼠从杂货店天花板的夹层嗖溜穿过，尽管动静不小，但我觉得我是唯一听见这些响动的人。安静片刻后，有个女人过来买两枚鸡蛋。穆斯塔法歉意地看了我一眼，他必须接待她，还抱歉地说着："这生意……"这是我逗留期间，唯一一次看到他干活。

　　我就这样被展示了大约一个半钟头，疲倦将我淹没。我趁主人再次问我是否一切安好的机会，表示我想把背包放到我睡觉的地方去。实际上我是想处理一下我发热发胀、痛苦不堪的双脚。穆斯塔法忙站起来，想拿过我的背包，但他没预料到包这么重，只得吃惊地撇撇嘴，任由我自己背上。穆斯塔法是我的东道主，可不是我的背夫。我们走上一把很陡、摇摇晃晃的梯子，来到一间阁楼。透过瓦片缝隙，还能看到天空。一只大肥猫蹲在一堆破布上，气恼地看了我们一眼。屋架下的一角，被收拾出一个小房间。房间很舒适，在一块大地毯上，靠墙放着一张床，对面的墙上靠着一张长沙发。两堵墙之间有一扇窗子，我看到一些戴头巾的女孩在探头探脑，她们无权去杂货铺看外国人的热闹，希望在这里碰碰运气，哪怕只看一下影子。我走到窗前朝她们微笑，她们笑着逃开了。我开始习惯这种明星式的待遇，而在库穆鲁克时，这种场景曾深深困扰我。穆斯塔法拿起床上一个装了南瓜子的托盘，放到一张小桌子上，我的房间就准备好啦。他再次嘱咐我如有什么需要随时告诉他，然后就

47

退了出去。我喜欢这个男人身上的一切,他的微笑、眼神、声音,他对别人无微不至的关切,所有这一切形成一种罕见的和谐。

终于只剩我自己,我开始处理我的双脚。这时门被推开,一个小男孩探进脑袋,随后他干脆打开门走了进来,后面还跟着另外三个男孩。四个人小心翼翼,默默走到对面的沙发前,目光一直没有离开我身上。接着他们就像跳芭蕾一样整齐,齐刷刷坐了下来。他们的好奇心大到让人于心不忍,我打破沉默道:

"你们好,我叫贝尔纳。"

他们说出各自的名字后,再次陷入沉默。他们的名字太相似,我立刻就搞混了。他们双手撑着大腿,身体微微前倾,仿佛一排雕塑。他们好奇的大眼睛从头到脚打量着我,从我的背包、摊在床上的衣服一直看到我的凉鞋和装药膏的瓶子。我终于习惯他们的这种无声注视,就像女人专注梳妆那样,我开始专心对付自己的双脚。脚上的情况倒还稳定,伤口没有进一步扩大,但积了很多脓。

过了十来分钟,第一个进来的男孩站起身,其他人立即效仿。随后他们带着受惊的微笑,躬躬身子表示道别,像来时那样排着队,鱼贯离开屋子。最后离开的那个孩子带上房门,几乎小跑着走出去,似乎非常害怕独自面对外国人。一分钟后,轮到三名二十岁左右的年轻人进屋子。我敢打赌,穆斯塔法一定坐在楼梯最下面的那级踏步上,指挥着那些迟来者,再把他们一批批送走。只需要你存在,就能带给人快乐,这是件多么幸福的事!还别说,我真尝到了滋味。新来的几位更健谈,我的土耳其语也有进步。其中一位是邻村的机修师,一位刚服完兵役,第三位是个大学生。他们观察我,回答我的问题,几分钟后也起身离开。利用两拨参观的间隙,我赶紧换下了短裤。这事做起来并不容易，因为这里的人推门进来前，从不敲门。而我观察到土耳其人都十分腼腆，我可不想吓着他们。穆斯塔法有时也陪人进来，仿佛变年轻了，神采奕奕，这份不期而遇的荣誉，让他出尽风头。看得出，这些年轻人都喜欢他。

参观终于结束，房东端着一盆食物独自进来，我们在地毯上面对面盘腿坐下，共享晚餐。我很不习惯这样的坐姿，坚持了不多一会，我的脊柱和双腿就开始抗议。

借助字典，穆斯塔法想知道我在法国做什么工作。我再次说自己是退休的小学教师。不过他对我的职业毫无兴趣，他想知道的是我的家庭、我生活的地方。我有一张我孩子们的照片，但他没有他孩子的照片。于是为了让他有一张自己的相片，我给他拍了一张。

吃过晚饭，我去村里闲逛，室外几乎已经没人。在一个小棚子里，一台公用电视机正闪着雪花。这是台黑白电视，图像模糊得靠猜而不是靠看，也许因为信号不佳。一个孤独的观众身陷在黑暗中的一把椅子里，似乎看懂了一切。电视机放在一个打开的铁笼子里，当最后一个村民离开时，需要把铁笼子关好过夜。这趟饭后的消食散步没多大意思，我更愿意回去睡觉，于是一瘸一拐往回走。

这是十分吵闹的一夜。三点三十分左右，一只失眠的大公鸡开始报晓，两个钟头后，阿訇在高音喇叭里喊大家祷告，再后来轮到小鸟们开始欢唱。因为土耳其人选择的时区非常早，五点十五分，黎明已至。在这乡村的大合唱中，还要加入绵羊对牧场的呼唤。它们动静太大，又把边上的奶牛吵醒。从六点半开始，奶牛们便不耐烦地哞哞个不停。我也该起床了，穆斯塔法应该一直在留意我是否起床，因为我脚一着地，他就来叫我吃早饭。带蜂蜜香味的酸奶，有着童年的味道。我的东道主借口我今天要走很多路，递给我一堆吃的，并要我全部吃完。

我背着大包小包出发时，他又坚持送我一程，把我领到那条正确的道路上。在清晨的朝阳下，村子周边有着无敌的景色。村庄位于丘陵最高处，环顾四周，可以眺望到很远很远处。"很美丽，不是吗？"穆斯塔法评价道。他告诉我说他热爱自己的村子，只离开过两次。第一次是去伊兹米特，去三个儿子家里，其中两个已经结婚。第二次去萨卡里亚，就是今晚我要过夜的城市。他七十一年的生命中仅旅行过两次，每次四十公里的距离，但他一点不在意。老人光脚穿着橡胶拖鞋，像小丑的鸭子步那样晃晃悠悠小步慢行，膝盖僵直，每迈出一步，身子都要左右摇晃一下。这种缓慢的行走以及与他聊天时的愉悦，让我忘了刚上路时双脚的疼痛。走了一公里后我们停下，终有一别。我想我们都有点激动，我打起精神伸出手，他握住我的手，把我拉向他，给了我一个大大的拥抱。一辆拖拉机朝村子驶去，他爬了上去，我则留在原地呆立了几分钟，目送这位一日之交的朋友远去。

今晚，我会去一座城市，路很好找。这一次，我的罗盘和地图终于能对上号了。加油吧，我觉得今天是个好日子。临近中午时，我路过一间小茶馆的露天座，两个正在聊天的男人向我打招呼：

"来，喝茶，喝茶……"

为什么不来杯茶呢？天气很好，我走路也没什么问题，因为我的内啡肽又起作用了。服务生替我端茶时，实在忍不住好奇，问道：

"你从哪儿来？"

"伊斯坦布尔。"

"不会是走着来的吧？"

"正是，是走着来的！"

他回到茶馆，向周围的人大声宣布这个消息。所有人，大概有二十多个，冲到露天座围住我，雪片似的问题飞过来。

"你是哪个国家的人？"

"你真的是从伊斯坦布尔走路过来的吗？"

"你要去哪儿？"

"你做什么职业？"

"你结婚了吗？"

"有几个孩子？"

土耳其人有着无穷的好奇心，他们心安理得满足这种好奇心。有个衣着光鲜、微微发福、留一撮小胡子、穿三件套西装的高个子家伙自我介绍说，他从前是小学老师，因为薪水菲薄，所以辞职做生意。他生产国际象棋的棋子，卖到欧洲。

"您要不要看看我的产品？就在马路对面。"

我们穿过马路。操作机器的是些孩子，在十到十二岁之间。我对这样的"工厂主"十分吃惊，他很快意识到这一点。

"我让他们学一份手艺。"他卖弄学问似的说道。

我匆匆结束参观，拿起行李，用最后的力量拒绝了这位教师兼企业家一定要和我下一盘象棋的要求。

萨卡里亚又叫阿达帕扎鲁，我喜欢在大城市的匿名状态。我终于可以四处看看，而不再是别人好奇的对象。街上有许多大兵走来走去，人行道上，总是结伴而行或至少两人以上的女孩子，大部分穿着西化，不戴头巾，但也没人穿超短裙。她们将双腿藏在长裙或长裤里面。

我下榻在一家三星酒店，将几件脏衣服交给酒店清洗后，我急切地浸泡到一个热水浴池里，渴望享受。因为我没有事先询问泡澡的价格，人家让我付的费用堪比一晚的房价，真是血的教训。在乡村，人们好客地接待我，在这里我就是个被宰的游客。

萨卡里亚这座城市并不优美。往南一点，与城市同名的那条河，独立战争期间曾是与希腊人激烈战斗的舞台。在展开一场激烈的反攻战之前，未来的土耳其国父穆斯塔法·凯末尔巧施了一个计谋。面对为进攻做准备而集合的参谋人员，他担心会有间谍把他们的作战方案泄露出去，所以为了麻痹敌人，他利用一场足球赛，将命令传达给手下的将领。同时强调每位将领必须身先士卒，冲锋在前，而不是留在后方指挥所。反攻之战大获全胜，敌人惊慌失措，一半的希腊军队做了俘虏。

我经过一番修整，清洗全部衣服后，步履轻松地再次上路。过了萨卡里亚后，风景发生了变化，一望无际的平原种满绿色庄稼，一直延伸到天边淡紫色的山脉，山脉在空气的热流中微微颤动。我的下一站是亨代克，我指望着能找到一些沙漠驼队的遗迹，便选择了一条与连接伊斯坦布尔和安卡拉的高速公路相平行的小路。一辆饮料商贩的小卡车从村口出来，超过了我。他在稍远处停下，等待顾客。后来他再次超过我，我又在远处看见他。这样的伎俩重复了两三次，等我到达一个小村子时，那商贩已经在路中央。他惊动了村里所有的男人、女人、小孩和还能行动的老人。真是隆重的欢迎阵仗，大家都想看热闹。人们带着微笑和好奇，匆匆赶来。我现在对他们要问的问题早已心知肚明，回答起来也驾轻就熟。

临近中午，我在附近的一个小饭馆吃饭。老板听说了我的故事后，把我的餐费减了三分之一。过了一会儿，我跟一个很有意思的八十六岁的老头一起喝茶，他一百多岁的母亲最近刚刚逝世，他一直没能从悲伤中走出来。他的脑子是有些老了，身体却难以置信地年轻。看他的样子，跟上我的脚步毫无问题。离亨代克不到一点，我在一块纪念车祸死亡者的纪念碑脚下休息了一会儿。看看土耳其人开车的样子，这些受害者的数量应该不容忽视。

亨代克在词源学上意为"乡村客栈"，这是有望找到丝绸之路遗迹的第一座城市。十七世纪，这里是商路上的重要节点，至少拥有四座驿站。一名医生，艾哈迈德·穆赫塔尔·基瓦尔写过一篇关于这座城市商业往事的专业报告，他对我说这里已经什么古迹都不剩了。最后一处遗产也在一九二八年被毁，人们在原址上风光地造了一家银行。几年前，一名德国研究者调查了古代商道的确切走向，让沿途的立界石重见天日。但在他的发现过后不久，这些界石就被人偷走了。除了清真寺或用于宗教仪式的建筑，土耳其人对于他们灿烂历史留下的建筑遗产毫不重视，商道上的古驿站同奥斯曼时期的漂亮房子一样，深受破坏者的威胁。

虽说我并没有觉得很疲惫，但还是强迫自己在一个舒适的旅馆休整一天。在这座小城的中心广场，一群年轻人在随着军鼓和军号的节奏跳舞，这是刚接到入伍通知的新兵。在土耳其，军队享有很高的声望，服完兵役被看作一种荣誉。超过三十岁的男人，如果没有服过兵役，找起工作来会很困难。

不走路的这一天很有裨益，经过我用心治疗的伤口开始结痂。

第二天我精神抖擞地去迎接习以为常的困难。我花了一个多小时寻找我在地图上看见的通向耶希利亚亚的那条小路。早上这个时间,没有一个人知道这条路,城里也不见任何地图。尝试了两三次,我要么被带到一堆房子中间,要么被引到田野。我终于失去耐心,最后只好沿着从西到东横穿土耳其的100国道走。国道上交通繁忙,大卡车、小汽车的喧嚣轰鸣延续十多公里,把我逼到路边的坑洼地。最后我总算找到一条往南方向的宁静的乡野小路。

中午,一个农民和我搭话,请我喝杯水。我很乐意停下来歇口气,因为这个人看起来很想跟我聊天。我们一起去他家,他和我聊起他的职业,他种植榛子,每年可收获一百多吨。他还告诉我很多其他事情,但我很快跟不上节奏,没听懂他讲的是什么。在这段时间,他弟弟准备好了午餐,我们在门口场地上吃饭。天气出奇地好,虽然我觉得稍许有点儿热。我很感激主人田园牧歌式的这番招待,但我不得不出发。我想知道为什么我再次偏离了线路,多走了五公里,现在必须折返回去。

为了换掉我被汗水湿透的T恤,我在铁路桥的阴影下躲了几分钟。突然,一辆载着六名大兵的小巴冲了出来。他们发现了我,在我前面五十米处掉过头,愤怒地往回开。三名穿防弹背心、端机枪的士兵从车上跳下将我围住,枪口对着我的双足,手指扣着扳机,一点不像开玩笑,我也不敢开玩笑。一个身穿便服、年纪不大、身材臃肿、身上散发着廉价香水刺鼻味的男人,也跟着他们下了车。

"证件。"他粗暴地说道。

我吃了一惊,感觉被冒犯,无奈地递上护照。

"跟我们走一趟。"他甚至还未看证件就这么说道。

他看上去很焦躁、凶恶。我一股怒气上升,抗议道:

"我是一名游客,我的证件完全合法,你没有权力逮捕我。"

他犹豫了一下,回到车里,给上级打电话。他慢腾腾地拖时间转述着我通行证上的内容,一边恼怒地把我的证件翻来倒去,指望找出能证明我是恐怖分子的蛛丝马迹。应该有人在劝他镇静,我听不懂他们在说什么,不过士兵的态度说明了问题。其中两名士兵回到车上,第三名仍然站在我面前,但把冲锋枪挂在了胳膊上,手指也离开了扳机。领头的那人终于挂上电话,把护照还给我,并询问我的目的地。他补充说有人给他们打电话,报告我的可疑行迹。在这个处于内战的国家,平民和士兵都害怕,所有人怀疑所有人。

作为我精神状态的晴雨表,我浑身的伤痛同时醒来。路途显得十分漫长,我以可怜的每小时四公里的速度,蹒跚前行。在一块田里,一位母亲坐在草地上,膝头抱着一个小女孩,照看着两头啃着稀疏草皮的瘦骨伶仃的奶牛。孩子靠在她怀里,一只手垂在妈妈的大腿上,妈妈在孩子长长的黑发中抓虱子。我很想偷偷拍下这动人的一幕,但我没有这么做。我晃晃手中的相机,表示我想拍照。那女人微笑着,优雅地摇了摇头,表示"不行"。很遗憾,我没能拍下照片,但直到今天,我眼前依然会忠实地浮现那迷人的画面,记忆反而更强烈。

稍远处,两个男人在草场割草。他们一前一后,稍稍错开,用相同的动作甩开他们的大镰刀,真像有个机械装置在操纵着他们。我童年以后,就再也没见过人用镰刀割草。相隔一段距离,第三个男人屁股埋在草堆里,赤着脚,正修理手里的工具。这两幅宁静的乡村画面，让我沉浸到遥远的过往，也让我恢复了一点活力。

这些乡间小路上，没有可供午餐的饭馆，我啃了几口前天买的面包。我又迷路了，太阳烤晒得厉害，双脚和胯部疼痛难忍，后背的汗水像小溪般流淌。祸不单行，我走到一些有无数分叉的土路，通向成片的榛树林，当然每一条路都不在我地图上。我只能盲目向前，靠着指南针，大致往南行走。我终于看见一个村子，一位老者迎向我。

"你从哪个国家来？"

"法国。"

"我们两个国家是朋友，来喝一杯吧。你要去哪里？"

"要去哈贾库普。"

"不是这条路，我儿子待会儿把你送到正确的路上。"

他们递给我一杯清凉的咸酸奶，用酸奶和水调制而成。我从未像现在这样对这份清凉心满意足。在这位慷慨的老者面前，我尽情享受这种老派的幸福，只有在令人不安的小路上经过长途跋涉之后，才能体会这种幸福。他的儿子哈桑启动一辆带拖斗的手扶拖拉机。三个小男孩，狂喜可以出门，也跳到拖斗里。我们在榛树林里穿行，拖斗遇到坑洼处弹跳起来，孩子们便大笑。我们随后开上一片割过草的丘陵，野杜鹃正开得一片灿烂。哈桑把我放在一块平地上，指给我看山脚下我要走的那条道。人家不建议我在下午五点或六点后继续行走，但时间紧迫，我离下一站还很远。

我进入一个种了无数白杨树的潮湿山谷，身体又累又痛。我想如果我不能很快恢复健康，必须停下来休整几天，直到伤口完全结痂。当我来到一个叫古利亚卡的小城时，已经过了七点，而我发现地图上奇怪地把这个城市标注为"古利卡亚",应该又是军队为了迷惑敌人耍的花招。这里没有旅馆,地图上的下一个城市离此六七公里。我还是想去那里,如果这个时候有可能遭遇暗算,那就算我倒霉吧。我迈着笨鹅般的步子摇摇晃晃走出古利亚卡,该往左还是往右?几个在院子里踢球的年轻人围住了我。

"你要去哈贾库普?还远着呢,至少十五公里。"

"我地图上标的是七公里。"

"它搞错了。"

对这种打击,我也就吃惊一半。

"哈贾库普有旅馆吗?"

"我觉得没有。而且天色已晚,我们很荣幸你可以成为我们的客人……"

他们看上去对这个主意十分开心,我正好又累又沮丧,便接受了他们的提议。他们住在一个各专业大学生混住的学生公寓。这座楼由一个宗教团体资助,学生们都是虔诚的信徒。管理是斯巴达式的,有课的日子,每天早上五点半起床,晚上自习到十点钟。这个地方很大,因为假期,很多学生已经回家,我的东道主们欢天喜地地把我安置在一个空出来的房间。

我洗了个淋浴。晚饭后已经收拾好餐具的厨师又专门为我准备了一份晚餐。我吃饭的时候,年轻人的问题连珠炮似的发过来。交谈虽时有困难,但凭着我蹩脚的土耳其语和他们马马虎虎的英语,大家还能对付着交流。后来我们又去公共大厅待了一会儿,寻找可以重启聊天的话题。他们很细心,对我照顾有加,我由着他们的心意。最贴心的是希克迈特,一名管理系的大学生,也负责管理这所房子。他今年二十四岁，在服两年的兵役之前，还需要求学三年，这是军事和战争素养的要求。

就像安巴尔朱村的穆斯塔法，希克迈特也是我的保护人。他劝阻同学继续提问，表示我需要休息。第二天早晨我醒来时，他已准备妥一切，好让我尽早出发。我们一起吃早餐。希克迈特陪我去城里，向药剂师解释我的需求，我需要一种让脚上伤口尽快结痂的药粉。然后我背上行李，我的东道主一直把我送到大路口。他有点动情，我上路前，他给了我一个大大的拥抱，用英语对我说：

"谢谢，贝尔纳叔叔。"

谢我什么呢？这就是土耳其。把这一场景搬到维祖儿或蒙托邦①，你相信会听到"谢谢，希克迈特叔叔"吗？

我不知不觉想起了著名的阿拉伯旅行家伊本·白图泰，他在游记中提到过阿基亚，这是六个世纪前专门接待旅行者的一个特殊团体。他写道："在人世间，你找不到比阿基亚人更贴心对待陌生人、更迅速提供食物、更乐意满足他们需求的人。"②伊本·白图泰记录说，在离安塔利亚③不远的一个城市，两群土耳其人为争抢接待旅行者及其随从的荣誉，把手摁在他们的弯形大刀上，随时准备大打出手。最终由裁判和抽签决定，旅行者在双方准备好的别墅里各下榻四天。

过了切尔切尔之后，在一个为我提供住宿的小村子里，一位小

---

① 两处均为法国地名。
② 原注：《阿拉伯旅行者》，由保拉·夏尔-多米尼克翻译，伽利玛出版社，收入"七星文库"，巴黎，1995年。
③ 土耳其南部，地中海沿岸的港口城市。

学老师告诉我,从前每个村子都有一所房子或一个房间专门留给来访者。

虽说这种传统没有保留至今,但自从离开伊斯坦布尔后,我一路上在乡村受到的接待,完全对得起这些传说。

四　困　惑

我应该往东走没铺沥青的那条路,但我遇到了一处岔路口,我恨分岔路。在一个公共汽车站附近,两个男人坐在一个挡雨棚下的长凳上。我向他们打听道:

"去贝克伊的路,是往左还是往右?"

两个人都无比自信地用一种滑稽的同步,指给我不同的路。

"这两条路都通到贝克伊吗?"

"不是的。"他们两人异口同声,并且开始争执,谁都认为自己指的那条路才是正确的。两名路过的自行车手也加入进来,在土耳其,只要抛出某个话题,所有人都会迫不及待参与进来。最后是自行车手一锤定音。

"我们正好要去贝克伊,跟我们走吧。"他们对我说。

左侧的那条路是正确的。自行车手很友好,其中一位还把我的背包放到他的行李筐里,我顿觉一身轻松,阳光似乎也明媚了许多。路过一个村子,村民婚礼上的热闹小调吸引了我们。十二个男人在一座农场院子中央围着圈子跳舞。乐队很虚张声势,因为只有三个乐手,可多么不简单!一个留着小胡子的大块头,使出吃奶的劲,将双簧管吹出一串刺耳的音符,穿得银光闪闪的小个子手风琴手赶紧拉开风箱,添上一段舞曲,小提琴怀旧的旋律也插了进来。我被吸引住了,这段乐曲专门用于婚礼吗?我觉得这音乐超越了东方风格，更有普适性，仿佛就是用来记录两道命运相交那天决定性的一切。无忧无虑的年少时光，将被劳作和生活的责任替代。如果说这是庄重的时刻，同时也是充满喜悦的时刻，还有什么比两颗心的心心相印更令人欣慰？离男人们稍远的地方，几个女孩也在转圈，双手伸向天空。她们是在祈祷上天给她们降临一个如意郎君？新娘，一个非常年轻安静的女孩子，似乎对发生的一切有点惊讶。不过她已经不用关注姑娘们关注的那个问题了。人家让她坐进一把椅子，神圣地端坐在满院服饰灰暗的长辈中间，她们忙不迭地给她最后的忠告。当你还是个孩子时，确实需要忠告和建议。另一些在场的人，尽情享受着甜点，一个卖冷饮的小贩带着他的大喇叭来到现场。人家请我们一起入席，但我们婉言谢绝了。

到贝克伊村口，自行车手们留下我回家了。今天是周日，每个周日他们会骑车出去逛一圈，然后回到家里。我的行囊从行李筐又回到了我的肩膀。我在一个露天座喝了杯茶，犹豫着是继续往前还是留在这里过夜？过了贝克伊，前面是大片森林和折磨人的高低起伏的地势。午后时间已晚，现在继续前行或许有点冒险。隔壁桌上正在聊天的两名出租车司机，很肯定地说此后的道路很容易走，还给我画了一张示意图，我需要改变三次方向，三段路程分别有五公里、两公里和三公里。再接下来的线路有点复杂，但可以找人问路。这般详尽的解释让我很放心，我决定出发。

昨天的疲倦延续着，我兴致不高，双脚的状态尤其让我担心。在行走过程中，必须让对峙着的鞋和脚相互适应，要么是鞋迁就脚，要么是脚迁就鞋。眼下是鞋子占了上风。每次只要有可能，我就尽量在水里走，让鞋面软化。我的痛楚来自鞋舌边缘对皮肤的摩擦，鞋面太低，它形成的皱褶宛如一把铡刀，每走一步，就在切割着我的脚趾。

沿着溪流，是一道夹在峭壁间的峡谷。周日，很多家庭在此野餐。孩子们赤脚在水里，徒手抓小龙虾，大人们用两块石头架起火堆烤龙虾。天色暗下来，我缓缓走着。出租车司机给出的信息，关于方向倒是对的，但关于距离，谬以千里。据他们说，最后一段是三公里，差不多走上三刻钟就够了。但我已经走了一个半小时，还未看到目的地。突然，道路遇到一股激流后，改道向右，陡峭地通向山顶。我又顺着路往前走了大约半小时，才遇到一名樵夫。他对我说，要涉水过这道溪流才行。出租车司机忘了告诉我这个细节，我不得不转身回去，脱下鞋子蹚过水，然后擦干脚，重新包扎伤口，继续上路。我开始后悔没在贝克伊过夜。

到底是什么推着我一直往前？直觉和谨慎明明建议我停下脚步。我恼恨自己，我无法为自己辩解。我不懂得克制，总想再努力一把，走更远一点，似乎起始的冲劲无法控制。在这个问题上我对自己很挑剔，总是成为自己的第一个牺牲品。这股逼迫我一直向前的令人恼火的欲望到底是什么？虚荣心、傲慢心、测试自己的耐力、打破某项纪录？说实话，我没有令人满意的答案。但从我开始徒步以来，亦即二十多年来，这种感觉一直存在。

与大多数运动不同，长跑运动并不在于战胜他人，除了少数几位长跑冠军。在奔跑了三十五公里后，机体发出求救，然后一系列复杂的化学反应，迫使机体将脂肪转换成养分，让力竭和疼痛中的肌肉吸收。这时长跑者要从大脑和内脏寻求流失的能量，他所能争取到的宝贵几秒，取决于大脑与腹腔的协同作用，取决于自信心的爆发。等跑过四十公里后,极限被超越,肌肉强缩,跑步者重新进入状态。幸福就隐藏在那儿,隐藏在他战胜前情的那些时刻。马拉松选手只有一个旗鼓相当并在某一天脱颖而出的对手:那就是他自己。

说到徒步,自我超越的需求还不能解释一切。确实,我总觉得在更远处,在丘陵后,在村子后,在穿过那个山口后的草地更绿。但这股无法控制的推动我前行的冲动中,也夹杂着一种我无法回避的忧虑:担心自己走不到终点。于是,就如守财奴攒积他的钱币,我攒积我的公里数,总怕不够。被目的地吸引,我就走啊走,只要我还有力气把一只脚跨到另一只脚前面,只要我还背得动行李。更不可理喻的是,我仅有的一些规矩还是自己制定的。我没有任何期限要遵守,没有任何日常目标要达成,更没有最短距离必须完成。我的确需要四年走四段行程,一直走到西安。但如果我多花一年,那又有何妨?短期来说,我只受到一种限制,那就是在我的土耳其签证到期之前,走到伊朗边境。到目前为止,对照我在巴黎制定的计划,我没有延误,恰恰相反。所以我对自己说:镇定,镇定。

蹚过溪水,沿着林间小道一路攀爬。在这一个钟头里,我连一个活物都没遇上。后来碰到一对带个孩子的夫妇,孩子骑在一辆父亲手工做的奇怪的木头小汽车上。他们告诉我说,我走的路没错。又走了一刻钟,鹅掌纹似的岔路口又来了,往左还是往右?这该死的岔路口。我的地图一点不管用,这条路没在地图上。我的指南针泛泛地指着往右是朝东方向,正是我现在走的这条道。天很快就黑了,五百米开外,在一个锯木厂的工棚前,一条白色的狗狂吠起来。有灯光,我喊了几声。一个男人走出来,是个白化病患者。我

63

必须承认这条乳白色的狗和这个乳白色的男人，在夜色中显得有点不真实，某一瞬间，我觉得有点恍惚。

我再次走错了路。

在白狗恼怒的吠叫声中，这个皮肤透明的人向我解释说，在岔路口，我应该走往左的那条路，下一个村子就是萨克伊，还有两到三公里。

这下，我只得拖着腿，艰难地一步步往前，天已经全黑。尽管马上到夏至时节，但这里天黑得早，晚上八点三十分天已全黑，温度迅速下降。我又走了一个钟头，还是没有看见任何村子，只能听天由命了，无精打采地想着或许要露营了。一想到要在这充满敌意的森林里，不受保护，在寒冷中过夜，我就有些害怕。也许我该向那个白化病男人请求借宿一晚，就是我的顽固将我拖入了困境……幸亏我找到了一片林中空地，我心想这算是个舒服客厅了，我可以在这里睡觉。就在此时，我左侧传来穆安津①的声音。得救了！一刻钟后，我看到了第一批房子。现在是晚上九点三十分，我在路上至少行走了十一个小时。

我选了最大最漂亮的那座房子，上前叩门。开门的老头警惕地打量了我一番，我试图解释我是谁、我要去哪里。但肯定因为我太累了，我的土耳其语词汇都已溜之大吉。没办法，我只好掏出那张芝麻开门的小纸片递给他。他看了看，又打量了我一番，然后伸出食指戳了好几下自己的额头。太奇妙了，真是出人意料。我很高兴一下子达到目的，并从恐惧中解放。我没有为自己的胆怯生气，反

---

① 在清真寺尖塔上报祈祷时间的人。

而大笑起来。他也笑了，侧身请我进屋。

涅夫扎是个农民，今年七十岁，跟生病的妻子及女儿苏卡娜在此生活。同这个村里所有人一样，他们是哥萨克人的后代，保留了祖先的语言和文化。两层楼的大房子很舒适，他们为我提供的热水淋浴，冲刷掉我些许的疲惫。不过积攒了这么多公里，我跟你们说我要算下账，数数我走过的路程。借着涅夫扎给出的信息和我那张蹩脚地图，我应该走了有三十八到四十公里……还不算走错的路、折返的距离。加起来的数字让我吃了一惊……

用过晚餐，主人将我带到一间他用一支接一支香烟熏过的大房间。在这里他终于关心起我带给他的谜团，他一定要搞清楚我为什么要踏上这样一条冒险之路。可是他从各个角度询问后，最终还是没能搞明白。突然，他恍然大悟笑起来，打了个响指：

Para（钱），为了钱，对不对？Tchok para（很多钱）？

不是的！我试着指出几处意义：丝绸之路的历史价值，行走过程中无与伦比的乐趣，结识各种人物的神奇。我的东道主一个字也不相信，依然固执己见，他认为我的动机就是钱。我越解释越糊涂，我的那点土耳其语词汇，不足以让我把问题说清楚。我恼怒地翻阅着我的词典，但毫无办法，他一点没有改变想法。他邀请我走到屋外，跟他一起做晚间祷告，然后我们就各自睡觉去了。

我辗转反侧，难以入眠，被一种深深的怀疑所折磨，我对后续的冒险产生了动摇。我还能走得更远吗？我的伤口会不会自愈？我是否需要停下来让伤口痊愈？在这个国家我如何寻找方向？我真应该带上一个GPS，这个机器通过卫星定位来指引方向。要是我换一双鞋子呢？不，那可能得不偿失。已经出现的炎症也不会因此消失，我还得"弄旧"新鞋，让鞋子适合我脚部的情况，前提是我能在这个地方找到一双这样的鞋子，估计可能性不大。倦意终于袭来。

我是被一股香味唤醒的。厨房里，苏卡娜正在准备炸糕，漂亮的三角形炸糕。她告诉我她是德国一家企业的时装设计师，她回国来照顾自己的母亲。她递给我一块很松脆的炸糕，打发我欣赏她引以为傲的花园。我坐在那里的长凳上，赤脚沐浴在清晨的阳光中，凝视着世界的苏醒。她栽种的玫瑰正盛开着，散发出阵阵香气。那漂亮姑娘将我从厨房赶出，是为了安静干活，还是她不愿意招来闲言碎语？在这些小村子里，鉴于教规和社会氛围，非夫妻的一对男女能否单独相处而不被说三道四？

她的男朋友，一所远程教育学校的老师，过来找我们。她把一包专门为我精心包好的炸糕塞到我包里。临出发前，我单独与涅夫扎在一起，我想给他一点钱表示我的谢意。他当然拒绝了，但苏卡娜突然过来一把抢过钱，涨红了脸，毫不客气地对她父亲吼道：

"你不会收钱吧，我希望！"

当然不，漂亮的姑娘。放心吧，即便你父亲不能理解我是谁，他不会趁火打劫，冒犯你们神圣的待客之道。

萨克伊与我第一天停留的波兰镇类似，也是土耳其国土内非土耳其人的一块飞地。我一边走，一边想着中欧国家以及俄罗斯的这种独特现象，那里的少数民族保留了他们的特性，而法国的国策正相反，多次掀起要求外国移民融入社会的浪潮。几年前，我在罗马尼亚参观过一些村庄，那里的德国人几个世纪以来完整保留了他们的语言和文化。涅夫扎和苏卡娜为自己的祖先自豪。在亨代克，基瓦尔医生不无自豪地立刻告诉我，他父亲是格鲁吉亚人，母亲是拉兹人，拉兹是黑海沿岸的一个小部族。

我再次出发，以蜗牛般的速度，因为足部不时出现的疼痛真是考验人的忍耐度和持久力，那种痛苦大概只有圣人才会去追求。大约过了一个多小时，我才能在行走时不再呻吟。我规定自己今天不能超过二十公里。在一出萨卡里亚就能瞥见的山脚下，我没得选择：为了绕过这些大山，我不得不放弃小路，借道100国道。土耳其的地形就像一道长长的阶梯，从海平面的伊斯坦布尔出发，到最后最高台阶的埃尔祖鲁姆，海拔两千多米。我今天必须穿越的博卢山位于阶梯的第一层台阶，坡度陡得惊人。在山脚，我的水平仪显示海拔三百米，相距不超过七公里的山顶，海拔将达到上千米。

上百辆大卡车，保险杠贴着保险杠，在相向的两股道上排成两列。不用怀疑，这成群结队的卡车预示着地狱。它们的马达呻吟着，吐出浓稠肮脏的黑烟；下坡时，涡轮机每一秒都在吼叫；刹车的刺耳声以及空气压缩产生的气流呼啸声直钻耳膜；燃烧不充分的柴油污染着空气，大概一直要污染到大气中间层。在这些钢铁的庞然怪物中间，我这个极渺小的步行者，被铅灰色的太阳晒得无精打采，在司机们或斥责或惊讶的目光注视下，对上坡道发起了冲击。我感觉自己是那么渺小、脆弱、受威胁。我在道路左侧行走，这样能看见迎面开来的卡车。安全栏和排水沟的间距如此狭窄，我在上面行走时充满了危险。我不得不把自己塞在钢铁护栏和擦着我开过的大卡车之间。有些肆无忌惮的司机开过我身边时，车身几乎削到我的背包。我十分紧张，因为如果人家把我挤到护栏压碎了我，我的尸体肯定会掉入这深壑中，谁会去处理？一名恼怒的卡车司机看到我这个蟑螂般大小的行人冒犯了他的领地，在开过我身边时，排出一股压缩空气，在我耳边炸响。

从爬坡的第一公里开始，我就像个初入行的脚夫，汗流浃背。我的T恤衫被汗水浸透，汗水顺着我的脊背流到臀部，沿着大腿继续往下，一直流进我的鞋子，给我的双足来上一通让人难受的难忘酸浴。我的左侧，景色壮丽，令人炫目的绝壁上，一丛丛杜鹃花出人意料地怒放在由钢铁、黑烟和岩石组成的景色里。我还看见翻到沟里的大卡车铁锈骨架装点了这峭壁；还看到很多处被卡车撞坏的扭曲护栏，那司机该吓得心惊肉跳。这个地方十分宏伟、令人炫目、缺乏人性。下方，就在我脚下的山谷里，推土机和其他各色机器忙碌着，这个工程已经持续了五年，是连接安卡拉和伊斯坦布尔高速公路的最后一段。巨型的工程，要把山劈开，要在天堑上架桥。

有一首歌，似乎回应了旅行者在这条路上遭遇的困难，这条"博卢"之路，很对得起这首古老民歌[①]。

> 岛上的道路笔直，哦！一位迷人的女孩出发。
> 女孩走错了路，多亏了神啊，我希望她能来到我们家。
> 博卢岛的路呀很可怕，博卢的山会冒烟。
> 朋友们弹起琵琶，哦！这是庆祝的时刻。

[①] 原注：艾汉·埃达尔翻译。

岛上的路落满栗子，哦！栗子一个个落下。

姑娘们在路上排好队，哦！每人捡起一个。

我终于爬到山顶时，被汗水浸透的 T 恤变得透明，紧贴皮肤，我的短裤也拧得出水。在山嘴岩石上一间餐馆的卫生间里，我换上干净背心，其余衣服就让它们在我身上慢慢焐干。我坐在俯瞰山谷的露天座上用午餐，远离了轰鸣声，被分量足够的 mercimek çorbasz 安慰（我终于记住了这道红豆熬成的浓汤的名字）。我遥想从前的商队，骆驼应该也是排着队，在一丛丛野草间，默默爬向山顶。在那个还没有推土机的时代，有些小道实在太窄，骆驼只能一匹匹通过。当地的头领、帕夏就选择在这样的地方征税，他们在此安排税务官，对每一峰驮着货物的骆驼征税。十七世纪，让-巴蒂斯特·塔维尼耶记录过买路钱的价格：双峰骆驼，半个赖希塔勒（reichthaler）；备鞍的马，四分之一个赖希塔勒；坐骑可以免税，每个旅人最多可以有三匹。我尝试把那些时代叠放到我们现在，心想一辆卡车就相当于一匹单峰骆驼，而一个赖希塔勒就相当于一亿里拉。但我编不下去了，时过境迁，今非昔比。

从我所在的高处俯瞰峡谷，我终于有点明白土耳其为何选择公路而非铁路。自从包裹被发明，对于货物运输，老百姓一直以来只有拉或驮两种方式。拉，用的是双轮马车、四轮马车或手推车；驮，用的是巴克特里亚双峰骆驼或单峰骆驼和马匹，相当于我们今天的卡车。在美国，火车占据上风。由于地形限制，土耳其没有其他选择。火车很难行驶在台阶似的国土上！建立铁路运输，需要巨额投入。已经建成的几条铁路，大部分是单轨。土耳其火车开起来就像蜗牛在爬，而超级现代的集装箱大卡车在所有公路上川流不息。还有这些不知从哪个城市窜出来的舒适的大巴车，悄然驶入四面八方的公路。至于成千上万的小卡车，奔驰在各种道路，运送的东西包罗万象，包括各种器皿、食物、杂乱的工具以及叫不上名字的各种玩意，它们构成整个国家的骄傲和荣耀。

我曾许诺自己今天行走不超过二十公里，但想到要睡在博卢公路山顶的这个旅馆，也就是说睡在地狱的门口，睡在卡车和大巴的轰鸣中，睡在招揽顾客的高音喇叭声中，这念头可一点都不吸引我。我的双脚似乎对汗水浴还满意，我不再想到它们。既然这样，我想走得更远些。穿过这个山口，一条下山的小道把我带到九百米的高度。平原伸向一望无际的远方，赶走了森林。山脉构成的天际线就在几十公里外的低处，形成一片令人称奇的蓝色画面。我在路上没能找到其他旅馆，最终在博卢住了下来。从早上到现在我走了三十五公里。

城市被一排排高楼围起来，开发商把普通百姓挤压到那里。在这个空间充足、地震频发的国家，是什么促使建筑师造如此高的高楼？为了更接近天空？

在博卢，我在非常漂亮的塔里西·奥尔塔浴室洗去风尘，它的建造年代可追溯到一三二一年。阳光透过镶嵌在穹顶的玻璃砖洒进大厅，照射到升腾的水蒸气，形成一条悬浮的彩虹。我欣赏着这金色的雾团，浑身放松。我终于能好好休息。

随后我决定做个游客，游览这里的驿站。这是一座Tash-han——han这个词语指的是城里的驿站，Tash意为石头。这是一座相当近代的驿站，建于一八〇四年，从前驼队会走现在这座城市北侧的一条商道。驿站被很好地保存了下来,四方形的庭院里,"茶馆"是少不了的,适合休息,在拱廊凉爽的阴影里说悄悄话。从前给旅行者下榻的房间,现在被手工艺者或小店铺占据。拱廊尽头有一家书店,老板是一个金色鬈发的男子,戴着厚厚镜片的近视眼镜,有着运动员似的身板,叫穆斯塔法·阿奇基兹。他跟老婆艾米娜在法国生活过二十一年,曾加入过海外兵团。他说他很少有机会讲法语,除了跟一名在此地企业工作的里昂工程师聊天。关于他在法国的生活、他在海外军团的经历等,我问了他几个问题,他顾左右而言他,不愿涉及这个话题。当我提出想拍一张他的照片时,他干脆拒绝了。我们有点尴尬地道别。

我利用在城里休整的日子,与现代文明重建连接——通过互联网得到家人和朋友的消息,也让他们对我的命运放心。我发现土耳其所有城市,即便中小城市,也有网吧,挤满热衷交流的年轻人或年长者。

不知是汗水浴的作用还是希克迈特陪我买的药粉起了作用,我发现第二天早晨,脚上的伤口开始结痂。为了让伤口尽快痊愈,我选择走一小段路。在我终于放下我那该死的怪癖后,我仍要保持警惕,因为我的顽固总让我难以做出理智决定,我为此吃了不少苦头……所以我在将近下午三点才离开城市。这样,在预知的黑夜和危险降临之前,我只有三到四个小时的时间可行走。

阳光很明媚,一辆载客的中巴车停下,司机招呼我上车,他对我的拒绝很失望。一个钟头后,当我路过一个改造为停车场的院子时,他朝我冲过来,喊道:

"来,喝茶!"

他和他的同事们嚷嚷着围在我周边，充满了好奇心。因为昨天和今天他们都在路上看到了我。

国籍？来自哪里？要去哪里？……

我喝着甜茶，心甘情愿地回答这些千篇一律的问题。我饶有兴味地看着这些男人，他们唯一的体力活动就是踩离合器、刹车、加速。他们对一个徒步者，或者说一个火星人，深深着迷。在他们的目光里，既有对我这番壮举的钦佩，也有略带优越感的嘲讽，更有某种困惑和不解。当人们可以坐汽车移动时，为什么还要走路？当然，他们仍然建议捎我一段路程，但这次他们不再因为我的拒绝而生气。

因为词汇量不够，也担心自己像个书呆子，我遂放弃向他们解释我为何要步行。然而，我们围着一杯清茶放松地侃侃而谈，不正好解答了他们的困惑吗？如果我坐小汽车旅行，或作为乘客登上他们的巴士，我们还会有这样的交流吗？不，马达淹没了话语。车开得太快，噪声太大，站点有规定，交流也仅限于上车买票。如果我在车上某个乘客边找位置坐下，他不一定有意愿跟我说话，或者他下一站下车，认为聊会天也未尝不可。徒步就是一种自由和交流，车厢则是由金属和噪声构筑的牢笼，是没有选择的混乱和拥挤之地。如何向这些喜欢歌颂美德的游牧者后代解释说，他们正在成为机械化下的双腿残缺者，因久坐不动而双腿萎缩，从此无法依靠自己肌肉的力量来移动？

在接下来的几个小时，我继续思考着与丝绸之路并行的游牧生活。这条地处中亚的神秘商路，由阿拉伯人及后来的穆斯林所开拓。在阿拉伯文化中，商业和旅行紧密相连。游牧部族的继承人穆罕默德，在他的流亡生涯中，跟随货物旅行了很长时间。他的继承者们追随相同的方向。阿拉伯游牧民族在普瓦捷①或别处遭到阻击之前，征服了大片广袤无垠的土地。奥斯曼人本身也是蒙古游牧部族的后裔，通过武力占领了现在的土耳其所在区域。同时，当伊斯兰教统一了中亚草原各部族后，这一个个部族继承了双重遗产：贸易和旅行。一直到十世纪，穆斯林的贸易还非常发达，批发商坐拥巨额财富，以至于军队也成为他们的附庸，靠他们供养。货物贸易在中亚和中国之间的这条丝绸之路上一直繁荣了九个世纪。

阿拉伯人毫无疑问开创了旅行与文学相结合的先河。九世纪末，艾布·杜拉夫·米斯阿尔②讲述他在中亚、在马来西亚和印度的长途旅行。另一位托莱多③的大旅行家阿布·哈米德·加扎利先于马可·波罗一百多年，就讲述了他发现的十二世纪时的世界。无论是好奇于探索世界的商人旅行家还是纯粹的朝圣者，阿拉伯人和穆斯林早已在大踏步丈量地球时，欧洲人才刚启动他们的长途旅行。三位阿拉伯旅行家④，即三位伊本，用大量丰富的细节描述着当时的世界：十世纪的伊本·法德兰造访过保加利亚和俄罗斯，比第一个到达那里的欧洲人柏朗嘉宾几乎早了三百年。柏朗嘉宾于一二四五年，以外交使者的身份拜见了大可汗。十二世纪末，伊本·朱巴伊尔从西班牙阿拉伯化的地区出发去麦加朝圣，然后回到故乡，他描述了那个时代地中海盆地令人难以置信的细节。不过，

---

① 普瓦捷，法国西部城市。公元732年法兰克王国军队在普瓦捷和图尔之间地域击败阿拉伯军队。
② 公元十世纪萨曼王朝著名的阿拉伯诗人和旅行家。
③ 西班牙中部的一个城市。
④ 原注：《阿拉伯旅行家》。

十四世纪的伊本·白图泰当然是最有名的阿拉伯旅行家。多亏了他，阿拉伯半岛、小亚细亚、俄罗斯、印度、中国、西班牙和撒哈拉——这已经非常了不得！——这些地方，对好奇者来说，不再是未知的地域。

历史上的这些长途远征，让我一路思绪缥缈：我刚才机械地走过了柴杜尔特，一个离博卢十五公里的村子，而我沮丧地发现100国道与伊斯坦布尔-安卡拉间的高速公路再次靠近，为了穿过法基拉通道。山谷下，两条大路间大约有一百米左右的间隙，里面立着一座肮脏的、灰色长方形水泥块垒成的旅馆，主要用于接待卡车司机。我进入的餐厅十分昏暗，大概为了不让人发现这里自开业后再也没有打扫过。厨房的一个男孩拖沓着脚步带我到二楼的房间：狭小的屋子，窗户还对着高速公路。两张单人床占据了所有空间，床单大概从开业以来都没有换洗过，积着厚厚的污垢。男孩走了，让门开着，这样我就参与了走廊对面房间里一位客人幸福的睡眠，他的呼噜打得如同一辆大卡车开过。

我的房间里有一个洗手间，可惜十分昏暗，有人卸走了唯一的灯泡，它本该保证这里的照明和卫生。黑暗中，我首先听到了一阵瀑布似的声响，天花板附近的一根水管破裂了，水哗啦啦泻到地上。抽水马桶的水箱也在漏水，那噪声仿佛要和天花板的漏水声一争高下。洗脸池没有热水龙头，好不容易拧开的冷水龙头却又被卡住，再也关不上。我那奄奄一息的手电筒，让我看到淋浴喷头上同样结了一层厚厚的污垢，根本无法辨别出原来的颜色。令人恶心的气味到处弥散，我关上了门。今天晚上无法洗澡，冷水澡都不行，我很怕会弄脏了自己。

我担心厨师和负责打扫房间的是同一个人，所以晚餐，我只敢吃一罐酸奶。我在房间里把睡袋铺在其中一张床上，但这里过于肮脏和混乱，今晚肯定睡不好。而且有一条讨厌卡车的野狗，高速公路上一旦有汽车马达声，它就开始狂吠，就是说一直叫个不停。等它终于叫不动闭上嘴时，一群癞蛤蟆，肯定受到我"浴室"水流声的启发，开始对着我大合唱。轰鸣的卡车、狂吠的野狗、污垢的臭味、聒噪的癞蛤蟆、排水管的汩汩声，我睁着眼睛看着高速公路上扫过的一道道车灯光束，难以入眠，焦躁在黑暗中扑来。

就如两星期前在萨姆松号船上，或两天前在涅夫扎家里，那些疑问再次浮现。我能坚持到底吗？今晚，我有些动摇。脚趾的疼痛正一点点磨损我的乐观，还要加上一个我很讨厌的敌人：语言障碍造成的孤独。当我独自一人在路上行走时，我并不觉得孤单。我收集一路上的风景，自己和自己对话，这已足够。但中途休息，在餐馆遇到别人时，我就处于语言的孤岛。出发前学的那点词汇，即便加上一路所学，仍远远不够。这道难以逾越的屏障，这词语的单人牢房，我找不到解决方法，让人难以忍受。等我到了伊朗，情形又会如何？我连一个波斯语词汇都不懂。

土耳其人狂热地喜欢聊天，总是对着我一通长篇大论，我一点都听不懂。餐馆、茶馆或家里必不可少的电视里，一张张脸晃过，嘴巴开合，说着我听不懂的话。我很不情愿地发现，在我出发后没几天，PKK的首领奥贾兰的诉讼已经开始。电视台播放着专题节目，人们很关心，热烈地讨论着，我却什么也搞不懂。你能想象对一名记者更深的折磨吗？"诉讼将持续多长时间？"一个旅馆老板带着幸福的微笑用食指在脖子上划了一下，算是回答了我的问题。很遗憾这是世界的通用语言。

在这个吵闹的夜里,在这间充满下水道臭味的房间,我做了个快速总结。从伊斯坦布尔出发以来,过去了十二天,我行走了三百六十公里。但在抵达德黑兰之前,我还有两千五百公里要走。这期间,我的精神和身体状况能坚持得住吗?我能解决道路方向的棘手问题吗?我有能力应付人家提醒过我的种种灾难吗:比如康加恶狗,PKK的狙击手,拦路抢劫者等;还不能忘了路上那些可恶的裂缝,不小心被绊倒,说不定就会摔断一条腿或者两条腿?清晨,倦意袭来,我终于睡着了几分钟,来不及回答那个包含了许多其他问题的根本性问题:我能走到目的地吗?如果有人此刻给我这样的提议,也许我就不会下这个赌注。

醒来时,我很高兴发现双足情况好转。对于徒步者来说,只要脚没问题,一切都行。昨天缩短的行程,以及治疗伤口的药粉,发挥了很大作用。所以我迈着轻松的步子攀爬法基拉通道,它一直上行到海拔一千两百米。为了提高我的词语水平,我试着边走边翻译广告牌上充斥的夸张词语,有人很机灵地把广告牌插在这两条交通最繁忙的道路之间。此外,我强迫自己每天复习并学习五个新词汇。我是一个执拗的行走者,一丝不苟的旅行者。但最大的困难还在于听懂,土耳其人语速太快,而且土耳其语的结构与我们的语言结构相去甚远。即便一些我知道的词汇,也会被过多的前缀和后缀掩盖,让我觉得陌生。每当我没听清一句话,请求对方重复一遍时,那些和我说话的人通常是些简单的人,以为我耳朵不好,于是用同样的语速把刚才的话拔高音量再说一遍。

过了坡顶不远处,通往安卡拉的高速公路拐向东南方向。100

国道也分成两股道,向东延伸的那一段,车辆少了许多,变得可以忍受。为了让那些想停车捎我的司机打消念头,我选择在马路左侧行走。在土耳其,徒步者应该不多,我的自我又恢复了活力。我被视为一种奇观、一件稀罕物、一个全国性事件。尽管我们的相遇只是瞬间,那些莽撞的司机还是会跟我通过信号交流,我们的对话由一连串喇叭声或闪灯、手势和表情组成,这已足够显示我所引起的各种反应。从敌视到崇拜,我可以这样排列:

——摁喇叭加摆手,表示"走开"。

——仅仅一声喇叭,表示"让我们看看你那可笑的面孔"。这是我在爬陡坡时最常遇到的情形,因为我埋头看着路面。这也是与我同方向的卡车招呼我的方式,他们瞥到一双大腿,上顶一个大背包,仿佛戴着个大帽子。他们很合理地想知道,这人到底有没有脑袋。

——摁喇叭并举起手,掌心朝向天空,加上一脸问号,表示:"这奇怪的家伙怎么回事?哪国人?你从哪儿来?要去哪里?"

——摁喇叭并举手,向着我罗马式敬礼,表示:"你好呀,老兄!"

——摁喇叭加军礼,表示:"厉害呀,兄弟。"

最典型的是有些超越过我或迎面遇到的司机,再次遇见我时便像老朋友一样打招呼。他们老远就闪灯示意,经过我身边时摁响喇叭,使劲挥手,带着灿烂的笑容。如果车上有好几个人,最靠近我的那个便会俯身车窗外,送来一句鼓励的话语。在我的旅途接近尾声时,我发现国道沿途的咖啡馆里,很多卡车司机听说过我这个人,他们会过来告诉我,以求证这个令人不可思议的消息:**有个家**

伙要从伊斯坦布尔步行到德黑兰。他们都知道，根据汽车发动机功率不同，开完这段路程，需要两到四天的疲惫驾驶。

那些曾经见过我或听说过这个傻子的大巴司机尤其热情，还会把事情讲给乘客们听，于是一车厢的人都来为我加油，我总是加以回应。对于最有攻击性的人，我会用食指指向天空。一个罗马式致意，加上微笑，便不再搭理。对于那些最热情的、远远就开车灯招呼我的人，只要我的行李不妨碍，我就会像小风车似的使劲挥舞双臂和登山杖。不过有时也会因为走了相当长时间，疲惫来袭，我就不那么积极回应。

接近正午，一辆小卡车迎面而过，却又掉转头，开到我前方一百米左右停下，司机下了车，走近打探"国籍、从哪儿来"，等等。

他看了一眼手表。

"我有两个小时的时间，上车，我可以捎你一段路。"

面对我玩笑似的拒绝，他有些不解。反复向我保证他很乐意这么做。他很恼火自己的提议被拒绝，我心里也不好受，想保持自由可真不容易！

在法基拉山顶，我的测高仪显示海拔一千两百米。这里的地貌，似乎出现了很多沼泽。在耶尼切哈，人们开采泥炭矿。这里没有阔叶林，但人们在一些山头种上了冷杉。其他地方，耕地和草场占据了缓坡，享受着春日阳光的抚摸。道路继续攀升，海拔一千三百六十米了。由牧童照看着的棕色牛群，星星点点散落在草地，构成一幅绿色的风景画。没有栅栏，没有围栏，没有壕沟，一望无际的草场延伸到天边，天边隐隐显露的山脉才是它们的边界。

海拔高度造成的现象是胡桃树刚刚冒芽,而我们现在已经是五月底。在博卢通道之前的平原,据此不到五十公里,胡桃树已长出新叶并开始挂果。池塘边,几个孩子正用简易鱼竿钓鱼,同时还要照看好他们的牲口。这样的青春活力对我来说多么久远!可这样的场景不也是我童年生活的一部分吗?我已经那么老了吗?

在盖雷德,我入住小城唯一的一家旅店。老城区到处是狭小的店铺,店主们看上去更像在接待朋友而不是顾客。工作台、桌子、椅子上放着托盘,托盘里的茶杯和白糖,让人想到家里的客厅。两个男人就已经将一间小店铺塞满,店主在裁剪、缝纫、修改衣物时,在一旁聊天的这些人是谁呢?朋友?顾客?供货商?亲戚?所有人在那里说啊说……

没有地方有任何指示牌,完全出于运气,我在经过一处被虫蛀坏的门廊时,偶然发现这里竟然是古老而绝妙的谢伊特驿站。一个胡子稀疏的瘦小男人从隔壁茶馆出来,正好看见一身游客打扮的我,拿着相机,伫立在他的宝贝院子里。男人和他的房子一样古老,看到有人对他的宝贝感兴趣,十分高兴,这房子显然是他的生命中心。铺着石块的长方形庭院,围着一圈两层楼的建筑,里面有数不清的接待商队的客房。走廊和楼梯的木头,历经风霜,变成琥珀色。被时间侵蚀而腐朽的栏杆扶手用一层金属网包起来,以免造成意外。从前的石灰白墙上,有无数道黑色裂纹。有些房间门框上方开着一个洞,可能用于穿过火炉的烟筒。

也许因为这些沧桑,这地方显得十分迷人。谢伊特打开一扇门,请我跟着他走下一道楼梯。这里是从前的地下马厩,可以容纳整个商队的马匹,现在住着他的小马。他抚摸着他的马儿,跟它说话。可怜的、非常可怜的谢伊特，眼睁睁看着他的驿站正在沦为废墟。他奔走呼吁了两年，希望得到一笔资助来修葺这里，至少保住这里的屋顶，他还在等待答复。可惜我们完全预料得到，丝绸之路上这一珍贵的见证，用不了多久就会消失，跟其他见证一样。

就在我们聊天时，茶馆里自然而然冲出一群人，迫不及待加入我们的谈话。现在的话题围绕驿站的建筑年代，谢伊特也吃不准，只说大约有六百年历史。一位之前尚未开过口的老者，穆罕默德，解释得更详细，所有人都带着尊敬听他说话。他不慌不忙寻找着简单的词汇，时而在我的记事本上写几个字，时而翻翻我的词典。他解释说这个 han（驿站）的名字里，有基利塞利（kiliseli）一词，意味着这房子应该是某座教堂的产业而不是清真寺。他们给我解释说，清真寺一般都会在周边建一些有收益的附属建筑，比如集市、店铺、客栈等，租金用来维持宗教场所的运行。比如博卢的那个驿站就是如此。那么天主教教堂，比如博卢的那个教堂也如此运作吗？对于这种假设，我未找到任何确认。现有的证据也不能完全说明问题。奥斯曼帝国征服这里后，大量教堂还是被保留下来，一直到凯末尔革命，以及最后一批希腊基督徒离开，这些教堂才遭抛弃。但在它们的身世中，人们并不能找到驿站的痕迹。

五月二十七日早上，我离开小城时心情愉快。我的脚几乎已经痊愈，经过适当包扎，再也不痛了。阴天，空气清新凉爽，笔直的道路沿山坡微微起伏。山脚下，乡村红屋顶的房子小得很可爱，仿佛镶嵌在清真寺针尖般白色尖塔构成的风景里。天上飘浮的白云，把它们的影子扑向科鲁卢峰，一座绵延五十多公里的山峰，最高处海拔有两千一百米，冬天的积雪依旧清晰可见。在一个十字路口，有一辆警车值守。两名警察中会讲英语的那位走近我，跟我说话。他请我到他们的汽车边上，给了我一瓶可乐。我再次发现讲"礼貌"的警察是只管交通的交警，他们不像专事打击恐怖分子的宪兵或"盘查者"那般具有攻击性。军人通常都很傲慢，以为这样就可以证明他们多么不可或缺。

天空不时飘下几滴雨，增添了几分凉爽，这微寒的天气正适合徒步。我再次审视自己，确认我的肌肉已经适应这十三天来我强加给自己的严酷行程，背包也显得轻松了不少。休息时我的脉搏降到每分钟六十次，疾步行走时也仅是每分钟八十五次。我有一种顶尖运动员般的特有能力，几乎可在瞬间恢复体力，这让我可以长时间行走，不一定需要休息。六十一岁的年纪，我在萨姆松号船上时确实还有点担心，但现在机体的活力又回到我身上。我的第一场战役，即强迫自己的机体接受挑战，似乎已经取得胜利。我感受到一种来自每一个细胞的陶醉。在这样梦幻般的景色中，我心飞翔，我终于进入徒步者的涅槃境界。

就如去年在西班牙台地，我徒步去孔波斯特拉时，也有这种有如神助的感觉。对我来说，达到这种境地，需要集合三种条件。首先要处于完全孤独的状态，这是找到腾云驾雾般感觉首要的、根本的条件。神祇们太神秘、太谨慎，有意保持距离，他们不会向团体旅行者打开大门。但仅有孤独，还不足以被接纳到奥林匹亚，还需选对地方，在城市、在室内的孤独是不管用的。为了靠近祭坛，必须身处无垠。作为大山的爱好者，我猜想大海也有优势，提供同样的无垠。当你视野的穷极处唯有地平线，当山峰与天空相连，你离涅槃的境界就不远了。然而这样仍然不够，最后一个条件同样至关重要，那便是身心必须达成一致。在徒步过程中，当肌肉适应每日的运动，达到一种理想温度，表现为轻微出汗、关节松弛，仿佛涂上一层润滑油，准备好应对途中的各种考验时，此刻会有一种神秘力量让你的身体处于一种近乎悬浮的状态。而你的精神，纯粹的精神飘荡在旷野、草原或山峰，仿佛沙海中的沙粒淹没于无垠，仿佛轻盈的蝴蝶翩翩起舞，仿佛家庭的藩篱突然被冲破，天空之门就这样打开了。行走在这些心驰神往的路上，我经常会想到使徒圣保罗，想到他在去大马士革一路上的炫目。他骑马（从一些宗教图片中推测，没有确切依据）或坐着马车去那里，基督教世界的面貌从此改变。

这种路上的幸福并非永久不变，它能持续多久很难计算。我们失去这种状态，也许因为一时过于激动，让心跳加速，灵魂受扰乱；也许因为绊到路上的一块小石头，失去了精妙的平衡；也许某个农人扔下手中的锄头，挥手向你大声打招呼。

午餐时，我在一个小餐馆吃了一顿美味的烤肉，我付的钱是正常价格的两倍。但有什么办法呢？在这个国家，哪儿都不明码标价。价格取决于顾客的模样，在收银台、在大门口被随意决定。今天，老板觉得对游客可以狠宰一刀。

又走了五公里，一个老头从另一个小饭馆出来，高声招呼道："来，喝茶！"

他是餐馆老板，几乎用强力把我拖到他店里。我接受只喝一杯茶。他对伙计做了个手势，有人给我端上一套开味小吃，通常我会很喜欢，因为有那么多丰富的口味可供搭配和品尝，既经济又实惠。老板向我保证，这是免费的。我试着拒绝，但是不管用。我已经被他的同事用烤肉喂饱了肚子,但他一定要我再尝尝他奉上的美味。我不知道如何解释"我已经吃饱"……为了不让他失望,只得勉强又吃了一点。

一辆小巴士经过我身边停下,提议捎我一段路,而我正迈着坚定的步伐重新上路,一心消化掉那些食物。我谢绝好意。不,我更喜欢徒步。

"对你免费。"司机让我放心。

"不收钱,不收钱!"乘客们也喊道,生怕我没听明白。

我不得不耍点花招,费很大劲来捍卫我走路的权利。他人的关心,有时也让人窒息。

我计划在一个叫德雷克伊的小村子停留。村子隐藏在一个小山谷的山坳,离我的出发地约三十五公里。我在一个可以俯瞰整个峡谷的天然大平台上俯身远眺,看见了那个村子。下方的一个十字路口,一条道路通向北边和黑海,100国道则继续往东而去。从我所在的岬角,可以看见伊斯梅帕夏,我在地图上找到的那个小火车站。现在是下午五点,我感觉相当不错。理智让我应该在此停下,但不知是什么心魔让我继续上路。顾不上小心谨慎,我决定下山穿过牧场一直走到伊斯梅帕夏。

然而我高估了自己的体力。等我走下高坡,脚上的伤口很快苏醒过来,那个火车站却如沙漠中的绿洲,随着我往前,它仿佛也在远去。等我终于抵达目的地,我早已筋疲力竭。那一带的房屋低矮、肮脏、破旧,唯有路旁的火车站看上去还算结实和干净。我走进一旁的小茶馆,老板穆斯塔法是个六十五岁的退休老头。我向他讲了我的情况——我终于能磕磕巴巴大致概述我的旅程——希望

83

能在他这里借宿一晚。他不可思议地沉默，起身到隔壁储藏室取出四枚鸡蛋，放到茶壶里煮。我们就着盐和面包，默默地享用了它们。

我有点不知该如何是好。离开？寻找另一个投宿处？主人给我倒了一杯茶之后，依旧沉默着转身离开，留下我一个人。一个坏了很久玻璃冷柜，四五张脏兮兮的桌子，就算是"茶馆"的全部家当了。一张桌上放着一副扑克牌和一副斯提拉牌，一种类似多米诺骨牌的游戏。粗粝的水泥地上撒着些沙子，用来吸潮，墙壁似乎从未粉刷过。穆斯塔法取鸡蛋的那个储藏室跟这个大厅之间，用一道不太密封的隔板隔开。透过缝隙可看见一张床垫直接放在地上，那肯定就是屋主的卧床了。

穆斯塔法回来时，同来的还有一位神色开朗、四十来岁面善的男人。申吉兹在铁路部门干活，负责开维修铁轨的起重机。他告诉我今晚我可在他那儿过夜，申吉兹住在停在铁轨上的一节车厢里。他的住处附近，一群男孩正在烧烤他们用网兜从隔壁池塘捞上来的鱼，他们大方地与我们分享。我的屋主在动手做晚饭前，花了很长时间摆弄车厢顶上的电视天线，为了找出一档讲法语的节目让我看。他终于调出一个法语频道，对自己的成果很满意，大笑着走了出去。申吉兹的牙齿雪白，完全可以去拍牙膏广告，真是难得的例外，因为我一路上遇见的绝大部分人都是牙齿焦黄、残缺不全。他为我调出来的电视频道，正在播报股市信息。为了不拂他的好意，我假装看得津津有味，勉强听着CAC40股指的股价。

附近学校的两名老师，在听说了孩子们带去的消息后，登上车厢踏步进来聊天。其中一位讲法语的水平跟我讲土耳其语差不多，但我们在这个狭小得一个小火炉就能烤得人窒息的空间里，一直聊到很晚，他们给我解释土耳其的教育系统如何运作。夜里很多次，有火车驶过这个小站，但丝毫打搅不了屋主的美梦，也许他早已习惯柴油机马达捶打铁轨的声音。

尽管我昨天走了四十七公里，但天蒙蒙亮时，我并未感觉到身体的疲惫。不过谨慎起见，我决定今天只走一小段距离，今晚就在离此地二十八公里的切尔克什停下。

五　康加犬

　　尽管我喜欢走小路去那些村子，但为我双足的健康着想，今天早上我还是选择走国道。天气温暖湿润，正适合徒步。太阳最初有些羞羞答答，临近中午便一下子发力，刺激着我的思绪。我的行走终于变成我喜欢的样子。经过最初几公里热身，身体处于欣快状态，前行毫不费力，我从重力中解放，纯粹的精神行者。野性的美景和平坦的地貌不时将我拉回到现实。视线可以延伸到很远，看到被割草机割过的草地和孤零零的几株树，阳光为山丘的缓坡涂上金色。临近中午，阳光灼热，我戴上宽边帆布遮阳帽，现在没什么可妨碍我了，我的身体、双脚很满足，让人忘了它们的存在。唯有思绪在平原飘荡，我在行走中站着做梦。

　　米歇尔·赛尔认为，被动状态是"初始状态的另一种形式"[1]。在每一天的努力中，在向着遥远目标难以察觉的坚定推进中，在酣畅淋漓的汗水中，我仰头望天，从童年的束缚、从恐惧、从既定的理性中解放，挣脱社会加于我的锁链，鄙视扶手椅和长沙发。我行动，我思考，我幻想，我行走，因此我活着。如果说行走有利于遐想，边走边考却更具随机性。一只鹰的展翅，一朵云的飘逸，一只野兔的逃窜，一个不明所以的十字路口，一朵无名野花的扑鼻芬

---

[1] 原注：《身体的变奏》，米歇尔·塞尔著，苹果树出版社，1999 年，巴黎。

芳,一声牧羊人的呼唤,乃至伸向无尽远方的起伏山丘……一切所见、所感、所闻,都会阻碍思考的延续性。行走者随时可能被无数小事从沉思中唤醒,回到脚下的道路上。

徒步对于做梦者更宽容。与思考不同,遐想可以被打断,并且也能毫不困难地续上被中断的线索。鹳雀的飞翔,昆虫的嗡鸣,鲜花的娇艳,砸到鞋上形状古怪的石头,反而可以激发想象力。边走边想,思绪飘向远方的情形并不少见。我常会在心里与某位朋友或某个我爱的女人进行理想的对话。带着对他们的回忆,一切变得简单,我是提问与回答的指挥。在这样的讨论中,我可以毫无压力地承认自己错了,因为没人会在那儿对我扔石头。有时在歇脚处,我会给对话者寄一张来自世界尽头的明信片,那人一定会很惊讶,因为我们已经很久没有见面。

我还经常与走过这条路的先驱者们对话,比如一二四五年教宗派出的这位柏朗嘉宾,他如此急迫地想抵达大汗的皇宫,在路上乘坐的蒙古驿马,就是著名的美国"矮种快马"的老祖宗。骑士一天要换七次马,只要他看见一处驿站,便去敲门。新一匹马已备好鞍,准备驰骋。他从疲惫的坐骑跳下,跨上矫健的新马,快马加鞭。就是靠着这样星夜兼程的骑士,蒙古皇帝才能源源不断收到来自帝国另一头的消息,了解发生的事。他辽阔的疆域从中国海一直绵延到西欧边境。

另有一位旅行家纪尧姆·德·鲁布鲁克的身影出没于草原;他是圣路易的信使。早在马可·波罗之前,他就提到过遥远的鞑靼人,单就鞑靼人这个名称,足以让欧洲最粗野的士兵胆寒。然而不知什么缘故,历史很不公平地让马可·波罗一人,名垂青史。

自从那些荣耀的旅行者走过这片土地后，这里的风景有过什么变化吗？路上铺了沥青，电线杆一根根竖起？我只需离开柏油路几百米，风景便没什么变化。这些田野、丘陵、山峦、庄稼、房子、农人，依然如故；那些看见我便远远招呼的牧羊人，与他们自古以来见证过孤独旅人或沙漠驼队的老祖宗的生活并无区别。圣保罗为这地方着魔，他十年间在这一带踏遍三万多公里，大部分靠步行。跟他说过话的牧羊人跟现在的有什么不同吗？

但这些路上并非只有传教士和商队，还有令人畏惧的军队，在这里进行残暴激烈的战争。这就是为何城市都建在易守难攻的位置，村庄隐蔽在地貌中，几乎看不见，融化于大自然。垒墙的泥巴来自大地，依然保留着它原本的灰色和红色。只是从前的茅草或欧石楠屋顶被瓦片取代，在平缓的山坡留下鲜艳的色块。

切尔克什与几乎所有土耳其城镇一样，建在偏离国道的地方。进城前，我路过一座巨大的专营肉类出口的食品加工厂，它是这座一万人小镇最主要的雇主。工厂带来繁荣，老城周边建起一圈楼房。城中心路边那些传统的木结构和干打垒土屋已被抛弃，沦为废墟。

旅馆很舒适，若不是早上五点被一阵嘈杂声吵醒，这一夜睡得还真不错。在一个有限的范围内，切尔克什竟然有十二座清真寺和十二个阿訇。一到祷告时间，每个阿訇都试图用高音喇叭展示自己的声音最迷人，以此吸引信徒。他们把音量调到最高，只要其中一位开始吟诵《古兰经》，十二个高音喇叭齐齐上阵，声音一个比一个响亮。仿佛那些错过进清真寺的人，可以被他们的吟唱补回来。我说的是吟唱！从前的穆安津在清真寺尖塔报祷告时间时，一定是吟唱。

正午稍过,卡车越来越多,我再也忍受不了。我渴望宁静,遂放弃国道,转向南面。我在地图上发现一条与大路平行的小路,从田野穿过,串联起各个村子。那就只好对不住我那还没好透的双脚,我选择重新走土路。我在路遇的第一个小店里买了几个干馕和一盒果汁,这就是我稍后的午餐了。不够丰盛,我承认。等到了城里,我再好好补偿。

找路没问题,因为北侧几公里开外的主路很容易辨认,一长串的重型卡车,沉重的马达声不时传入耳膜。在我右侧,一块高地屏风似的耸立,没有一条小路通达其上。我寻找地图上标记的那个温泉小镇,无果。在它应该所在位置,我看到的是一堆石块,肯定是废墟。我最喜欢废墟了,它们能让我浮想翩翩,我可以按自己的意愿来重建那些被时间风化了的墙和廊柱。我决定绕过去,更近距离地看一眼,顺便在那儿休息一会儿,享用我简单的午餐。

不远处,一群羊躺在地上消食,不见牧羊犬也不见牧羊人,仿佛它们自己在放牧自己。原因显然很简单:少有起伏的大平原,远远的它们就能被看到。我走上前,废墟是一些原有房屋坍塌后的残墙。在一堆混乱中还可清楚地看到石块垒砌的地基和通道的边缘。那里,四堵加高的墙上架着树枝搭成的屋顶,做成简陋的住所。一头备了鞍的驴子在废墟中啃草,画面很美。我放下背包,掏出相机,悄悄靠近驴子。它抬起头,不客气地看着我,但也没有恶意,随即又低头吃草。我离它还有十五米左右时,突然僵直,动弹不得。两条白色大狗从羊群中蹿出来,狂吠着扑向我。它们跟羊群的颜色几乎一模一样,所以我刚才没有看见它们。它们体形巨大,我一下子就猜到了，康加犬！

　　这种令人胆寒的狗，是土耳其的骄傲之一，被禁止出售到国外。它们矫健凶猛，是看护羊群的好手，被训练来对付野生动物，狼和熊。为保护它们不被凶狠的野生动物撕咬喉咙，它们戴着有金属刺钉的项圈。有个法国人告诉我，他在开车时曾被一头康加犬追逐过，那畜生毫不费力就追上他的车，当时他的记速表显示车速为每小时七十公里。而现在这两头怪物正朝我冲过来，我慌乱地四处张望，牧羊人在哪儿？躲在某个草棚里？我大喊，没人回应我。我继续叫喊着朝我的背包跑过去，我的声音因恐惧而变得尖细，我右手紧紧抓着照相机，左手一把抓起登山杖。逃跑是没有用的，我跑不到每小时七十公里的速度，只有硬着头皮面对。它们扑向我，身形巨大得就像我刚才停下想拍照的那头驴子。我口中干涩，感觉心脏就要停止跳动，我已经想到它们的獠牙撕碎我裸露的胳膊和小腿。我手里甚至连一把小刀都没有，我的刀藏在背包底部的一个口袋里。即便我有刀，这刀跟康加犬的獠牙差不多大，恐怕也无济于事。

　　我的朋友阿莱克西曾花了很长时间给我解释如何让一条狗安静下来的方法。将一根棍子指向它，但不是威胁它，仅仅是遏制住它，与之保持一定距离。但他没有告诉我面对两条恶犬时该怎么办。在理论与实践的区别中，我只能随机应变。我贴着墙根，对着两条大狗轮流挥舞手中的登山杖，口中喊道"趴下"。它们显然听不懂法语，越来越躁动，嘴角露着吐沫，颈圈上长度不下十公分的金属刺钉闪闪发亮，几乎跟它们的獠牙一样尖利。幸亏两条狗紧挨在一起，我可以在同一方向对付它们的进攻。棍棒自卫理论似乎很管用，它们打着嗝，淌着口水，翘起嘴唇露出发亮的獠牙，但与我保持着一定距离。

我稍稍定了定神，至少有一点希望。这时，我突然想到一个荒唐的念头，因为我手上正拿着照相机，何不趁机拍张照片，即便它们把我撕烂了，也好让人知道这一切是怎么发生的。我一面紧紧抓住手中的棍子，将之抬到它们脸部的高度，一面根据判断摁下了相机快门。我此刻是正对着阳光，我的相机很现代很聪明，拍不了逆光下的景物时，闪光灯会自动亮起。狗子们吓了一跳，愣了一下，随后继续吠叫，但已有些心不在焉。其中一条狗闭上了嘴，后退了两步，然后又回来继续吠叫，最终还是离开了。我大着胆子，又拍了一张照片，但这回可以比较仔细地构图，当然手里仍然紧紧握着登山杖。又一道闪光亮起，恶狗后退了几米。

我停住不动，这时尤其不能打搅它们的后撤。它们依然骚动不安，但与我保持着一定距离，然后重新朝羊群方向走去，惦记着要保护它们，于是就在羊群和我的中间地带躺下。总算安全了，我长出一口气，狠狠骂了自己几声。我真是个蠢蛋，别人早就警告过我："要避开羊群，康加犬一般就在不远处。"人家没有告诉我细节，自负的我一直以为这些可怕的动物一定是黑色的，地狱般的黑色，所以我一直在羊群周边寻找黑色动物。我一直以来看到的牧羊犬总是待在主人身边，与畜群保持一定的距离，所以我从来没想到过这些动物可以融进羊群里，羊本来应该怕它们的才对呀。至于它们的颜色，除了鼻尖是深色的，它们几乎和绵羊一样雪白。我后来在库尔德人地区，见到过另一些康加犬，它们的耳朵和尾巴被剪去，为了不让狼或熊抓到它们。而我首次遇到的眼前这两条大狗，有着长长的漂亮尾巴，卷成一个横向的大大的"？"，它们的耳朵也完好无缺。

危险终于远去，我在一块石头上坐下，大口喘气。最好还是快点离开这里，但离开之前，我还是想把那头小驴子给拍下来。但它也让我上当了，看它有驮鞍的模样，我以为牧羊人应该就在不远处。我悄悄凑近，离它十米左右时，那两头康加犬再次朝我冲过来。我赶紧站住，半是惊恐半是自嘲：

"好吧，好吧，我明白了，你们是为了保护它。我撤，我撤。反正，没有这张土耳其笨驴的照片，我还是可以继续活下去的。"

我把登山杖指向它们，慢慢后退到我的背包处，同时不让它们脱离我的视线，等它们慢慢安静。我收起相机，背上背包，转身离开，把废墟和驴子抛在身后。就在这时，有人叫住我，是牧羊人，他刚才去采蘑菇了。与我期待的不同，康加犬并不过来与主人打招呼。我们聊了一会，他叫阿德姆。在他的保护下，我终于能拍下一张他站在驴子旁边的照片。我试着拍几张他那些令人生畏的守护者的特写，但我只敢用长焦把镜头拉近。阿德姆扯住他的狗儿们的耳朵，我小心翼翼凑近其中一只狗。一阵狗的低吼提醒我，我最好还是离远一点。这些大型猎犬可是六亲不认，主人的命令也未必服从。

牧羊人指给我草场中一处汩汩冒着清水的泉眼，这是一处温泉。我们一起分享了我的干馕，喝了泉水。他也不记得泉水有什么功效，但肯定能安抚旅行者对康加狗的恐惧。

在下一个村庄，我遇到一群小孩问我讨要礼物，这是我出发以来的第一次。我把别在衣服上的小徽章给了一个小孩，把没吃完的馕给了另一个。乡村景色无比美丽,但我差点一脚踩上一条正在横穿道路的红头小蛇。我甚至有点欣喜,因为当你曾经跟康加犬对峙过,在一个体形如此迷你的敌人面前,肯定不会表现得像个窝囊废,即便它有毒有害。我很开心,得意于自己战胜了这种可怕的危险,因为无论在法国还是在土耳其,面对毒蛇,大家无数次在我面前表现得惊慌失措。但从此以后,即使遇到让人胆战心惊的蛇,我已知道该如何战胜恐惧。

在一个小村子,我沿一条穿过村庄的河流走。一堵矮墙后面传来一阵女人的笑声,她们大约有七八个,坐在矮墙的阴影里,围成一圈,中间的毯子上堆着小山一样的羊毛。她们一边聊天,一边纺着手中的毛线。我朝她们致意,她们愉快地回应。我大着胆子走近她们,心中有些忐忑,因为人家提醒过我"不要和女人说话,尤其是没有男人在场的时候",而这群人中没有一个男子。两个穿罩衣的女孩从隔壁房子里走出来,看上去初中生的年纪,很高兴能用到课堂上学会的几个英语单词。妇女们都戴着包住头发和脖子的头巾,她们中最靠近我的两位,害羞地扯了扯头巾,把嘴部也遮掩起来。后来我发现越往东走,这样的习俗越根深蒂固。她们中有好几位已经上了年纪,最年轻的那位已是两个女孩的母亲了。她站起身进到屋子,几分钟后出来,手里拿着一罐艾兰,微笑着把这种清凉饮料递给我。我停下脚步,聊了一会儿。她们告诉我,羊毛整理好后用来做一块褥子。这里弥漫着一种简单又幸福的氛围,很是打动我。她们表现出跟男人们一样的好奇心。

"哪国人?从哪里来?要去哪儿?"千篇一律的那几个问题。我愉快地回答了她们。与康加犬的遭遇奇怪地把我变得无拘无束起来，以前我可不是这样。用我的孩子们的话来说，我变得比较有禅意。我得寸进尺大着胆子想给她们拍一组照片，她们笑着接受了。

"男人们去哪儿了？"

"在稍远处，他们在广场上干活。"

我在两个小女孩的带领下，去找男人们。她们很高兴能单独拥有一会儿一个外国人，在五百米的路程中，她们的问题连珠炮似的发过来。

男人们在忙碌着，十字镐、铁锹、瓦刀在手，他们正在一个有着罗马式屋顶的公共建筑旁，砌一口牲畜饮水槽。老者们坐在围住广场一圈的橡树树荫下，拄着拐杖或倚着树干，严肃评论着工程进度。每块大陆都有这样悠久的传统：在广场的树荫下，老者们侃侃而谈，给出前人的忠告。他们跟那群妇女一样快活，当然也一样好奇，我必须再次回答相同的问题，长者们也什么都想知道。一个年轻人朝一位有点耳背的老者大声道：

"他从伊斯坦布尔一路走过来，要去埃尔祖鲁姆！"

老头用拐杖指指我的脚踝，表示难以置信。随后他吐出一个我以后还会经常听到的词语："Mashallah！"

这个词语用于表达惊讶或赞叹，最早来自八到十岁的土耳其男孩行割礼仪式时的用语，仪式标志着他们进入男人的世界。他们身穿白袍，接受检阅，身后跟着自己的朋友们。他们在大庭广众下完成割礼仪式，随后回到自己床上，接受人们的探访和礼物。在行割礼仪式的过程中，他们要表现得足够勇敢，不能哭喊。他们的礼服上还有一条丝绸腰带，上面绣着朋友们不断重复的这个词语"Mashallah"，字面意思为"看看真主想要的奇迹"。我很高兴我的脚踝属于"真主想要的奇迹"!

一个男人指着我招呼另一个男人:"伊斯玛仪!"被喊的那个人走近我,说道:

"你饿了。"

这不是一个问句,而是一个肯定句。确实,我和阿德姆一起啃那个简单的馕,已经过去很久。伊斯玛仪·阿尔斯兰让我背上包跟着他回家,他的家面朝建牲口水槽的那个广场。到他家里,我们还未坐定,他妻子就端上一盆酸奶和一盆西红柿杂烩饭,仿佛它们就在等着我的上门。伊斯玛仪从衣袋里掏出一个皮制小口袋,很自豪地取出一枚铜质印章。他向我解释说他是这里的"穆夏"(相当于法国的村长),被选举出来的穆夏和四名助手共同管理这个区域。铜质印章是他所拥有权力的公开代表,认证他所采取的行动。

午餐十分可口,松软的面包又香又新鲜。

"是你烤的面包吗?"

他自豪地笑了笑。

"对,是我……"犹豫了片刻又补充道,"实际上是我妻子。"

她静静地坐在沙发上,沉静而体贴。

"那酸奶呢,也是你做的吗?"

"是,我……呃……是她。"

告别的时候,我带着感激握住村长的双手。然后我也向他妻子伸出了手,我要感谢她那些美味的菜肴。她晃晃手臂,困惑地望着我。我很窘迫,努力牢记:人们有时可以和土耳其女人说话,但永远不能触碰她们。

从这趟旅行开始以来,这是我第一次在一个村子里看到如此其乐融融的场景，这田园诗般的幸福画面深深留在我的记忆中。它提醒我，我要行走的丝绸之路并不是卡车的路，而是属于男人的路，经过这个村子后，还要加上属于女人的路。

但无论怎样，我不得不回到国道。因为在我与康加犬缠斗时，不小心弄丢了衣袋里涉及这一带的那页地图。缺了地图，我别无选择，只能回到大路上。

说实话，我不喜欢这种毫无魅力可言的公路。它们高效且实用，也不算完全忽视大自然，但就是没能融入其中。这是一种中性状态，完全激发不起我任何的遐想和思考。

但生活总有出其不意的时候，就在这条种着呆板白杨树、乏味单调的路上，我遭遇了最让人错愕的一幕。请想象一下，在一个不知要把你带向何方的十字路口，在卡车的车流旁边，盘腿坐着一个老头，一动不动，面前的篮子里放着六枚鸡蛋。那人是个瞎子，却有一双蓝得透明的眼睛，可惜呆滞无光。他对我说了一大通话，我一如既往什么也没听懂，除了明白他想把他的东西卖给我。可我如何将这些鸡蛋放入我的大包小包中呢？于是我买下鸡蛋，但是没有拿。他有些不开心，追了我几步，试图说服我带走他的宝贝，但最后还是放弃了。这个有着天使眼睛的老头形象一直挥之不去，肯定是因为最古怪的事物最能刺激人。最终，到底是哪个爱开玩笑的神设计出这样一副不可思议的场景：在安纳托利亚一条不知名的路上，一位老者眼睛望向天空，像捧着祭品一样捧着他的鸡蛋（哪儿下的蛋？），要献给一个来自法国的徒步者！

继续往前，一个戴了顶羊毛软帽、留一把大胡子、晒得黝黑的胖男人，正对着他胯下的小毛驴说话呢。那牲口驮着沉重的又长又粗的树枝,瘦弱的身子几乎被身上的树枝和骑士完全淹没,正艰难地爬上一个陡坡,一边还抖动着它的大耳朵,仿佛不想漏掉一丁点主人的长篇大论。隔着一段距离,他瘦小的老婆弓着背,迈着碎步跟在后面。这场景征服了我,我不知为什么。也许因为它是一去不复返的过往的象征,是收集了旧日时光种种景象的宝盒,里面有爱幻想的牧羊人,有勃鲁盖尔画笔下的收割者,有坐在草地上向身旁小女儿微笑着的母亲。总之,那景象之盒里的大自然是"在场"的、鲜活的,那里人与大自然平等相待,有着亲身的接触,有着相爱的关系。景象之盒里的世界,古老的不公依旧持续,但历经时间打磨,让人已经适应或巧妙回避这种不公,甚至视之为良好风尚的一部分。

村子里,不时有被春日太阳晒干的厩肥,被切成方块堆放好,存储到下一个冬季,它们充当着这与世隔绝境地中的燃料。

第二天,我先是经过库尔松卢,然后到达伊尔加兹,行走本身已经不再动用我的精神。同所有身强力壮的人一样,充满活力的徒步者会忘了他们的机体和不舒坦的感觉。

风景出现变化,我重新回到海拔一千米以下,森林再次覆盖了山坡。其实我更喜欢一望无际的草地。在伊尔加兹城中心,有人摆出两件老旧物品在卖,几年后也许真成老古董了:那是两辆手推车和两把摆杆步犁。我发现这里的亚洲人喜欢用结实的骆驼驮运东西,所以几乎放弃了改进他们的小推车。这些大概制作于五十年前简陋又土气的手推车,制作水平可能相当于欧洲中世纪的水平。实心车轮、柳条车身,没有任何避震装置,既不牢固也不轻巧,木车辙还在用牛油润滑。他们的制造中,不见任何金属痕迹。

过了伊尔加兹后，我尽量在城市过夜，因为住旅馆对治疗我的双脚更有利，它们老是出问题。从城市到城市，不绕行乡村，也让我行进的速度加快些。我这样慢条斯理、拒绝搭乘汽车或拖拉机的人，现在反常地焦急起来，都是因为伊朗人。鉴于我至少还需要八到九周时间才能徒步横穿土耳其，巴黎的伊朗领事馆破例给了我两个半月的签证，而非通常的两个月。但看看我目前的糟糕状态，我很担心健康方面的新情况拖延我的进程。这样的话，我很可能要在七月二十九日之后才能抵达边境，那我的签证就将过期。必须等待两到四周才能拿到新的签证，这可不行。理想情况就是我能在七月十四日左右，离开土耳其。今天是五月三十一日，因此我还剩下一个半月的时间走完一千两百至一千三百公里，我应该可以做到，前提是我的守护天使好好照顾我，我可以从既定的行走计划中挤出十天时间。不过这些繁琐的计算让我操心又厌烦：沿着传奇的丝绸之路行走，这样美好而自由的狂热难道应该成为一种约束和焦虑的来源吗？

我每天行进的距离很接近从前商道上的驿站间隔，这种距离仅取决于丝绸之路上的地理情况。为抵达库尔松卢，我步行了三十三公里，到伊尔加兹，又走了三十六公里，这样的距离可不是偶然的。当年驼队每天的行进距离在三十到四十公里之间，相当于负重的骆驼每天慢走九到十个小时。因此，从前城市间相隔的距离，就相当于骆驼行走一天的距离，直到机动车的出现，缩短了这种距离。自从旅行者在一天之内就可以开车穿越五百到一千公里，为驼队服务的基础设施就再无存在的必要。驿站备受冷落，不再有用，遭人抛弃……沦为废墟。这种现象不限于土耳其，在欧洲、在法国，自二十世纪初，大城市不断发展壮大，却损害了一众小城镇。在一些乡镇，旅馆消失了，因为没有客人。随着乡村旅游的兴起，政府部门推动"乡村客栈"的打造，让徒步爱好者可以在合理距离内，即一个人步行一天的距离内，找到栖身之所。

热浪开始袭来。在代夫雷兹河蜿蜒穿行的山谷中，湿地被开垦成稻田的历史，已有三十多年。在突悬于山谷的公路上俯瞰，可以看到谷底几何状的一方方水田，犹如一面面镜子。白鹤与苍鹭掠过水面，它们在这个地区大量繁殖。农民们握着铁锹，让每块稻田周边的水塘保持平衡。为了保证每一块水田里有水，他们建立了一套很精巧的小水沟灌溉系统。妇女们站在水没过小腿肚的稻田里，裙子宽大的下摆散开，插秧或拔草。我在路上看到一个年轻女人，迈着威严的步伐，牵着一匹带鞍的马，马背上驮着两只巨大的柳条筐。那场面很有一种古典的皇家风范。我把她摄入照片。

从伊尔加兹到托斯亚的这一段路程很艰苦，天气炎热，距离漫长。如果信任我的地图，这段距离是三十八公里。天空中，一只鸢鹰在静止的空气中懒洋洋地扇动着翅膀，寻找气流的支撑，好让自己滑翔。我是这么认为的！

我在一个加油站买果汁时，一个农民停下他的拖拉机朝我冲过来，指着我的大背包问道："你背着的这个马达是怎么回事？"土耳其人太喜欢机械化了，对于徒步这种事一无所知。

道路显得特别漫长，我突然明白其中的原委。我地图上标明的距离，比方说伊尔加兹和托斯亚的某两个十字路口间的距离，但这两座城市本身在主干道上就占据了好几公里。因此我一共走了四十六公里才抵达托斯亚。最后的几公里尤其艰难，那是条又陡又直的上坡路，城市就坐落在坡顶。一公里、两公里、三公里，我还未见到那座城。我很渴，今天已经灌过两次我那两升容量的大水壶。一路上我还买了好几罐可乐和果汁，一共喝下了六升水以抵抗脱水，我还乖乖吞下了不少含盐胶囊。我的大背包压垮了我，如果我能找到一家舒适的旅馆，明天我就留在托斯亚休息一天。然而在托斯亚，能找到一家舒适的旅馆吗？

在一些小城镇，大多数时候只有一家旅馆，选择倒是简单。不过我需要问一些在法国从不用考虑的问题，比如：有淋浴设施吗？有的话，有热水吗？如果得到肯定的回答，还得经过核实。有一次，有个旅馆老板把走廊尽头一个古老的冷水洗手池称为"淋浴"。即使有热水，有时也用不了。早上七点，水是滚烫的；到八点，变成温水；到了九点，就是凉水；到晚上，水自然就变得冰冷。还有，这里的房间通常都是大通铺，门不上锁。这就给我出了难题，我背包里的每一样东西对我都是必不可少的，我无法冒被偷窃的风险。

所有的攀登终有尽头。托斯亚最开始出现的是一幢幢钢筋水泥建筑，周围污迹斑斑的硬泥地上，到处是一堆堆废铁。这是靠近中等规模城市常见的场景：上百个机械或电子设备小加工厂倒卖着汽车、摩托车、农用车。等我爬到坡顶，一路的艰辛得到了补偿，远处的托斯亚山顶，还覆盖着白雪。城市成马蹄形，背依一道岩石屏障，那绝壁保护着城市免受北风的蹂躏。此刻如血的残阳将白墙赤瓦的房子染成一片红色，它们高低错落排列，宛如古代露天大剧场的阶梯座，一直延续到我身处的剧场中心。在我左侧，矮墙围着的葡萄园为这片风景点缀上一道道绿色；在我右侧，一道狭长陡峭的深谷直插地心,看不到尽头。这景色如梦如幻,大自然与人类建筑和谐相融。这是我从伊斯坦布尔出发迄今见到的最美丽的城市。

还好,旅馆很舒适。那支登记入住的笔很犹豫,是写通常的价格还是旅游者价格?肯定是旅游者价格。但我已经顾不得许多,我的鞋底已贴到肉里,腰部渗血的皮肤被汗水和腰带的摩擦刺激得生疼。我用还算温热的水冲淋了许久,解解乏。然后处理了一下水泡,便倒在床上躺了大约半个小时,让体力慢慢恢复。人家端上的羊肉煲也给我补充了足够的能量,我接着便像个年轻人第一次赴约那般急切,冲出去寻找网吧。可惜,十五台电脑只有一根网线,而且这个城市欠发达的电信设施,让网络信号断断续续。因为我早就准备好要克服"文明"带给我们的种种羁绊,信使之神只给了我三秒钟连线时间,但足以让我知道有四份邮件在等待我。要读这些邮件,我必须明天再来试试。我早早入睡,早上七点时醒来。但我实在太累了,八点时又睡着了,一觉睡到了中午。我整整睡了十二个小时,这可是三十年来从未发生过。

下午,我开始搜寻有关托斯亚和丝绸之路的信息。依然是让-巴蒂斯特·塔维尼耶,在他的回忆录中写他在这座城市见过"一座漂亮的清真寺和丝绸之路上最美的驿站之一"。托斯亚(字面意思为三股水流)最早叫作多杰亚,到拜占庭时期被称作佐卡,后又变成特雷齐亚和图尔基亚,在二十个世纪中被占领过十二次。为庆祝奥斯曼征服安纳托利亚七百周年,一场研讨会正在这个城市召开。一位以前研究城市历史的教授告诉我,这里有一个当地部落叫利迪利亚,他们发明了硬币并打造出了第一批硬币。在城市南部有一个叫博阿兹卡莱的村子，就是古代赫梯王国①的都城哈图沙的所在地，可惜我徒步绕过去太远了。

库夏·孔贾，一名大学生机械工程师，自告奋勇为我做向导。塔维尼耶描写过的那座美丽圣殿，依然还在。尽管它被叫作"新清真寺"，却是由土耳其最著名的建筑师米玛·西南②的一名学生于十六世纪建造。米玛·西南正是建造了伊斯坦布尔苏莱曼清真寺的那个人。阿訇自豪地带我们参观整座建筑，这里经历过多次维修和加固，尤其在遭遇一九一三年的一场大火及后来的几次地震（最近一次发生于一九四六年）。圣殿可容纳七百多信徒，重要日子，人数可达上千。清真寺里有两件稀罕之物，一件是窗子一侧的一根小圆柱，柱子并未被固定住，也不支撑任何东西，如果用手拨弄，它会绕着自己旋转。传说只要此柱还能继续旋转，清真寺就会得到保佑。另一件稀罕物是个挂钟，最近刚刚换过被水浸坏的细木板。它在朝向麦加方向的神龛边上发出嘀嗒声。阿訇也不知道这挂钟的年纪，无论钟的表盘还是机械装置，都没有任何日期标志。表盘上有个名字"马库利安"，可能是制造商或销售商的名字。指针轴下方，用法语和金色字母刻着"献给君士坦丁堡"。因而这座钟应该制作于君士坦丁堡在十五世纪初被改称伊斯坦布尔之前，而且这句话用的是拉丁字母而非阿拉伯字母。这不奇怪：在君士坦丁堡，照着希腊传统打造钟表或自动装置的工匠声名卓著。我仔细观察这件作品

---

① 公元前19世纪在小亚细亚出现的奴隶制国家，公元前14世纪达到鼎盛。首都先在库萨尔，后迁到哈图沙。

② 奥斯曼帝国天才的建筑师，一生至少创作了374座建筑，大部分作品造于苏莱曼大帝统治时期，包括伊斯坦布尔著名的苏莱曼清真寺。

的细节，根据指针指向表盘内侧还是外侧，针尖处的数字代表了时间变化。这的确是非常漂亮的做工。

然而，尽管我使出浑身解数，还是没能找到塔维尼耶描写的"最美驿站之一"的任何线索。它的命运显然和这里及别处的奥斯曼建筑一样，因疏于维护而坍塌了。不过我听说离托斯亚一个半小时路程，在萨夫兰博卢①的一个村子，有个露天博物馆，土耳其人也很喜欢去那里，因为那里有非常漂亮的传统民居，说明这个国家对它丰富的遗产也是可以心动的。但为什么这一切都做得如此散漫和无政府状态？我很愤怒，原因嘛，因为我对古驿站的保护特别关心……

傍晚，库夏和我去了土耳其浴室，我再次有机会领略土耳其人的极端害羞，这让我有点吃惊，因为我早已习惯西方运动场所的更衣室，在集体淋浴房，赤身露体是常规。土耳其浴的仪式很讲究，我们先是在一个小房间里脱下衣服换上缠腰大浴巾，随后进入第一间加热过度的屋子，接着进入第二个蒸汽浴大厅。这里的墙壁和长凳都是白色大理石。我们一边用一个小盆子从大理石喷泉的承水盘舀水往身上浇着水，一边聊天。大约半小时后，一名按摩师用马尾手套在我身上涂满肥皂泡。在脱光衣服的小间里，服务生用厚厚的浴巾把我们从头到脚裹起来后，我们躺在板床上，一边喝着艾兰饮料一边聊天。那些像我一样每天汗流浃背的商队旅人，真该来土耳其浴室。不过我后来参观过的驿站，没有一家带浴室的。

这座城市有个特色，街上的机动车几乎都是挎斗摩托，可以

---

① 也叫番红花城，世界文化遗产，位于安纳托利亚高原边缘山区，历史上是商队驿站和贸易中心。

派多种用途，载人或载物，大多数为一些小葡萄园庄园主所有。这种车当然也有喇叭，骑手们动不动就摁喇叭。几个爱出风头的年轻人，开车时试着让摩托车的第三只轮胎，就是挎斗的那只轮胎悬在空中。今晚城里弥漫着一股轻浮、快活、吵吵闹闹的氛围。

晚上，我的向导的母亲邀请我共进晚餐。这是一个欧洲化生活的家庭。无论是退休教师的母亲还是库夏的妹妹，两人都没戴头巾。我们在桌子上吃饭，不像在农村那样席地而坐。我们吃了美味的甜点、足量、丰富、色彩缤纷，总之，很丰盛。艾梅尔是个身材修长的少女，显然很高兴能遇到一个西方人，好奇心没有止境。我们的聊天主要集中在讨论经济和政治处境；对PKK首领奥贾兰的审判，是解决库尔德问题的首个信号吗？土耳其的经济危机和两位数的通胀，很大一部分原因归咎于为维持世界上最强大军队之一的庞大军费开支，众所周知的恶性循环。因为与库尔德人的对峙，军人都开双饷。所以他们很自然是坚定、强大的好战派，当然还有其他一些人。可怕的通货膨胀让穷人雪上加霜。如果说军队的形象还算保持正面，服两年兵役的预期已经不再让年轻的知识分子感到骄傲。

这个夜晚让我无比兴奋。如果说我在乡村受到了热情接待，但交谈有限，完全满足不了我对于深入交流的渴望。而在这里，在一个舒适且信任的氛围，我们四个人不停说着，仿佛都需要某些东西的填补。我们道别的时候，艾梅尔跟我行了贴面礼。在我的整个旅途中，这是唯一一次，我的胡子茬擦过一个女孩的脸蛋。

一大清早，我离开城中心，朝我来时就瞥见的大峡谷方向走去。我穿过城市低地的钢筋水泥街区,幸亏前天进城时没有看到它们,让我一度以为自己进了天堂的前厅。我走了四小时,终于来到一个勉强能称作食品店的店铺,买了几个干馕,待会儿带到高坡上去吃。一群在一道高高峭壁下吃草的奶牛引起了我的好奇,它们似乎一个接一个消失不见了。就算要绕点路,我也想知道到底怎么回事,这大山如何就将牛群一窝吞下了呢?其实很简单,这大岩壁中间有条缝隙,牛群吃饱了肚子后,就躲到缝隙后的岩穴里消化食物,那是它们的阿里巴巴驿站。

山谷越收越窄,上升成一道山口。道路旁边,有个男人像一截树桩似的站着,这是个断了腿的残疾老头,他生活在这里,离有人住的地方十公里左右。他身边放着一把被烟熏得黑乎乎的茶壶,正在一堆细细的木炭上吱吱冒热气。他夜里就栖身于一旁的小树林,躺在美丽的星空下,时不时有好心人给他点水和食物。司机们开车经过他时,不停车扔给他一些硬币。我给了他一张二十五万里拉的纸币,他紧紧抱在胸前,对我说了长长一通话,我听懂一点安拉会百倍回报我之类的话。这其实也花不了安拉多少钱,我倒更愿意安拉用心照看好这些多么无助的造物。我又想起那个眼睛看向天空的瞎子,他们俩要是能结伴,倒是珠联璧合。

在山谷另一侧,又一片平整的稻田铺陈开来,水面反射的太阳闪耀着无数金光。围着这些方方正正、平滑如镜的稻田,白雪依然覆盖的柯斯达西山露着狰狞的轮廓。山梁延伸处,绿油油的土地是取之不尽的黏土,这也解释了我一路走来看到许多砖窑厂的原因。

傍晚,我来到哈吉汉扎,这是丝绸之路上非常重要的驿站。这个村子的结构与众不同,十分有意思。这里不像别处,在村子里面或周边有个驿站，这里全村就是个大驿站，至今仍被石土混合的城墙环绕。内侧的房屋依墙而建，每座房子都有一个挑空的阳台，这样就形成一座瞭望塔和防御工事。进村的大门已经消失不见，在里面还可以找到一个巨型牲口棚，有二十来米宽，一半已坍塌。残留未倒的部分是一座宽大的砖砌拱形长廊，长达三十米左右，那种精细程度令人吃惊。

几名信徒由阿訇陪着从清真寺走出来，我上前搭话。我的出现引起他们一阵忙乱，谁能来接待我呢？我再次感觉自己成了烫手山芋。阿訇突然看见一个人，把他喊住。一个小个子男人过来坐到长凳上，坐到我身边。贝切特沉默了一会，转过头用怯生生略带颤抖的声音，用英语问道：

"您会讲英语吗？"

贝切特·库马尔穿一套苏格兰格子西装，各种绿色很艺术地结合在一起。他灰色的小胡子很精致，他本人模样瘦小、弱不禁风，整个人仿佛就是世上一粒脆弱的尘埃。金属般黑色的眼睛很有穿透力，显示出他活跃的思维。跟大多数土耳其人一样，留了两三天的胡子给人一种漫不经心的感觉，尽管他西装革履。贝切特是个退了休的农民。一年前，有个朋友的朋友，英国人，说是要来玩，于是六十七岁的他决定学习莎士比亚的语言。最后英国人没有来，但这小老头继续学习英语。我们聊了会儿天，我的房东显然很享受被周围人艳羡的感觉，因为他是村里唯一会说外国话的人。过了约半小时，他请我跟着他小步爬上村里的那条主路，顺道买了点水果，供晚饭时吃。

贝切特从未上过学，但他通过研究旧报纸上的字母，自学识字,他对阅读深深着迷。他有一个书架,我从伊斯坦布尔出来后,在乡村还从未见到过。他最喜欢的书是《堂吉诃德》。老先生很自豪地向我展示他的其他藏书,特别是被译成土耳其语的他崇敬的法国作家的书:伏尔泰、笛卡尔、卢梭、马勒伯朗士[1]……

"您读过马勒伯朗士吗?"

我承认我没有。但我们在伯纳丹·德·圣皮埃尔[2]那里找到了共同语言……这位小老头还藏有两本百科全书。他最后告诉我,虽然他学习英语,但从未有机会实践,所以请我说得慢一点。他运用抽象词汇还有些困难,开口前要想许久。他很高兴,他的快乐溢于言表。他不知道要为我做什么才好,接待一个外国人实在让他太幸福了。

"在等待晚餐的这会儿,我们一起出去走走?当然,如果您愿意的话。"

我很为难,只能尽量婉转地说,如果这样能让他高兴,我当然乐意。但是我今天刚刚走完了三十八公里,所以……

"您知道吗?如果您愿意,可以在这里停留一天、两天、八天,我的家就是您的家。"

打开门,屋里有四个机灵可爱的孩子,是房屋主人的四个孙辈,他们的父母住在楼上的房间。爷爷与孙辈们的融洽显而易见。

---

[1] 马勒伯朗士(1638—1715),法国哲学家和神学家,法兰西科学院院士。他是法国天主教奥拉多利修会的神甫,十七世纪笛卡尔学派的代表人物。

[2] 伯纳丹·德·圣皮埃尔(1737—1814),18世纪法国小说家,著有《保尔与维吉妮》等作品。

我注意到两个小女孩得到与男孩相同的待遇，而通常只有男孩才有权接近我这样的外国人。拥有一个书架的男人，对女人并不采取排斥的方式。我回法国后收到过他一封辞藻华丽得有些浮夸的信，为感谢我寄去的他们的照片。信的结尾这样写道："我的孙儿孙女们吻您的手。"

尽管我的出现在每个村子总能引来络绎不绝的好奇者，但在贝切特家，我终于可以做一回匿名者，没人敢打搅家里的老太爷。一清早，我写了几句感谢他的话，给他的孙子孙女们留了点小礼物，然后尽可能轻手轻脚地打开门，想偷偷溜走……但他从厨房冲了出来，他可是一直在等着我呢。早餐已经准备好，他说怎么能让您空着肚子走呢？跟昨晚一样，他也只是稍微尝了几口他的食物，却带着欣喜看着我毫不客气地狼吞虎咽他妻子准备的食物。他一直陪我走到大路，他的妻子在阳台上向我挥手道别。啊，这世上真存在如这位小个子先生这般罕见特殊的人物，真是让人精神振奋。

夜里下过雨，流云奔涌至山顶，将其包裹。克孜勒河奔腾着泥浆似的江水，撞击到大块岩壁，然后掉头往西而去，再朝正北奔向大海。涌动的流云和江水间静卧着一方方稻田，苍鹭缩紧爪子从水面掠过。

昨晚在住处，我感觉跟腱有些不适，睡了一晚不见好转，今天早上倒好，两只脚的跟腱都在提醒我：过于疲惫？水喝得不够？鞋带系得不够紧？中午时，我打了个盹，伸直双腿，按摩了一番疼痛的肌腱，喝了远超解渴所需的水量。

我走到奥斯曼吉克应该问题不大，路上风光迷人，我穿过一些狭窄的山口从一片平地来到另一片。为了让卡车通行，人们炸掉岩石，从大山中开辟公路。又是一片平原，粮田一望无际。远处黄褐色的山脉围成马蹄形，经过一夜雨水荡涤，空气纯净得让那些山脉仿佛就在跟前，而事实上我需要行走一天才能到达山脚。

走了四十六公里，到达奥斯曼吉克，我徒劳地寻找我忠实的塔维尼耶所描写的那"两个最为便利的驿站"。四个世纪前他参观过的那座十五孔古老石桥还在，但已禁止通行。为了让它看上去漂亮点，人们在桥身上下涂抹了水泥。我替这些可怜的石头难过，它们在这个灰暗的水泥石棺里会觉得时光漫长。在萨姆松号船上，一名退休乘客对我说过："我买水泥公司的股票，它们一直在涨。"看来不只是股票涨，混凝土也跟着涨。

这座城市没有任何吸引人之处。有两家旅馆，皆无淋浴设备，也没热水。我不知要选哪一家，两家的房间也都差不多：预料中的肮脏、嘈杂、狭小，丑陋到突然将我击溃。城市上方顶着一块巨大的岩石，上面有一座城堡废墟，只剩一堵残墙的最后几块砖，水泥倒还没爬到那么高。倦怠开始向我袭来，我知道必须与这阵阵的无助感作抗争，那是独自旅行的外乡人常有的感觉。我给自己打气，默念着一句阿拉伯谚语："旅行的人受尊敬，留家里的人被蔑视。"

六　我来、我见、我……

在奥斯曼吉克和古穆沙吉科伊之间，山紧贴着惊人的狭道，十分险峻。狭窄道路的一侧是奔腾的大河，湍急的水流从壁立千仞的花岗岩壁间穿过。因为激流有时会漫到路基，人们为此专门修了一道水渠。道路坡度很大，在坡底时，我的测高仪显示海拔四百五十米，等我攀上高处的平台时，测高仪已显示海拔一千米。

走到半山腰时我早已汗流浃背。一辆小汽车停下，年轻司机请我上车。因为我婉言谢绝了，他便把车停在稍远处，关了发动机，拿着一瓶古龙水朝我走来。这是这里的一种习俗，在餐馆，客人离店时，店家会拿出喷雾瓶，让客人擦擦手，有时还擦擦脸。我不怎么喜欢香水，所以就拒绝了。但卡米勒·泽伊雷克并不气馁，他回到车上，抱出一堆广告礼品要送给我：钢笔、日历、交通地图……我向他解释我的背包已经超重……他的失望是那么明显地写在脸上，我最终还是要了钢笔和地图，以后我可以送给某一位房主。我们就这样在一大片榉树林的树荫下聊了一会儿。卡米勒十分喜欢行走和高山徒步，这名商人旅行者想全面了解我的徒步技巧，我背包里的东西，我徒步鞋的质量，我睡袋的质地……

"到托卡特① 一带，你要小心恐怖分子。早晨不要出发得太早，

---

① 托卡特（Tokat），土耳其中北部城市，托卡特省省会。

晚上不要太晚。"他关照我，然后继续赶路，去见他的客户。

山顶俯视着一道道翠绿的山谷，前方是一片长达十几公里的平坦高坡，因为临近水坝，人们可以进行大面积灌溉。我在路边一个小饭馆歇息片刻，喝杯果汁，擦干身上的汗水。从那里，我可以俯瞰下方几百米的梅尔济丰平原。平原一望无际，伸向天边，不时有几堆小小的丘陵隆起，像极了圆锥形的甜面包，在灼热的空气中微微颤动。

在古穆沙吉科伊，唯一的旅馆只有最简单的设施，也没有淋浴设备，走廊上的厕所脏得令人作呕。

旅馆对面，就是穆哈默德帕夏驿站，至少是残留部分。因为围墙早已坍塌，唯有底楼的几间客房保留了下来，沿中轴线排成一排。为了体现出现代感，人们在客房前竖了一排路灯，殊不知破坏了它们美丽的前景。轴线两端，各有一道拱门，由黑白相间的石块砌成。若不是有人在一个拱门处造了座钢筋水泥的钟楼，犯下建筑上的罪行，这里本该有非常漂亮的效果。这座建筑已经四百七十岁，足以让人肃然起敬。人们用灰色水泥让它破相，迄今还不到五十年。因为这场浩劫，门廊的拱门也被破坏了，用一根灰色水泥柱支撑。废弃的钟楼吐出一道道锈迹，布满水泥仿制的假石头上。

隔壁的小广场，钟楼的阴影下有个小麦交易市场。一间土耳其大浴室，几乎与驿站一样古老，因过于临近市场而受困扰，但它幸运地躲过了钢筋水泥的蹂躏。躲过一劫的还有一座陵墓，它所激发的虔诚比它的建筑特点更有意思，也是这座城市的景点之一。

早晨，出发前我在广场边的一个小饭馆喝了碗热汤。老板问我道：

"在法国，你们也被共和政体的寡头统治吗？"

我刚有点听明白他的意思，旁边的食客便满怀激情地投入讨论，有人还请我作证。我着急赶路，避免讨论政治，反正我那点可怜的土耳其语词汇用来讨论政治很荒谬。

在我靠近梅尔济丰时，一辆警车停下，司机请我上车。

"我想和你聊天，我需要练习英语。"

至少，他说得很清楚。

我终于说服他到城里来找我，我们可以喝着茶更从容地聊天。梅尔济丰首先能看到的房子是座清真寺，现在人家正在把它拆除。有个干活的人朝我走来，用法语问我，想知道我来自哪里、要去哪里。总之，就是老生常谈的那几个问题。

塞丹·优素福在法国工作过十七年，大部分时间做黑工。他在巴黎住的街区我很熟悉，十八区东面金滴街一带的米尔哈路。两年前他在这里度假时，发生了一次严重的心肌梗塞，无法继续工作，没有医保，没有退休金。塞丹为他的退休伙伴们沏茶打发时间，也让自己有点用。他的伙伴们正在拆除那座清真寺，要在原址上建一座更大的。原本设计容纳一百五十人的清真寺，随着街区的发展，已经太小了，必须重建一座至少容纳五百人的清真寺。干活的都是从建筑行业退休的人，他们很愉快地接受了这项任务，既能表达他们的虔诚，又可展现他们的技能。

塞丹介绍给我的旅馆不怎么舒适，很可能别人允诺他一点好处费，他们最初报给我的合理房价被调高了不少。两小时后，我的短裤和两双鞋子的清洗价格也翻了一倍。因为我拒绝挨宰做冤大头，便搬到另一家更舒适的旅馆，却把一个装了一千美元以备不时之需的信封遗落在旅馆。第二天早上当我发现情况，窘迫地回到旅馆时，老板把完好无损的小包递给我，没说一句话，眼神里全是责备。

梅尔济丰有一座非常漂亮的石头驿站塌了，就在清真寺边上。根据一种常见的做法，驿站获取的收益用来维护宗教建筑。因此清真寺状况良好，驿站却成了废墟，二者都建于一六六六年。人们从一扇庄严的大门进入铺着石板的驿站内庭——有二十平方米左右——这是唯一的入口。院子里有两座喷泉，一座供牲口饮用，一座供人饮用。十多间大客房，在阴凉的庭院围成一圈，房间都是上下铺。一道半层高的斜坡通向商店和牲畜棚，上面还有六间供马夫使用的房间。在二楼，一道回廊串起四十多间单人客房，每个房间都有壁炉。可惜屋顶已经破损，房间不能使用，整座建筑随时有倒塌的危险。

正对驿站大门的是另一处古老建筑，带顶棚的大市场，人们称为"bedesten（意为带顶棚的市场）"，状态同样糟糕。建筑规模巨大，有九个穹顶，我多次尝试，还是无法进入那些被生锈的铁板和铁链锁住的橡木大门。

第二天，我决定抛弃国道、卡车和噪声，我的双脚终于也完全适应了鞋子。在托斯亚的休整让我满血复活，我又可以沉醉到草原、果园和这一带常见的榛子树的伊甸园。我走上一条久久环绕奥尔陶瓦空军基地的小路，围墙上矗立着一座座瞭望塔，可以看到全副武装的士兵在走动。

一个十二岁左右骑自行车的男孩,与我擦肩而过。这个奇怪的徒步者很让他惊奇,他要杂技似的猛然掉头,向我打招呼,并问了我一大堆问题。我的回答满足了他的好奇心后,他评判道:"对一个老头来说,你的体力还真是不错。"我喜欢他的直爽,我和他继续往前走,一直走到他的村子。广场上,二十来个顾客正围着一辆装着水果和蔬菜的小卡车。那些人抛下小贩,站成一排,无声地夹道欢迎,心里满是未说出口的疑问。正在建造清真寺屋顶的工人也停下手中的活计,喊道:

"来,喝茶!"

那个名叫安德·萨卡的男孩很清楚我的出现会引发的效应,他要发挥到极致。他用屋顶上的人足以听清的响亮声音道:

"他六十一岁,从伊斯坦布尔一直走路到这里。"

他很满意产生的效果,并且像个有心计的演员一样保持悬念,然后一踩踏板,来到我身边。黑压压一大群孩子在我们周边挤来挤去,但安德很注意看护我,他表现得像个苦役犯的杰出看守。他让他们跟了我们一公里左右,然后把他们赶走,他信息权威的地位依然牢固。他继续用连珠炮似的问题轰炸了我一番,然后告诉我说三公里外我可以找到一个村子和一家饭馆,便离开了我。

既无村子也无饭馆。在走了大约两个钟头后,在一个人工湖边上,几个准备野餐的农民邀请我分享他们的食物。阳光灼热,周边不见一点树丛,我们躲在拖拉机拖斗边吃饭。我的东道主们是阿塞拜疆人的后裔,一九一四年来到这一地区。他们愿意留我吃饭和睡觉,但他们的村子离我要走的线路太远了。他们的女儿法蒂玛从未照过相,请我为她拍张照。我也给他们的双胞胎——皮肤煤炭般黝黑、脏兮兮留着鼻涕的一个小男孩和一个小女孩拍了照片。

蓄水大坝俯瞰着平原，我从那里可以看到五个村子，我现在正位于地图上标记的第三个村子。我毫不费劲就找准了方向，出发穿过田野。在萨希吉里，村长穆斯塔法·穆吉德为我提供了住宿。夜晚过得十分愉快，村子里所有能动弹的村民络绎不绝来看我这个稀奇之人，两个英语说得不错的年轻人担任翻译。早上，他们消失了。而村长兼房东，认定我一句土耳其语都不会说，便不再搭理我。我们俩一个比一个尴尬，我迫不及待地离开了那里。

我的下一站是大城市阿马西亚①。通向阿马西亚的小路在大片繁茂的果园中穿行。人们认为樱桃树（Kiraz）就起源于土耳其，尤其是我目前身处的这个地区。现在正是收获的季节，一群群妇女站在梯子上，将樱桃小心翼翼放进柳条框。只有男人才跟我打招呼，犒劳我，鼓励我。我被这些新鲜多肉、清甜的樱桃喂饱，被这些热情、丰盛的接待温暖。不过这样的饱餐对我这个在此磨蹭了两天的"游客"并非好事。很多次我不得不紧急放下背包，急奔到隔离公路和果园的树篱后面。

中午时分，一场冷雨袭击了这个地区。通向城市的最后五公里，是类似高速公路的快车道。呼啸而过的大卡车溅起一股股冰凉的雨水抽打在我脸上。我浑身湿透，冷得发抖，还装了一肚子已经液化的樱桃。我终于看见了第一批出现的住宅区，不过我的磨难并未就此结束。阿马西亚蜷缩在一道狭长的山谷里，我还得走上三公

---

① 位于土耳其北部邻近黑海的阿马西亚省的省会城市。

里才能抵达市中心。我已经被冻僵，筋疲力竭。在遇见的第一家旅馆里，我十九点就睡下，没有吃晚饭，睡了无梦的一整夜。

早晨，热情的太阳又回来了。历史悠久的阿马西亚同时也是一座美丽的城市，被两山相夹于山谷。终于有保存完好的奥斯曼风格的房屋，倒映河中。一座城堡高高俯瞰被紧紧夹在峡谷中的城市。人们说是米特拉达梯①建造了城堡。公元前两百年，本都王国②的国王统治着几乎整个安纳托利亚，阿马西亚就是其首都。这座城市最初由赫梯人建立，后被马其顿的亚历山大征服，再后来被罗马人及蒙古人帖木儿征服。奥斯曼时期，这座城市变成一座要塞，对波斯的每次征战都是从这里出发。传统要求苏丹的继承人都要生活在阿马西亚，在这里接受教育，学习统治术。

我旅馆的对面就是俯瞰城市的峭壁，人们在峭壁上开凿出本都国王的陵寝。我有强烈的意愿在此休息一天，趁此机会搜集一些有关丝绸之路的信息，但任务很艰巨。跟所有我到访过的土耳其城市一样，即便有游客中心，也是名不符实，完全提供不了一丁点信息。游客中心的两个年轻人都不会讲英语，不会讲任何一种外语，只会分发一些小广告。博物馆同样令人失望，负责人艾哈迈德·尤杰，受过考古学训练，对新近发现的一条罗马古道十分兴

---

① 米特拉达梯（Mithridate）是公元前二世纪安纳托利亚地区希腊化国家本都王国的国王，历史上最有名的是米特拉达梯六世，与罗马人进行过多次战争，最后因战败而自杀。
② 本都王国（Pontus），古国名，位于小亚细亚半岛、黑海东南沿岸，公元前281年米特拉达梯一世建国，公元前65年被庞培征服，成为罗马共和国的附庸国，公元62年被罗马皇帝尼禄废除，成为罗马帝国的一部分。

奋。但关于沙漠商队的经商传统，对他就是个谜，他也从未想去钻研，并不比一般人更感兴趣。他把我打发到当地的一位名人阿里-卡米勒·亚尔钦那里，后者对此问题或许有些线索。另外，他会讲英语。于是我便兴冲冲去这个人开设的"一号公馆"，但他出去旅行了。他修葺过的这座房子漂亮极了，我当场就租下一个房间，立刻从我的低档旅馆搬到这里。

这是一座建于上世纪初的奥斯曼风格的房子，由黏土和木料构造的三层小楼，底楼半层位于地下。一个铺了石板的小庭院，掩映在核桃树和柳树的树荫下，让人好想在此睡个午觉或闲聊。房主收藏的一些古老农具或家具，被展示在那里。户外还有个厨房，专门用来烤肉，不让烟雾弥漫到房子里。第二层有一个大厨房和公共空间，人们可以从廊柱下的双楼梯上到三楼，立刻进入两间宽敞的接待室，阳光从几扇铸铁栏杆保护的窗子里洒满屋子。最后一层被分隔成三间客房，其中一间的藻井平顶装饰着色彩淡雅的抽象花卉和动物图案。阿里-卡米勒在壁橱里安置了浴室，这些壁橱原本白天用来放置卧具。我决定不住正房，而是选择了一间僻静的小屋，其入口藏在庭院一角的树荫下。

土耳其人起源于游牧民族，他们生活在房子里也像在住帐篷。普遍规律就是一间大屋子同时兼做会客室、餐厅和卧室，相当于一座独特的帐篷。地上总会有地毯，即便最贫穷的家庭也如此。那些更富有的土耳其家庭，墙壁、隔断等处也会有壁毯。帐篷里的靠垫在此依然占有一席之地，但沙发越来越成为土耳其家庭不可或缺的家具。事实上，根据聊天或睡觉的不同需求，沙发功能可随机应变。至于一日三餐，人们继续在地上，围着一个直接放地上的大托盘吃饭。

我还去巴耶塞特二世苏丹清真寺逛了一会儿，这是城里最大的穆斯林圣殿。与土耳其其他地方一样，这座建筑也不限于宗教功能，还是一个生活场所。一大清早，就有虔诚的信徒在入口处的美丽喷泉下净手，然后开始祷告。祷告结束后，他们可以选择在隔壁的茶馆喝茶，或在绿荫覆盖的花园里散步。至于大学生，这里有一座为他们服务的附属图书馆，以收藏稀缺珍本著名。我在图书馆发现一本法国人阿尔贝·加布里埃一九三四年写的书，他为我们描述了大量安纳托利亚的历史建筑。可惜于我而言，这位世纪初在伊斯坦布尔有着重要职位的建筑师，提到了包罗万象的各种建筑，如清真寺、陵墓、土耳其喷泉等，却对涉及商旅的建筑毫无兴趣。然而我唯一参观过的那几个驿站，我说过，让我念念不忘。也许在那个年代驿站太多，无甚特别，从建筑学角度看，它们也不值得关注。但我还是再次因为没能找到驿站的信息而深感失望。

不过我在一张一九二八年从悬崖上拍摄的城市旧照片上，看到两处庞大的建筑，它们就是接待旅行者的驿站。两千多年来，阿马西亚在通往东方的商路上，占据着重要的战略位置，是货物从黑海到叙利亚陆路的中转站。今天两座驿站中的一座已经消失，另一座也成废墟，在底楼还未坍塌的几个房间内，一些手工艺匠人安置了作坊，制作木器、铁器、皮具等。边上的大市场，二楼已经受损，但大穹顶下依旧有着繁忙的商业活动。一九一九年六月十二日，当时还是穆斯塔法·凯末尔的阿塔图尔克在阿马西亚召集了他的大部分朋友，发出了建立土耳其共和国的号召。忠实的阿马西亚用一个节日来纪念这一事件，人们给我讲了很久这个节日，为我不能多停留三天等待节日而遗憾，因为今天已经是六月九日，他们不能理解我此时来这里竟然不是为了这个节日。然而我的鞋底在烫脚，我必须行走。对此现象，我也经常自问，是什么推着我一直往前？是怎样无形的力量让我一早醒来就想着往路上冲？我的困难不在于行走而在于停下脚步，因为一旦主要疲乏解除，我就会达到一种生理上的满足感。鉴于我几周以来的锻炼，我能很快进入这种状态。我渴望行走，走了又走。

人们发现对一些朝圣者来说，当达到平均每天行走三十公里时，机体的训练可以抵消躯体感受。在几乎所有宗教中，朝圣是一种传统，目的就是为了通过劳其筋骨来提升灵魂：双脚在地上，但脑袋近上帝，即便平庸之辈也不会怀疑行走的精神作用。没有过类似体验的人常以为行走是件痛苦的事，对于那些受虐狂或宗教狂也许确实如此，他们沉浸于自虐，双膝跪地行走或赤脚走石子路。但每天控制在三十公里之内，行走就是一种享受，是一种轻微的毒品。

徒步旅行，独自一人，见天见地见自己，从躯体的禁锢、从庸常的环境、从固有的思维中解放。朝圣者经过长途跋涉，几乎都认为自己发生了改变。那是因为他们遭遇了自己的另一部分，倘若没有这样的长期面对面，他们永远也无法发现这个部分。这也是为何我们更提倡独自行走，当然这并不妨碍途中朋友相聚的快乐。朝圣者或丝绸之路上的商队，他们较之于我的优势就在此。晚上，旅人们可以探讨或不探讨他们的信仰；可以分享彼此的疲惫和新发现；可以交换、比较各自的感受、感叹，对白天冒出的各种念头进行评价。

六月九日早晨，我起得很早，在一号公馆附近的小餐馆吃了个滚烫喷香的乔巴（tchorba），我的主要食物。这时一辆坐着五名穿迷彩服、荷枪实弹士兵的小巴士停在餐馆门口，另一辆坦克也过来与他们会合，他们晚上在公路及周边地区巡逻。卡米勒曾对我说过托卡特一带有恐怖分子，我还未到那里呢，军队的动向已经表明，从这里开始，安全不太有保障。

七点三十分，我经过最后几间房子时，两名十二岁左右的初中生上来与我攀谈，问些惯常的问题，不过这次用的是英语。他们提议我到他们班上讲述我的旅行故事，他们的第一节课正好是英语课。我犹豫片刻，因为我更享受早晨凉爽时刻的徒步，而且我今天的路程将超过三十五公里。但他们很有说服力，我决定尝试一下，我历来很难拒绝孩子的要求。在两个孩子一左一右的陪伴下，我不无自豪地跨进学校大门。学生都穿校服，一色蓝西装外套。男孩们白衬衫灰长裤，女孩们白衬衫灰色百褶裙，外加头巾。在得到一个飞毛腿小孩的报信后，老师们早已在办公室正襟危坐等着我。我们一起喝了茶，然后我的向导们拉着我的手把我带到教室介绍给他们的老师。

这是位十分娇小的女子，奥兹努尔·奥兹坎的个头跟她学生差不多。但她肯定是位出色的教师，她学生的英语水平都堪称优秀。我用十分钟介绍了我的计划。孩子们听得热血沸腾，接着就是用一堆问题向我狂轰滥炸，问我一路的经历、我的动机、我的家庭、巴黎等等。我回答了所有问题，但他们还想知道我最喜欢的动物、我最喜欢的土耳其歌手等。当这股波涛终于平息，三刻钟已经过去了。现在轮到我提问，关于穆斯林头巾我有点困惑。奥兹努尔（她没有戴头巾）向我解释说这是一所教会初中，而在公立学校，任何明显的宗教符号被完全禁止。一名提问最多、最活跃也是班上唯一不戴头巾的女生主动向老师提议，要送我到栅栏门。拍过集体照后，学生的请求被满足，最后只有两名学生留在教室，其他人都蜂拥着跟在我身后，很开心能在课堂上开溜几分钟。我离开时身后的队伍比我刚才进院子时更加庞大和热闹，所有孩子都在告诉我他们的名字。等我走出栅栏门，他们还不散去，还在沿俯瞰公路的公园里奔跑，直到一个转弯口阻隔了他们的视线，他们还在那里，使劲对我喊着一路顺风。

我穿过一个村庄，村里最主要的一条路就叫"丝绸之路"。稍远还有一个村子，村名就叫"丝绸之乡"。至少说明我走在正确的道路上，但这些就是唯一的痕迹了……在俯瞰公路的半山腰，人们用白石粒镶嵌出一句标语，我翻译为"最大的幸福就是土耳其"。有些村民把这句话写在自家房子上，这种沙文主义的表现反复可见。另一些用白石镶嵌的标语，歌颂这个地区、歌颂军队或宪兵。另外，军队在这一带也是随处可见。

我看见两名士兵站在路侧的人行道上，身旁架着一挺机枪。稍远处有十来名士兵拦下过路的汽车和卡车。来了一个徒步者，让他们很是意外。他们取笑我，但没有为难我，祝我一路顺风。

我离开国道选择走小路。两天后我将抵达济莱市。今晚，如果我能做到，我想在地图上名字吸引我关注的一个村子过夜：卡万萨雷[①]。

[①] 卡万萨雷的原文与驿站的原文非常相似。

天气闷热，马上要下暴雨。中午，我在尤卢杰小村子歇脚，在杂货店买了些食品，便在一旁的小茶馆坐下。店里的客人好奇得要死，又怯于提问。一个胡子拉茬、皮肤晒得黝黑的男人，带着一种碾压众人的神情走了进来。穆斯塔法·阿奇勒的目光扫过屋子，看了一眼我的背包，理所当然地坐到我的桌子上。其他人等的就是这一刻，他们拖过椅子在我们周边围坐一圈。我在回答问题时，他们递过来一杯又一杯茶，让我难以招架。穆斯塔法有着鼩鼱般明亮的小眼睛，在我的记事本上写下他自己的名字，随后又在一张空白页上写下另一个名字，对我解释道：

"如果你今晚能到达卡万萨雷，可以睡在这个人家里，那是我朋友郭·贝克塔什。你就说是我介绍的，你会得到很好的招待。"

跟今天早上的孩子们一样，好奇的人们纷纷走出餐馆，到门前的平台上看着我离开，挥手和我说再见，直到我进入第一个拐弯处。上坡的路又长又陡，我此时已到达海拔四百五十米的高度。十五公里之外的卡万萨雷海拔高度为一千两百米。暴风雨似乎就要来临，一个年轻小伙气喘吁吁追上我，他想讨一支香烟，但是我没有烟。不过我非常不解，他跑这么一大段路就是为了讨一支烟？他手指着下面道路拐弯处一个斜背长枪的男人，让我等一下。那人正费劲地追赶我们。小伙子看上去没有恶意，我决定等一会儿。那个带枪的男人一边走一边把枪从肩上取下，托在右手前臂，枪口朝下，枪托贴着身体。敌视或友好？小伙坐在路边，还在喘气，没有任何威胁或不安的神态。等另一个人靠近我们的这段时间，我告诉他我从哪里来、要去哪里。带着卡宾枪的男人终于赶上我们，大肚子一起一伏地喘着气。年轻人把我刚才的话用土耳其语对他说了一遍。

"旅游者?"胖子问道。

我点点头。两人都用平静的目光看了我一下,然后一言不发,转身朝山下走去。我永远无法知道这男孩这么飞速奔过来真是为了要一支烟还是为了通知我前面有陷阱。他们是怎么想的呢?真是个谜。

卡万萨雷横卧在一片光秃秃略有起伏的平原。从一个大理石采石场的山口,开出一辆辆平板大卡车,车上的大石块能够保持平衡,多亏了安拉的保佑。阵雨很快停歇,海拔升高,凉气漫开。木头和黏土搭建的简陋住房和牲畜棚交替出现,溅了一身泥巴的孩子在泥泞的土路上玩耍。从一扇开着的门里,飞出一盆脏水,差点泼在我身上。我走近这里时,生活仿佛突然停滞,男人和年轻人驻足看我,上了年纪的妇女连忙用头巾遮住自己的口鼻。西方女人不是也会以手掩面来表达难堪、困惑或尴尬?

郭·贝克塔什的家是村子最后一家。他是个大块头,凝重的脸上留着一撮浓密的小胡子。他以朋友穆斯塔法的名义,爽快地为我敞开大门。郭(土耳其语 Göh,眼睛的意思)不是屋主的真名,是绰号,他的真名叫德米吉尔。他的绰号意味着他眼力很好、很聪明。他不是个有钱人,有四头牛和十五公顷贫瘠的土地,但他愿意分享,他属于什叶派穆斯林。除了一个皱纹像干苹果似的瘦老头,我在郭家里的出现并未引起常见的围观,这个村子没有阿马西亚之前一路上令我着迷的那种集体热情。我留意到先前那个拿枪的男人很戒备,后来我在路上向他们问路的人也是如此。是因为山里的生活比较艰难？我今天早上一路遇到的带枪的军人或平民，都在暗示着一种潜在的战争危险。这里有过战斗吗？我提出问题但没有得到答案。

郭的一个儿子冬天在伊斯坦布尔做装修的活，夏天回到这里帮着干农活。也许正因为他，这所房子才有着典型的乡村风格，很有特色。

"你有几个孩子，郭？"

"四个。"

"我看到了两个年轻女孩和你儿子，第四个是男孩还是女孩？"

"不，我有四个儿子五个女儿。"

女儿竟然什么都不算，但这不妨碍她们辛苦劳作。其中两个蹲在灶头前，拨着火炭，帮母亲做饭。一会儿，最小的女儿萨蒂在我们面前支了个三脚架，上面放了个大盘子，随后饭菜端了上来。碎麦粒、西红柿、洋葱和酸奶，外加一大块在炉膛里重新烤热的馕。郭为我斟上经茶炊过滤过的热茶。吃过饭，萨蒂提来一罐水，跪在父亲跟前，递上水盆和毛巾。她父亲洗了洗手和嘴，请我照做，但我拒绝了。因为我觉得这种强迫的奴颜婢膝是对女孩的一种羞辱，我讨厌让可爱的萨蒂这样来服侍我……如果我能找到一处喷泉，我会自己洗手。

我没有找到喷泉，便在夜色中出去冒险，想在屋后找到可以解手的地方。我摸索着终于找到那个木板窝棚，栖在几级湿漉漉、黏乎乎的台阶上方。棚顶应该在某次暴风雨中被掀翻了，我屁股在粪坑上，抬头可以凝望星星。

郭接待我的那间屋子也就是他的卧室，我就睡在他对面的房间。与村里其他房屋类似，这所房子也有五间屋子。厨房占据中心位置，四间房间占据四个角，屋子靠中央的火炉取暖，大家在这里做饭，还堆放了一些农具。其他四间屋子有些逼仄，粗糙的木板上铺了一层油毡，其中两间的地上铺了地毯。从厨房的泥巴地进入这些侧室，大伙脱了无数次的鞋。家具少到不能再少：几根木条钉在一起，上铺一张垫子就算是床；一块极窄的木板固定在两堵墙之间，离地面约两米，算是衣橱。木板上钉了许多钉子，便是挂衣架。在屋子角落，整齐叠放着被褥，在冬季的四个月里，它们应该被经常用到。因为除了那火炉，这里没有暖气。

卡万萨雷的房子单调统一，这里大家的服装也大同小异。女人们穿套衫，有时颜色还挺鲜艳，里面是灰色笨重的拖地长罩袍，一律戴着头巾。我注意到上了年纪的女人只有在我出现的时候，才会遮掩住自己的口鼻。郭和来串门的那个老男人，以及村里其他男人都差不多，衬衣外套一件布料或羊毛背心，郭的儿子仅穿了件衬衫。在城里打领带非常普遍——土耳其人不喜欢"法国式的随意"——不过郭的儿子领口敞开着，他脚上类似雪地靴的低帮胶鞋倒是整整齐齐。

郭对于丝绸之路有一点概念。商队要到更南边的锡瓦斯城①，途经济莱时会从这里过，以逃避托卡特帕夏的下手很重的税务官们。但他无法告诉我赋予了他们村子名字的驿站到底在哪里。显而易见的是，我今天从阿马西亚到卡万萨雷所走的三十六公里，正好对应了商道上很厉害的一站，厉害是因为那八百米起伏上升的海拔。

---

① 位于土耳其中部的城市，曾经是塞尔柱帝国的古都。

清晨，郭陪我走到村口。下一个村子是亚拉约卢，从前叫作巴朱尔。跟我们阿尔卑斯山农庄有点相似的房屋，建在牲畜棚上面，冬天时靠畜群提供热量。信奉基督教的希腊人曾在村子里居住过五百多年，大约在一五五〇年左右，那些人离开了这里。村里的一位老者告诉我说。但这样一个信息对我有什么用呢？这信息来自哪里？这个信息概述了整个村子的历史和生活，但在形成这个信息之前，有多少内容被改变或被丢失？后来的五百年又发生了些什么？那位老者知道吗？

自公元前四十七年，法尔纳克[①]的部队经过这里奔赴战场以来，巴朱尔-亚拉约卢几乎就没怎么变过。两个女人在院子里，用一架老得大概在公元前四十七年就已经存在的纺机，织一条基里姆长地毯。我拍了张照片，跟她们聊了几句。地毯有二十多米长，一头拴在院子深处的一根木桩上，另一头，由一个坐在地上的女人使劲拉直经纱。毯子中部用三根竹竿搭成的三脚架撑住。织布工蹲在那里用梭子在纺机上左右编织，那梭子其实就是两块简单的木片。

我还拍摄了另外两名妇女，她们非常庄严地与她们的四耳大托盘在一起。我曾经在老勃鲁盖尔的油画《宴会》上看到过这种器具，由两个男人抬着，上面放满食物。女人们在这个大托盘上堆满数量惊人的大烤馕，这是她们全家人一周的食物，她们从黎明起就在火炉里烤制。在这个地方，一切似乎都永恒不变。

[①] 这里指的是法尔纳克二世，本都王国国王，是大名鼎鼎的米特拉达梯六世的儿子。他于公元前47年在济莱附近与恺撒进行了一场恶战，被恺撒击溃。

一小时后，我在位于南边的旧巴朱尔和北边云麓村之间的这片坑洼的高坡草地上，一屁股坐下，我的测高仪显示海拔一千三百三十五米。就是在这里，也许在某个如今天一样温暖的阴天，发生了一场惊心动魄的战斗。公元前半个世纪，本都王国的国王法尔纳克，动念要夺回这片包含了亚美尼亚、卡帕多西亚①和加拉太在内的土地，他的祖先曾经统治过这里。他向占领了这里一部分土地的罗马人发出挑战，他一直声索这片土地的主权。那时驻扎埃及的恺撒收到元老院的命令，命他带领军队去收拾那个无耻之徒。就是在这里，在我面前这片泡沫状的开阔地上，两个男人发生了交锋。

我背靠旅行包，眼望前方出神，陷入遐想。法尔纳克当年走过的那条路，正是我昨天从他的都城阿马西亚一路走来靠左侧的那条道。恺撒从我右侧的南边过来，在云麓村扎营。天亮了，卡贾巴巴（意为巨大的爸爸）峰的身躯从薄雾中探出。四周，起伏的地势可以让对手隐藏起自己的队伍。高地的寒风从草丛掠过，命令已发出，罗马军团密集的队伍向前推进。于是法尔纳克亮出了他藏在地面凹坑里的令人胆寒的武器，那是他发明的卷镰刀战车，效果让人颤栗。暴躁不安的马匹（就像现在我身边经过的这些马），在骑手的挥鞭刺激下，冲进步兵队列，犁出一道道鲜血染红的沟壑。整整五个小时，战况十分惨烈。最后，罗马人胜利了。恺撒向元老院发出捷报，在一块板子上刻下战争史上最短、最著名的战报。面对这片死了无数士兵的大地，他只是简单写下："我来，我见，我征服。"

---

① 安纳托利亚的腹地，有世界文化遗产格莱梅露天博物馆。

这些起伏的山峦见证过刀光剑影，听闻过扑向死神的人们的惨叫、受伤士兵的呻吟、离弦之箭的呼啸和马鞭的噼啪声，两千多年来终于回归宁静。如今，只有吹拂过大草原的风和掠过天空的云雀的歌，惊扰这片宁静。我陷入沉思良久，方才背起包继续赶路。至于卷镰刀战车，它们后来将在好莱坞的 B 级片中大放异彩。

见证了这场战役的另一个村子，云麓，稍稍偏离济莱的大路，位于山丘的斜坡。必须离开大路，走一段土路后才能抵达那里。我路遇两位散步的老者，等到我满足了他们的好奇心后，他们瞟了一眼我的背包，试探道："你应该带着武器的吧，长枪还是手枪？"我觉得这问题好荒谬，哈哈大笑算是作答，但他们没有笑。

在一条小路的拐角，我遇到了侯赛因。我本想回避他，但是没能做到。他坐在地上，脑袋躲在自家墙根的阴凉处，脏兮兮的光脚丫伸在大太阳底下，挡住了道。他用一把木匠艾哈迈德也使用过的那种横口斧，正在削一把形状特别、头部弯曲、三叉戟似的干草叉。我以前从未见过这样的叉子。它由三根对立的手指般的树杈组成，下方的食指和中指，末端微微向上弯曲；对面的拇指末端向下弯曲。为了得到这种形状的干草叉，侯赛因花了三年时间，为他庄稼地周围一圈的树篱灌木做塑形，捆绑后让它们慢慢晒干，最后就形成现在这个样子。等叉齿削得足够尖后，只需要按上一根长柄。

侯赛因停下手中的活计，愉快地招呼我。我拍了张照片，因为我对古老农具一直很感兴趣。眼前这些工具，上古时代就开始制作了吧。侯赛因邀请我吃午饭，但我希望能早点到达济莱，因此婉言谢绝。不过侯赛因可不这样理解，他拽住我的胳膊，友好但是用力地把我推进他的家门，两三下除下我身上的背包，我几乎是被强行拖进了他的客厅。你无法抵挡侯赛因的热情，这种热情将你包裹，将你烤炙，摧毁你所有的抵抗。他什么都想知道，女人们也在厨房竖起耳朵，轮流过来偷听几句，然后回去讲给别的女人听。当世界让我们失望时，可以从这些令人愉快的画面去挖掘幸福，这种简单的幸福洋溢在这个家里。

我的东道主突然让我从坐着的搁板上站起来，他打开盖子，从笼子里抓出他驯养的一只山鹑。鸟儿在屋子里转悠了一会儿，飞到我们盘子里偷了几块残羹。侯赛因很高兴能接待一个外国人，他的快乐很外露，一会儿拉拉我的胳膊，一会儿拍拍我肩膀，似乎在寻求肢体接触。如果由着他的性子，他大概会紧紧拥抱我，甚至亲吻我。他慷慨、亲切、友好，很美好的天性。等我重新背上背包时，他坚持陪我走了一小段路。

碎石小路陡峭下降，被暴雨冲刷出条条沟壑。小路崎岖，坡度又大，只有步行者才能通过。我们双脚在碎石上滑过，滑到干燥的泥巴地。我们下方五百米处，蜿蜒着一道湍急的溪流，通向济莱的道路就顺着溪流往前。侯赛因走在我边上，挽着我的胳膊，似乎怕我掉进水里或怕我逃跑。这种肢体接触让我有些不自在，但我经常见到土耳其人这类举止。而且这份友爱的证明也让我感动，这个男人用触觉表达友谊。我们一直走到一个岬角，下方连接主路的小道已经看得清清楚楚，于是我就自己往下走。但在此后的十五分钟内，每次我回头仰望，都可以看见侯赛因越来越小的身影，在高处向我挥手。

这种如此淳朴和热烈的友善温暖着我，我走上主路。主路的坡度要小一些，可把我一路带到济莱。在两山相夹的一道峡谷，两个爬在樱桃树上的男人，邀请我一起共享盛宴，我大口吞吃着果实。而比这里海拔高出五百米的亚拉约卢，樱桃还都绿着呢。

济莱还保留着奥斯曼时期的漂亮房屋，高耸的城墙面朝东方，正是我明天要走的路。途中会经过六个村子，散落在一大片平坦的原野。在城里，我想找一家咖啡网吧，未果。我向几个年轻人问路，他们带着我一番寻找，终于找到一个名叫伊赫桑的摄影师，是个电脑爱好者。他把电脑借给我，我在邮箱里发现一封婚礼请柬，雷米和拉比娅将于八月六日举办婚礼。他们加快了结婚的进程，因为我在伊斯坦布尔时，他们告诉我有结婚的想法，但一切还未定。可惜八月六日，我肯定在大不里士和德黑兰之间的某个地方，只有等我回国后再寄去我的祝福。趁着我阅读邮件，伊赫桑找来他的一位朋友，海达尔·库哈单，《米利耶日报》驻济莱的记者。他对我做了个采访报道，还为当地一家电视台拍了一段录像。角色颠倒了，在向人提问了一辈子后，现在轮到我第一次回答采访。

第二天早晨，我出发上路时，埃姆雷骑着自行车追上我。他二十岁，有着一张天使般的面孔，失业，但马上要去南方海滨一个旅游城市做季节工。我们一起走了十来公里，他一直在幻想着未来的生活，闪闪发亮的生活。实际上，他指望这个夏天能诱惑到某个富有的英国女人，然后娶她为妻，这样就可以实现他的梦想：生活在绿色的阿尔比恩①且不用工作。我祝贺他小小年纪就开始小白脸

---

① 阿尔比恩是英国神话中海神波塞冬之子，在一个岛屿上建立了自己的国家，并繁衍了子孙后代。为纪念他，人们把这个岛叫作阿尔比恩，也是远来之人对大不列颠岛的称呼。

的美妙生涯，他生气了，掉转车头将我抛下。近晌午，不见一家饭馆，我问一名加油站的加油工，他说十五公里之内，什么也没有。可他也没什么东西可卖给我，没有果汁也没有干馕。我正欲离开，他又叫住了我。

"不过我带着午餐，你和我一起吃吧。"

七　一千公里大关

几百双眼睛齐刷刷盯着我,我觉得帕扎尔的这条大路没有尽头。我到达时正遇清真寺周五祷告散场。城里到处是刚参加完仪式的人,人行道已挤满,我更愿意在马路中间走,不说一句话,不做一个手势,我的周边一片静默。人们从茶馆或店铺出来围观我,我在酷热中行走了三十五公里,短裤和T恤衫早已湿透,蒸发的汗水在蓝色帆布帽上留下一道道白渍。有个赶马车的小伙喝住他的马,就为看清这个刚刚冒出来的野蛮人。我仿佛就是个头顶天线、鼻子闪光的火星人。

打量我的人,脸上的表情既不严厉也不好奇,完全是一种惊愕。年轻人嬉笑着用胳膊肘相互推搡,中年男人竭力装着无动于衷,上了年纪的人则表现出明显的排斥。我回想起在阿马西亚的场景,我穿着短裤游览城市时遇到一场雷雨,我披着雨衣跳上一辆公共汽车,坐在一位戴圆帽的虔诚穆斯林老者边上。我雨衣的下摆滑了一下,露出膝盖,我的邻座严厉地伸手拉过我的雨衣,遮盖住他不想看到的这片身体。

当我走在帕扎尔尘土飞扬的长街时,我做了几天来一直拖延未决的决定:从此只穿长裤外出。虽然这样闷热难受,但可以更深入体会我路遇的或我借宿的当地人的日常生活,我必须入乡随俗。如果是我的出现让他们惊讶,这个我没有办法;但如果是我裸露的双腿让他们震惊，那我需要补救。无论如何，这是种不错的预习。因为我马上要去伊朗，那里容不得我做选择。无论天气有多么炎热，我必须遮盖手臂和小腿才能行走，否则会被令人生畏的"风化警察"逮捕，这种警察专门责令人们遵守《古兰经》教义。

在帕扎尔，我第一次见到国营旅馆，价钱不贵还干净，有能够正常使用的淋浴设施，千万要有热水呀。还好它三种成就都具备了。梳洗完毕，我穿上干净衣服，出去参观城门口的塞尔柱驿站。四方形的建筑很厚实，用红色花岗岩砌成。从外面看，围墙光溜溜的，没有洞口，四个角落各有一座八角形塔楼。入口很令人惊讶，第一道门很高，呈传统的拱形，由拱顶石固定。但紧接着第二道稍矮的拱门，十分醒目，因为拱门上沿有一道用精美的雕花石块砌成的罗马式拱券。严格说来，这不算是拱顶石，但石块与石块间沿切割线拼接得丝丝入扣。我左右侧头细看，寻找那些之字形线条的含义，但看不出什么名堂，于是我就想倒着看看。我转身背靠建筑物，弯腰从胯下往上看石块上的线条。这下每个图案就看得清清楚楚，是人的侧影，一共有十四个排列整齐的人形图案，组成了拱券。我正在专心研究时，看到有个人正目瞪口呆看着我。我直起身子朝他笑笑，他却拔腿就逃，肯定认为这个旅游者是个神经病。

从废墟内部，可以看出这座建筑的坚固和雄伟，巨大的石柱支撑着罗马式拱廊，历经千年风霜，荒草萋萋，但依然顽强挺立。只需稍加努力，就可保留住这些高墙，还能继续保存一千年。但是会有人去保护吗？

晚上，认识了几位想跟我练习英语的老师，他们邀我共进晚餐。我很惊讶这里的居民一方面以他们的驿站古迹为傲，一方面却又让它们自生自灭。我的对话者倒是豁达，耸耸肩说一句"真主保佑"，算是回答。

早晨，路上一个身体弯成两截的老头正在往他的黄麻布口袋里塞刚割下的青草。他留着一撮山羊胡子，一双蓝眼睛明亮得让他饱经风霜的脸上似乎从内被照亮。我们聊了几句，还一起走了一段路，他肩扛着一大袋草，我背着我的大背包。一个浮夸的年轻人把一辆小卡车开得跟赛车似的，在我们跟前来了个急刹车，要捎上我们，让我们坐在后面的拖斗里。背草的老头，先把大口袋扔到车上，然后用一种他这个年纪少见的敏捷，一下就跳进车斗里。我没有照着做，所以那个装腔作势的年轻人很不高兴。为了表示他的不满，他发动卡车时，让马达超速运转，排气管吐出的黑烟喷了我一脸。

中午时分，我不得不回到国道上，因为没有其他办法走到托卡特。一群农人招呼我，请我分享他们的午餐。他们坐在一片一望无际的西红柿田一角的树枝搭起的凉棚下躲太阳。他们在地上挖了个火灶，还在上面接了根长长的管子，这样就可以避免烟熏。他们非常高兴有个游客加入进来，在他们单调的生活中，这是件不寻常的事。他们一共四个男人、十来个女人和一个孩子。"干活很累，但种西红柿还是能赚钱。"一位农妇告诉我。午餐是每人一个馕，配一个西红柿和一个洋葱。所有这些当然需要一杯热茶佐餐，临时搭起的炉灶上，茶壶正噗噗冒着热气。男人和女人分开吃饭，大家都坐在用塑料袋塞满燕麦、巧妙做成的软垫上。

有个年轻人突然提议要陪我一直到巴黎。我一下子愣住了，但是他坚持，他让我等他十分钟，他回家去取两件衣服。似乎没有人想劝阻他，他热血沸腾，深信这事就这么简单。我该怎么向他解释国与国之间是有严格规矩的？这个天真的年轻人能不能明白行政上的那些麻烦事？

"你想要移民，为什么不呢？你有护照吗？"

"没有。"

"那要从这里着手，你需要好几个星期才能拿到护照，但我没法等呀。"

他的热望当场被打碎，有意思的是，他出逃热情的下降速度和升起速度一样快。大家都参与了整个事件，有人赞同有人不赞同。现在小伙子的头脑发热已经过去，每个人又回去对付他们的西红柿，我则继续踏上去托卡特的路。

这个如今约十万人口的城市，在十七世纪奥斯曼帝国时期，信奉基督教。让-巴蒂斯特·塔维尼耶——我忠实地追随他的足迹——告诉我托卡特至少拥有十二座教堂；四家修道院，其中两家女子修道院；并以出过一位大主教而自豪。这里也曾有过犹太人社区，如今还有几个犹太人住在这里，不过是基督徒。人家给我推荐过一个犹太人努里·阿姆贾，他热衷历史，熟知丝绸之路的故事。可惜我在的这两天，没能遇见他。

修葺过的规模宏大的驿站，既无帕扎尔驿站的高贵，也没那样的雄浑。它拥有几十间客房，每个房间有一个壁炉，结果屋顶上矗立着六十多个烟囱，很独特的景观。一向经营皮具生意的商贩和手工业者占据着这些被改造成商铺的小屋子。中庭很大，部分铺着地砖，部分种着带刺的灌木，不可或缺的茶馆掩映其间。这座驿站不算十分古老，但到处显眼的中央供暖系统那些巨大的暖气片，开向院子的铝合金窗子，以及加盖的绿色铁皮屋顶，让人难辨其修建年代。

托卡特，历经两千五百年的沧桑，有过十四个不同的占领者。它还有个有趣的特点：其地表自十三世纪以来，抬升了五米，那是地震使临近山丘冲击层滚落的缘故。因此它的地下肯定隐藏着真正的宝藏。我参观了 gök medresse（蓝色古兰经学校，gök 既是"蓝色"也是"天空"的意思），现在被改造成一座博物馆，全部是平房建筑。与城里低区所有的古老建筑一样，参观那里，需要走下一道长长的阶梯。一些镶嵌在外墙的漂亮蓝色陶片还依稀可见，正是它们赋予了这座建筑的名字。其内部，基督教历史留下的遗迹之一，是一座令人惊讶的圣女克里斯蒂娜蜡像，她正在遭受罗马人的折磨。

托卡特在塞尔柱人统治时期曾是土耳其第六大城市，但被帖木儿的蒙古人占领后，它的发展就突然停顿。一直到奥斯曼帝国时期，由于它在丝绸之路十字路口的优越地理位置，它的重要性才得以部分恢复。在我休整的那天，我还参观了对外开放的非常漂亮的奥斯曼式私人府邸拉蒂福卢·康吉（Latifohlu Kangui）。

白天大部分时间我都在居高临下的城市西区闲逛，迷失在那些狭窄曲折的小路、遮挡了蓝天的屋子尖角、小小的店铺、清真寺或从前教堂的废墟中。整个街区还保留着其他地方已荡然无存的奥斯曼文化气息。这里钢筋水泥没有取代木结构房屋，房子一座紧挨一座，仿佛在抱团取暖，共同抵抗推土机。它们令人感动，有着一种过时的诗意。人们不禁会想，这样的地方一定盛行着一种守望相助、顽固抵抗的精神，房屋也有自己的灵魂。所以这天晚上，我毫不意外地与一座废弃清真寺阴影下遇见的三位老者相谈甚欢。他们实现了去麦加朝圣的梦想，扬起自己的白胡子仿佛扬起一面旗帜。我和他们一起待了许久，时间凝固，我很幸福。

我也很喜欢创立了一家电脑公司的三位年轻人。他们没日没夜地工作，用一名成员的父亲买的一台电脑开始创业。如今，公司总裁二十岁，已经服完兵役。他的弟弟刚刚十四岁，还在上初中，另一位合作者也就十九岁，这两人也是干劲十足。他们的企业占据了一所房子的两个楼层。业务从企业计算机设备服务、电脑培训，到电脑维修销售、网吧经营、软件编写，无所不包。在跟我的交流中，他们很注意要给西方人留下他们紧跟潮流、接受新技术、拥抱西方现代化的印象。我让他们放心，我在法国很少见到有人这么年轻就如此拥有商业头脑、如此雄心勃勃、高效和充满活力。他们听了非常高兴。

最后，我决定满足一下我的味蕾。自伊斯坦布尔出发以来，我吃东西仅仅为了维持体力。我知道在胡苏克餐馆，有一种饶有风味的特色菜，托卡特烤肉，其他地方吃不到。这两串肉放在烤箱里烤熟而不是用碳火，这样味道就大不相同。前者是切成方块的羊肉、土豆、茄子串在一起烤，后者是与西红柿、辣椒串在一起烤，因为烧烤时长不同。最后，烤好的食物和烤焦碾碎的大蒜头一起端上，那种滋味美得我第二天又来了一次。

回旅馆的路上，站着一些穿制服、端冲锋枪的人，他们检查每一家店铺、每一个角落、每一辆汽车。在一个大露台的台阶下，六名神情严峻的军人在站岗，枪端在胸前，手按扳机。台阶尽头，传出音乐声。我想打听下情况，但一名士兵朝我大吼"走开"。那大兵看上去很暴躁，我只有乖乖服从。隔壁冰淇淋店的老板告诉我，部队军官们在那儿办晚会呢，他们担心"恐怖分子"来捣乱。恐怖分子……我是否可以理解为库尔德人？总之，我明显已进入热点地区。

离开托卡特时，我很反常地有些抑郁。仔细找原因，找到了几个。首先是疲惫，十五天来，我每段行程都相当长，有些还长得过分：一次是四十七公里，两次四十六公里。我经常对自己说要慢一点，但问题不那么简单。从一个城市到另一个城市，有时并无替代方案。我把城市串起来，并非出于偶然，因为如果我停留在乡村，意味着我无法像在旅馆一样洗漱、放松、睡觉。出了托卡特，我要在远离城市的小路上行走十来天，也就是说十天里吃不到可口的饭菜，十个晚上被整个村子围观，十个黎明与房东一起起床，特别是十天不能洗澡，浸泡在汗水里。这是无法避免的黑暗隧道，起步总是很难。加之一段时间以来，乡村都十分相似，田野接着田野，探索的刺激感显然也变迟钝，我甚至已经不再惧怕康加狗……你们知道，放松了警惕性，降低了欲望，行走时就缺了点活力。

走出托卡特时，一个像蛆一样扭动身体指挥交通的警察，径直扑向我，一边声嘶力竭地吼道：

"你要去哪里？你要去哪里？你要去哪里？"

当他听到"埃尔祖鲁姆"时，以为我在讥讽他，吼叫得越发厉害，推搡我要翻我背包。我真不敢想象，如果我说出真相，说是去"德黑兰"，他会如何反应。他的同事出手干预，安抚了他。赞美真主。善良的同事请我原谅他的鲁莽，"我朋友有点神经质"，他辩解道。我无所谓，反正我消沉依旧。

幸亏不远处，有一个我觉得有趣的滑稽场景。那地方完全没什么人，道路笔直又单调，毫无风景可言。但就在一座还未完工的木窝棚下，两个男人盘腿坐在两大堆西瓜前，等着顾客上门。实在无法想象他们选择这种不可思议的地方做生意，可那两个人显得很有信心，很放松，边抽烟边聊天。因为我给他们拍照，他们给我吃樱桃。对于我的问题"你们有顾客吗？"，他们带着缴械投降似的微笑回答道"没有"。这种面对生活的乐观令我愉悦，我应当把这个场景保存于记忆中，当世上的烦恼事试图破坏我的宁静时，可将它取出来。

更远处，在一所学校，校长指挥着学生唱爱国歌曲。这跟所有土耳其学校一样，每逢周一，校长就要充当乐团指挥。这一幕揭开了我的一段回忆：在外省的那个小村子，我还是个六岁的孩子，我们在"大学校"里一起唱《元帅我们在这里》。我刚刚进这里读书，几周后战争就将把我驱逐了。世界上所有孩子都会热情洋溢、声嘶力竭地唱他们通常不理解意思的歌曲，就是一种信任，一种不会厌恶的服从。看看人们是怎样让孩子变成小战士的。

在库泽利米奇通道，我开始向海拔一千一百五十米的山脊冲刺。在种植了大片西红柿和白杨树的托卡特平原之后，紧接着的是一条在岩石中蜿蜒穿行的高海拔小路。野生合金欢散发的香气，成就了蜜蜂们的幸福，一场嗡嗡声中的盛宴。沃野千里，播种的谷物已绿浪翻滚，延伸到地平线尽头。某处，几棵橡树点缀了风景，将影子投向嘟嘟冒着热气的茶饮。太阳底下劳作的男人和女人，所有人等待着喝茶、小憩。中午，一家小饭馆为我提供休息，还有一条刚从池塘捕来的鳟鱼，我深深陶醉。

进入小村子奇夫利克时，两个不知从哪里冒出来的家伙上来跟我说话。他们一点不兜圈子，一个要我的手表，另一个要钱，还毫不客气地想把手伸进我的衣袋自取。我躲闪到一旁，他们想在光天白日下打劫我吗？在旁边田里干活的三四个农民围上来，打听这个背着大包小包突然出现在他们村子的游客是怎么回事。对农民友好地说了几句话后，我悄悄逃离，还回头看了两三次，看那两个混蛋是否跟随我。我觉得自己就是个大傻瓜，人家曾提醒过我小心被偷。我的手表的大表盘和它秒表似的外形很容易引人觊觎，我一直把它放在衣袋深处，只在需要查看海拔高度、气压变化、方位，当然还有时间等信息时，才掏出来。

走出村子，一位阿訇在等公共汽车，妻子陪在边上，正轻轻摇晃怀中的婴儿。他似乎有点担心，还问我是否害怕。在一旁的加油站，他坚持要请我喝茶。说真的，我可以向他承认我害怕，他会觉得这很自然，我怎么会不害怕呢？因为，他最后说了句"有恐怖分子"，还模仿坏蛋用枪对着我。所有这些透着忧虑的人，最后倒真的让我害怕，他们自己却不怎么难受。独行的旅人行囊中背负着恐惧，这种恐惧无声地游走于森林或黑夜的寂静中，首先体现在每一次的相遇。背着行囊独自行走，就是将自己完全交付于危险和他人。不同于骑自行车或躲在汽车内，我没有任何逃跑的可能性。到目前为止，恐惧还羞愧地在我的背包里缩成一团，我的每一天，每一次相遇，都还是节日。但现在，恐惧来临了，阴险狡诈，慢慢爬出来。

说实话，面对恐怖分子，我有一种矛盾心理。我的职业好奇心驱使我很想遇到他们，我可以询问他们的行动、做事方式，做成一篇报道，尽管没有任何人委托我做这件事。当然，我也不能排除他们将我扣为人质，这就是为何我在这里自称是退休小学老师而不是记者。同时，我也会害怕那没来由的暴力，害怕瞄准我的狙击手开枪，然后逃之夭夭；或者害怕急匆匆的恐怖分子不愿被一堆无用的重量所拖累。我还有一种担心，担心被盗，我刚才进入村子时已经发生，而且偷盗有时伴随着暴力。我努力驱散这种新焦虑：被偷可能会带给我严重的后果——比方说浪费很多时间——但还不至太悲惨。

一周以来，令人担忧的信号确实越来越强烈。每天都会有人问我是否带了武器，人们模仿恐怖分子用枪对着我或用刀抵住我脖子。在卡万萨雷那个带枪的男人，还有想抢我手表的那两个混蛋，都是警告。我想起那个要送我很多广告礼品的商人的提醒"在托卡特附近，你要小心点"。集体性的偏执或真实的危险？我要保持冷静和一定的距离，不屈服于这种弥漫的恐惧。但至少我得出一个结论，只能向乡村的村长寻求住宿，这个政治首领是一种不可忽视的保护。

跟阿訇道别十分钟后，我找到了奇夫利克的驿站废墟。我还认出了让-巴蒂斯特·塔维尼耶提到的那两个村子：塔赫托巴及伊比布萨，地图上根本找不到。这些驿站节点的出现绝非偶然，为了逃避托卡特帕夏的税务官，商队从阿马西亚正南方出发，经过济莱朝锡瓦斯方向行进，在这些接待能力有限但相互靠近的小驿站，寻找住宿、休息和保护。地图显示另一个离此不远的村子也叫卡万萨雷。又过了一会儿，我在离托卡特三十二公里处，还拍摄到一处小驿站的废墟，很珍贵的照片。马厩拱门的最后几块石头散落在荆棘和荨麻丛中。

我放弃走通往锡瓦斯的大路，有十天左右的时间，我将看不到柏油马路。我往东偏斜，去一个叫库祖克的小村子，那是深入乡村腹地的第一站，它应该能把我引向苏舍里。通往那里的土路上，有两三辆拖拉机想要捎我。按照农民的等级，男人坐车头，女人坐后面的拖斗。我婉拒了所有邀请。另一辆拖拉机开过来，直到我脚边才刹住。一个坐在挡泥板上的家伙大叫大嚷着跳下，吼道："证件，护照，警察，警察！"

这肯定不是个警察，我不为所动。

因为我质疑他的职能，他就从钱夹里掏出一张贴着他照片的纸，这更让我确定他不是警察。在这个国家，警察才懒得证明自己的身份。他递上的文件我看不懂，但上面既无"警察"也无"宪兵"字样，这是我认识的与警察有关的两个单词。他叫嚷得更加夸张，他的文件并不能唬住我，我依然强硬道：

"我只向警察或村长出示证件，我要向库祖克的村长请求住宿。"

他泄了气，跳上拖拉机走了。不用说，我的护照对我极其重要，我可不会在哪个喜欢恶作剧的家伙面前出示。我没有其他证明身份的文件，如果丢了护照，那真是个灾难。

我受到了库祖克村长穆斯塔法·古斯科伊的热情接待。一如既往,我需要满足全村人的好奇心。所有能走动的村民,在我这里走马灯似的整整三个钟头。晚上,在好奇的人群中,我认出了那个"警察",他窘迫地承认自己实际上是个猎场看守人。我不是个好猎物……

穆斯塔法告诉我库祖克也有一个驿站,明天早上领我去看。他很"博学"地告诉我说,这条路不是丝绸之路,而是"奥斯曼皇帝之路",但他说不出更多东西。在土耳其苏丹中,有三个"奥斯曼",他不知道哪个被冠以"皇帝",也不知道这条路的遗迹在哪里。他无疑从什么地方听到了这句话,照搬过来,并非真正了解。住下后,第二天早上我说想去看看他跟我提起的那个驿站,然而没一个人知道它到底在哪里。

我在暮春和煦的阳光下上路。村庄附近修筑的一道路障让我不得不重新规划线路,但我的地图不管用。我终于又找到了路,十分陡峭的上坡。我的测高仪显示海拔一千三百米时,沙土小路上一辆汽车从我身边超过,停在离我一百米远。两个人跳下来,在汽车跟前等着我。当我走近时,我立刻紧张起来:他们脸色阴沉,充满敌意。个子高的那个,看上去更阴险,手插在口袋里,我敢肯定他手里握着手枪或匕首。我胆战心惊,强装笑脸,上前伸出手自我介绍道:法国人,旅游者。他们完全换了态度,矮个的那个告诉我,他是离此两公里的卡德琼德克的村长,叫尼哈泽。另一位也从衣袋里抽出手伸向我。恐惧,终于离开双方,回到它的洞穴里。

他们提议捎我去村里,我拒绝了。但半小时后当我抵达最先出现的房子时，尼哈泽已在路边等我，他把我拽到他家里喝茶。妇女们准备茶饮时，他告诉我他有六个孩子，其中五个儿子都在法国，在德勒一带。女眷们准备的不是简单的茶而是丰盛的菜肴。一份美味的茄子，还有我最喜欢的洋葱。他解释说他养蜂，采集蜂蜜，这是他主要的经济来源。他是我遇到的唯一从事这份生计的山民。这里的蜂蜜生产很重要，一直被夏天来自黑海的养蜂人所垄断。

尼哈泽一直陪我走到村口。我们眼前的山，陡峭直立，他指给我看一条小路，那是我地图上标出的"可通行车辆"的路，很快它钻入草丛，然后消失了。我在草场中间，要靠指南针辨别方向。风景如此壮美，在茂盛的草地行走如此赏心悦目，我兴高采烈地爬着坡，此刻早已将潜藏的危险抛在脑后。

经过一小时艰苦攀登，我浑身湿透，来到一个迷你小平台，它的面积不会超过我在诺曼底的住宅。我的测高仪显示海拔一千七百米，风景美得令人窒息。我放下背包，仰面躺在草丛中，童年的快乐瞬间复活，仿佛大地母亲将我抱紧。我的前方，一望无际的托卡特平原向北延伸，四十公里开外，才有城市出现。往南，两千一百米高的萨安西维山微微挡住了我的视野，但我还有三百四十度的无敌景色。我慢慢辨认着朝东西两侧渐次变矮的山峰。我的T恤衫已经湿透，我干脆脱下来，走向牧羊人搭建的一个水槽。一股清泉缓缓流动，我泼了点水在脸上、身上。最后，我察看了两遍而非一遍，确定周围没有人，就脱光衣服，躺入这个临时的浴缸。泉水冰凉，我打了个激灵，但身体全部浸入后，就放松下来。昨晚和今天早上我都没能洗澡，这个盆浴真是让我喜出望外，而且我可能是在土耳其海拔最高的浴缸里，况且没人禁止我享受躺在此间，贴近诸神的这番快乐，哪怕只是极短时间。

当然我也不过度享受这冰冷又刺激的冷水澡，诸神会不高兴的。我擦干身体，按揉全身，为了让自己快点暖和起来，我冲下山口的另一侧山坡，在柔软的草丛中飞奔，大头皮鞋恬不知耻地踩倒了一大片风铃草。在我着地的山谷，我发现那里的房子放弃用瓦片盖屋顶，改用薄铁皮。在切尔切尔，人们重修了已经倒塌的清真寺尖塔。一个叫奥斯曼·查辛的老头告诉我，他有个兄弟去法国二十年了，一直杳无音信。他认为我认识他？

接待我借宿的村长塔拉·特金，跟这里所有村民一样，也是高加索人。他们告诉我说他们的祖先一八七四年来到此地，村里没有一个土耳其人，人们只讲高加索语，但是没人会写，因为学校只教土耳其语。我途经的另两个高加索村子给我同样的印象：一种自给自足的、浓烈的集体生活，从某种意义上，就是安纳托利亚式的集体农庄。

人们又跟我说起恐怖分子。尽管我把他们的警告很当回事，但有趣的是，"恐怖分子"永远是别人。人们警告我托卡特到处是恐怖分子，但那里的人完全否认。奇夫利克的阿訇说恐怖分子在库祖克一带，而库祖克的人又把他们定位在阿尔蒂诺鲁克和切尔切尔。现在我来到这里，人们又信誓旦旦说恐怖分子在托卡特一带，闭环倒是合上了。对这些警告不能掉以轻心，在这些穷乡僻壤，有负责镇压恐怖分子的宪兵驻扎，肯定不会无缘无故。

我的东道主，五十来岁，胡子花白，套着一丝不苟的西装三件套，住在一所没任何新意的新房子里。房子的布局和使用材料，完全照着老房子的式样。跟老房子一样，这里也没设洗澡间，就是在厕所里装了个洗手的台盆。家具摆设不乏小康之气，还有美观上的考虑。最明显的就是墙上一张蹩脚的彩色画片对应着桌上的一大束塑料花。我睡在起居室，一张垫子直接放在地上。塔拉的女儿给我送来晚上用的枕头，她的脸庞有着一种惊人的美丽。她父亲告诉我她的名字时，她对我说了句表示欢迎之类的话。我被她的出现深深吸引，结结巴巴说了两句土耳其语后，忍不住用法语不断夸奖她。总之，我有点激动，并表现了出来。

在这个村子，跟昨晚的那个村子差不多，我没有感受到旅行初期所受到的热情接待。作为合格的穆斯林，这里的房主接待我，满足一下自己的好奇心，仅限于此。

早上，塔拉陪我到大路上，他是极少数能看懂地图的农民，清晰地指给我后续的道路："到第一个岔路口，走右侧的路，然后过一座桥，再走岔路口左侧的那条道。"他跟我握了下手，然后头也不回地走远了。多亏了他，我跟岔路口和解了。

总之，在这个六月十六日的早晨，没什么能破坏我的乐观。而且，阳光也加入欢庆，今天就是我的节日：经过我细心的计算和一遍遍相加我从伊斯坦布尔出发后走过的路程，我将会在今天突破一千公里大关。我估计这一"事件"将发生在十一点钟左右。现在我离开土耳其首都已经一个月零两天了，我曾经担心自己完不成既定的目标。但即便我还没走完一半的路程，我很满意目前保持的节奏，因为每天我能行走三十五公里。如果将休整的日子也算入，那自五月十四日以来，我每天平均行程为三十公里。我克服了双足的炎症，抵挡了康加狗，土耳其语也有了一点长进。我的体能恢复也很快，前天走了三十五公里，昨天走了三十公里，还翻越了大山，今天早上很快又精神抖擞。离开托卡特时的那种沮丧已经很遥远，被遗忘……被遗忘的应该还有我那种不顾一切、不按计划、莽撞前行的走法。众所周知，能最终到达目的地，才是智慧。

我将要穿越的第一个村子叫阿克伦。我刚走近，就见一人从村头的房子里出来。他一看见我，又折回屋里，再出现时手里拿着远远看去像根棍子似的东西。我走过他跟前时，他正蹲在地上，时刻准备着扑向我。我发现那根棍子其实是一杆枪。那家伙目光冷酷，充满敌意。我紧张得几乎不能动弹，有那么一秒钟，我觉得双腿在哆嗦。尽管恐惧拽住了我，我仍竭力对他抛出一个响亮而彬彬有礼的"你好"，但他没有理睬我，不为所动。我继续往前走，尽量用最不动声色、最轻盈的步伐前行，仿佛我的敛声屏息能废掉那坏蛋准备从我背后飞来的子弹。

再往前一点，广场上有两个老头，看到我走近时移开了目光。一个身材瘦小的年轻人在喷水池边洗手，我上前问路，他只是用手指了指，甚至连头都没转向我。我心头再次一紧，一种恐惧弥漫开来，心跳加速。人家一直对我说起的恐怖分子，我是否现在就身处其间？昨天，库祖克的村长穆斯塔法告诉我说："在阿尔蒂诺鲁克，有恐怖分子。"那是我的下一站之一。眼前这三个男人，跟刚才拿了假棍子（实则是长枪）的那个男人一样，也都十分紧张。他们看上去并没有攻击性，纯粹因为恐惧而失态。这跟我刚才因看见枪而涌上又突然消失的恐惧不同，他们的恐惧是持续不断的，他们就生活在恐惧之中，这种恐惧支配了他们的行为。我还观察到，路上遇到的少量汽车或拖拉机，没有一辆停下邀请我上车，恐惧战胜了好奇。田里干活的人也不像在托卡特之前那样经常挥手致意，邀请我过去喝茶。我进入了一片被恐惧笼罩的地区。

那个人看上去模样不错，从草丛中出来，赶了三头牛犊。他身材瘦小，肤色黝黑，胡须粗短，像是只留了三天。他友好地挥挥手，笑着朝我奔过来：
"嘿，你要去哪儿？"
他笑，我也跟着笑。
我用土耳其语一口气说道：
"去埃尔祖鲁姆。不用告诉我说那里很远，我知道。我从伊斯坦布尔一路走到这里，那可是更远呢，不是吗？"
我的词汇和语法没有背叛我，他放声大笑，十分高兴，赞许地拍拍我肩膀，把我拉到他家里。小牛犊回到底楼的牲畜棚，法齐尔·奥内尔，这是他的名字，护着我从楼梯走上二楼，因为楼梯的台阶下蜷缩着一头跟小牛犊差不多大的康加狗，随时准备一口吞下我和我的背包。我问的第一个问题，当然想知道这附近到底有没有恐怖分子。他还在那里笑着，一种友善、坦荡、光明正大的笑。

恐怖分子嘛，他向我解释说，如果我继续往东就会碰到。据他说有三个什叶派穆斯林村子，最好不要在那里溜达，他让我绕开它们。我在地图上圈出三个地名，可刚圈完，我就后悔自己的预防措施。好吧，这些偏远乡村的名字实在太难记，我总是搞混。可要是有人逮捕我，看到我画得乱七八糟的地图，还有我那被大家认为是流动军火的大背包，我看上去就是个坏蛋！

我决定穿过其中的一个村子奥瓦塔别克。法齐尔的女儿，长着褐发的十五岁漂亮小姑娘，拼命招呼她父亲，显然有话要对他说。他让我在平台上坐定，然后去看他女儿，回来时笑得更加乐不可支：

"她担心你是个恐怖分子！"

有个土耳其人认为我的背包里藏着台马达，他女儿会怀疑那里藏着一个反坦克火箭筒吗？

小姑娘和她姐姐沏好了茶，我和法齐尔还有邻居老头阿里一起聊天。自从阿里从麦加朝圣回来后，就被冠以"哈吉"。今天晚上我打算在一个跟他同名的村子"阿里哈吉"（朝圣者阿里）借宿。从前若有人步行或骑马到麦加朝圣，其光环可以笼罩整个村子，村民们毫不犹豫用心目中英雄的名字重新命名自己的村子。

法齐尔告诉我他有七个孩子，四个男孩三个女孩。男孩没在家，都出去上大学了。

"那女孩呢，她们不上大学？"

他不太理解我的问题。

"女孩，她们在农场干活呀！"

"她们不上学吗？"

"上，正常上学，从七岁到十一岁。"

离开前，我给法齐尔和阿里拍照片时，女孩们却逃开了，躲在屋子里，仿佛魔鬼现形在她们眼前。

天气出奇地好，太阳跟棉絮状的白云玩捉迷藏。空气微凉，很适合徒步，我感觉好极了。一阵微风掠过草丛，我感受到自由放松和充满喜悦。和法齐尔道别后，我又走了三公里，才停下脚步。脚下是一条宽宽的白碎石硬泥路，在一座座山峦间穿行。极目远眺，我看见道路在草场间蜿蜒，随后消失，接着发现它又悠悠地往左伸展，最后开玩笑似的，再次消失在一道生机勃勃的树篱后面。我沉浸于这美好的景致。道路两旁开满了鲜花，伸展着牧场和耕地。我昨天翻越的大山也不显得那么可怕了，也许因为它此刻沐浴在一片淡蓝色的光晕中。

我对于新鲜风景的渴望永不枯竭，表现得像个朝三暮四的情人。每次新的美景吸引我，便抹杀了上一次的美丽。刚被如梦如幻的景色满足，又只对下一道风景感兴趣。对我来说，幸福总在这片平原的更远处，藏匿在那些岩壁后，隐身在大地的褶痕里，躲藏在河流的拐弯处，等待在狭窄通道的出口。我被捕获风景的欲望推着走，忘记了时间。

我从口袋里掏出手表，现在是十一点三十分。我环顾四周，确认只有我自己，便像疯子一般大笑着，在这条空寂无人的路上拼命狂奔，越远越好，直到背不动身上的包。我纵身跨出一大步。

我刚刚跨越了一千公里大关。

八　宪　兵

　　临近正午，几位农民邀请我一起午餐，然后搭他们的拖拉机去两公里外他们的村子。我接受了他们的烤馕、西红柿和洋葱，但坚持步行。族长派他最小的弟弟优素福为我带路。等我们达到村头的房屋时，一个满脸警惕的胖子已经在房东身边等着我。他自称是这里的村长，要检查我的护照。我的证件显然起了作用，那人明显放松起来，还开起了玩笑。接待我的那家人欣喜若狂，邻居走马灯似的过来看热闹。待客的那间屋子，靠墙放着一些竖起来的床垫，一旁是叠放整齐的被褥。夜里，这儿应该是个大通铺。但我并不想尝试这种体验，我希望尽快赶到山冈另一侧俯瞰大片耕地的库祖伦。这里的泥土呈红色，黏度很高，如水泥般坚硬。只要稍微下点雨，泥土就变成泥浆沾在鞋子上。我身后两千五百五十米高的伊尔迪兹峰已半隐在云端。在朝东的那个坡顶上，我远远看见了两天后我要攀爬的顶峰。

　　热浪升起，我的登山杖插入被晒烫的柏油中。下午四点左右，我的水壶也空了。我在一座远离城市的孤零零的房子前，敲敲门讨口水喝。开门的男人将我引进屋，他的三位同事正伏案在电脑前工作。穷乡僻壤的这份现代化让我十分吃惊，后来才知道这几个本地人是土地测量员，他们正在编制国家的第一份土地册。这是一项漫长、复杂、非常浩大的工程，需要十分的耐心和细致。到目前为止，田产情况只是通过口头传递，这经常引发农民间的冲突，几乎也无法推进和征收土地税。他们还告诉我，在土耳其如果一位公民去世，他妻子能继承他四分之一的财产，剩下的四分之三由子女继承。我告诉他们我们的拿破仑法典，子女有继承权而妻子什么也不能继承时，他们十分意外。我灌满水准备离开时，他们又额外给了我一斤干饼。

又走了两公里，一辆拖拉机停下，车上的人邀请我上去，他们有三个人，三十来岁。面对我的拒绝，他们离开，而后的场景又变得很经典，他们在两百米开外再次停车。身材魁梧的大胡子司机留在拖拉机上，两位同伴跳下拖拉机，假装在一处泉水边洗手。很明显这是在等着我，等我走近时，他们凑过来。那个穿浅蓝色西装三件套、大口吸烟的矮个男人笑着问我话，露出一口黄牙。在他问我那些老生常谈的问题时，我没注意到另一个家伙站到了我右侧。我突然意识到他正在拉开我背包的拉链，偷偷掏我的相机。我扑向他，一把夺过相机，大声说："不！"然后手持相机，赶紧逃跑。身上背负的重量，让我根本跑不快。我在偏远的乡村，远离一切，任他们摆布。也许我应该朝另一个方向，朝村子的方向逃跑更好……那两个人跳上拖拉机，很快又追上我。他们一直把我逼到道路左侧，没办法逃跑，因为这是条峭壁公路。我左侧是一条至少两三米深的壕沟，如果我跳下去，很可能会摔断腿。从右侧也无法逃脱，因为那儿是如一堵墙似的垂直峭壁，是山腰。

拖拉机已经跟我齐平，刚才想偷我照相机的那个人坐在挡泥板上，俯身抓住我的背包，想扯下来，没能成功，因为背包的腹带牢牢捆在我身上。他让我失去平衡，拖拉机的大轮子几乎擦到我。开车的家伙继续往壕沟边挤，这回如果我不掉到沟里，根本没法往前。拖拉机停下，坐挡板上的家伙仍然抓着我的背包，我被困住了。

就在这时，一辆小汽车从我们后面开过来，那人松开了手。我一脚跨过拖拉机前轮拔腿就跑。可惜没来得及拦下那辆轿车，它已经开远。刚才的奔跑已经让我喘不过气，我听见身后拖拉机马达发动的声音。他们又要如法炮制，这回怎么办……但让我大感意外的是，他们没有停下。我很快明白这是为什么，因为不远处一个小山包的脚下，有个养蜂人的扎营点，只要我大声喊叫，他们就能听见。拖拉机开远了，消失不见。哎哟，我得救了。

我在路边坐下，双腿如断了似的。那些混蛋，差点就得逞了。自出发以来，我总是很珍惜地照看好我的背包。我把它们留在旅馆房间时一定会锁上门，要不然就随身背着。里面一些零碎东西对我任何时候都必不可少：膏药、神奇的瑞士小刀、水壶，特别是地图，还有书和记事本。小偷肯定只对照相机感兴趣，但偷了去会发现上当。这是一款型号非常新的相机，还未在土耳其销售，冲洗胶片需要特殊的工艺。

等到心跳恢复正常，我重新上路，还向那些养蜂人挥手致意。多亏了他们，我才完好无损。他们却一无所知，也朝我挥挥手，并不放下手中的活计。他们来自黑海沿岸，要在三个月时间里挣够一年的钱。他们就如自己的蜜蜂般勤劳，毫不懈怠。

我开始攀爬他们扎营的那座小山包，快到山顶时我瞥见一个黑影在我眼前一晃便消失在拐弯处，不知是人还是动物。出于谨慎，我停下脚步。我左侧的一个小土墩出现得真及时，正好可作瞭望台。我爬上土墩，小心不让那"影子"发现我。然后，我找回小时候玩游戏扮演印第安人躲避敌人时的动作和招数。敌人真的在那里，等着我呢。三个牛仔中的一个在望风，另两个抽着烟，把他们的拖拉机停在一块大石头后面。

我不想有冲突，况且我势单力薄，我更愿意回到养蜂人那里和他们搭讪一番。我不太明白他们到底在干什么，似乎在固定一些小木栅格，将它们仔细嵌入蜂箱内，但我很清楚我打搅了他们，当然他们给了我茶喝。为拖延时间，主要是我不想一个人待着，我给他们讲述我的旅行经历。但过了半小时，情形有点尴尬，我们都陷入沉默。要告诉他们那三个扒手的事吗？我踌躇着。我们周围，蜜蜂俯冲飞舞，我无精打采地凝视着它们，仿佛研究蜂群是我喜欢的游戏。时间就这样流逝，他们肯定认为我这个老头是个智障。我身旁最年轻的那位对我指指他的手表，说了几句话，我愿意理解成这样："如果你今晚想到阿里哈朱，那就该上路了。一小时后天就要黑了，太阳落山后一个人在这里行走很不安全。"

如果我考虑刚才有人要偷我东西，太阳落山之前也不安全呀。我终于扛不住，揭发了在转弯路口等着我的那三个奇怪家伙。那年轻人很善良，建议要么我留下来和他们一起吃完饭，然后睡在星空下，因为他们的帐篷实在太小了；要么开车送我到我要去的村子。我选择第二种方案，因为即使那三个攻击者暂时撤下，但他们就在我身后。

爬上穆斯塔法的小卡车后，我对自己十分懊恼。在伊斯坦布尔，我发誓要从土耳其首都一直步行到中国从前的首都，中间不能缺失哪怕一公里。而我现在像个老大爷一样坐在车里。好吧，这是出于安全考虑，如果我被拦路抢劫，那很可能就是这趟旅行的终点。虽说两害相权取其轻，但不管怎样，我的自尊受到了伤害。

我的攻击者撤退不久，我们就在离他们试图抢劫我的地方不远处追上了他们的拖拉机。当我们超过他们身边时，我忍不住振臂表示我的胜利。那个大胡子笑了起来，演技不错。

到了阿里哈朱，穆斯塔法喊住一个小男孩，请他把我带到村长那里。他拒绝我付钱给他，哪怕只是汽油费，随后便急匆匆赶回去。村长不在，人家告诉我说他出门了。他女儿一上来就不客气地盯着我看，向那男孩询问情况。"Misafir（东道主）"，男孩答道。她撇撇嘴，显然她不喜欢临时落脚的人增加她的工作量。我放下背包，决定安静等待。经验告诉我，只需耐心等待，只需让消息传遍全村。于是我们就站在那里，那女孩也不说话，我就等在一棵白杨树的树荫下。空气潮热，从田里收工的农民默默回家，太阳底下一整天的劳作让他们很疲惫。自我出发以来，从未见过如此贫穷的村子。房子东倒西歪挤在一起，露出累累伤痕。这个破屋顶应该会漏雨，那个塌了一部分的屋子还住着人，到处是斑驳脱落的墙壁。几个衣衫褴褛、黑不溜秋的孩子在泥巴路上玩耍，水流将牛粪和泥土搅成黄色黏稠的泥浆。房子旁边的粪坑散发的臭味在黄昏的空气里飘荡。

终于，村长的儿子出现了，瘦小得像根干柴棒，从他躲闪的眼神里我也看不出他的意图。他请我跟他走，我顺从地跟着他，不过他并没有把我带到他父亲的房子。我们穿过半个村子，身后跟着一群窃窃私语的人。在广场上的村公所，两个男人已经等着了，那是村长的助手。如果我蒙对了他们的自我介绍，他们应该是村委会委员。我的向导从口袋里掏出一把钥匙，打开了面朝广场的一所小房子的门。在第一间水泥地面的小屋里，我们脱下鞋子进入另一间稍大的屋子，地上铺着地毯。靠左侧一堵没有窗的墙，有一块宽大的搁板，上面放了些坐垫。我在那里坐下。

除了总是被不断赶走的女孩，男人和小男孩挤满了屋子。大概只能容纳十来个人的房间竟然挤进了近三十人。他们在那里吵吵嚷嚷挤作一团，争先恐后地看热闹，也就是看我，听村长的儿子向我提一大堆问题。我坐在搁板一头，背包就搁在身边。在一个混账家伙的掩护下，几个小孩贴近我的背包，试图打开拉链。我出手阻止，尽可能解释里面所放之物。唯一的窗口外，不让进来的女孩们挤作一团，要看看那个外国人，但人家像赶苍蝇一样把她们赶走了。

晚六点半左右，一个看上去很能干的男孩沏好茶，郁金香形状的玻璃杯，不断注入漂亮的琥珀色液体。各种问题向我砸来，可这个村子里没有一个人能说一句英语、德语或随便什么语。我手拿字典，费尽九牛二虎之力回答他们雪片般飞来的问题，也不知经过这场考试后我能得到什么文凭。也许是一处过夜的地方？然而，即便我难以体会这些临时的诡辩者话语中微妙的遁词，我还是能意识到他们感兴趣的事情就是围绕一个词：para（钱）。我身上带着钱吗？带了多少？我怎么取钱？我的收入是多少？我有汽车吗？汽车什么价格？我是否很有钱？我回法国的飞机票要多少钱？每次说到para这个词的时候，还要伴随大拇指和食指的摩擦，世界通用语言。我有武器吗？他们觉得我应该感到害怕。"恐怖分子"这个词在传递，还要伴随不怀好意的微笑。人家又给我做了那个动作，食指尖在脖子上从左划到右,又一种世界通用语。

人群不断地来来去去,一般上了年纪的人会跟我握握手,表示欢迎光临。然后大家腾出位置,给他们让座,告诉他们我是谁。他们不可避免的反应就是额外提一些问题,总是和钱有关。我有点恼火,问道:

"你们是不是只对钱感兴趣?"

"因为我们太穷,太穷了……"一个半躺在屋角、一根接一根抽烟的大胡子男人说道。

只需在村里走一下或看看眼前这些人,就知道他说得没错,这些人什么都缺。甚至空气,在这间屋子也是稀缺的,如果他们继续拥进来,继续纠缠我,我就要窒息了。我表现出一些疲乏迹象,希望能转移他们的注意力……因为我开始抱怨,因为围观者有自己感兴趣的话题,他们渐渐抛下我,自顾自聊起来。这间几乎被挤爆的小屋子里,一片喧闹。有人提出一个问题,三十个回答蜂拥而来,每个人有自己的看法,还要拼命证明自己看法的价值。

我巴不得别人丢下我不管,我在一旁悄悄整理这一天的记录:我跨越了一千公里的界限,差一点被偷。这些事还清晰保存在脑海,我不想遗忘任何细节。半个小时差不多过去了,我一点没有关注别人的交谈。这时村长的儿子走近我,身后跟着两名彪形大汉,看上去和他一样面目可憎。

他们也想看我的护照,但我很坚定:

"等村长回来,我的护照只给他看。"

村长儿子没再坚持。那名能干的年轻人收拾杯盏茶具,又跑了几个来回,端上食物,这该是刚才被排斥在外的妇女们准备的。食物被放在屋子中央的一个大托盘上,人们请我和村长儿子以及两位老者,一起入座。那场景颇像丐帮帮主与手下在皇宫吃饭。我在一个能照看到我的行囊的位置坐下,这不是无谓的谨慎,因那东西早就是无数欲念的目标。我那可怜的背包从未像现在这样被人觊觎,被许多双手摸来摸去和掂量,被许多双眼睛睨视。现在我跟前站着个家伙,到目前为止我还未见他开过口。这人似乎带着什么重要使命,因为他被授权代表大家向我宣布我经受住了考验,最终大伙决定喜欢我,我是否真的听懂了?在坐回他的位置前,在全场赞许的目光中,那人朝我笑了笑。也许我真的听懂了。

现在天全黑了。今天我走了三十公里,从切尔切尔到养蜂人那里。白天遭遇的紧张心情更让我十分疲惫,我真想他们能让我好好休息一下。但我要睡在哪里呢?我一直不知道,我要等村长回来帮我解决这个问题。

半躺着的那个人,就是刚才说他们很穷的那个大胡子,轮到他站在我面前,每个人都闭了嘴。在被刚才的喧嚣衬托得更为突出的安静中,开始了一连串问答。若不是想到我的回答事关我的安全,我会觉得这份超现实问卷十分有趣。如果我翻译一下我们的对话,主要内容应该是这样的:

"你包里都有些啥?"

"药品、衣服、食物、睡袋、记事本、书……"

"你有地图吗?"

"是,我有一张地图。"

那人转向人群,得意地转向人群大声重复道:

"他有地图!"

一阵心满意足的"啊哈!"从人群中爆发。他们在想些什么呢?我感觉有些蹊跷,立即澄清道:

"我有一张公路地图,一个指南针。你们在说的是什么呀?"

"你有一张寻宝图。"

我大吃一惊。

"寻宝图?"

"丝绸之路上的寻宝图。我们知道丝路上有宝藏。"

这太荒谬了,我忍不住笑出声。但我是唯一发笑的,他们都一脸严肃,很不客气地看着我。

"拿出来看看。"

我从衣袋里掏出公路图,或者说是公路图的一小片。因为为保持地图相对良好的状态,我沿着折痕将它剪开。为了问路,我经常把地图给老乡们看,相同的场景重复出现,那地图从一双手传递到另一双手,谁都想摸一下。不过到目前为止,还从未有谁想过这是张寻宝图!所以我想如果我把地图给他——当你拿到一张寻宝图,肯定不愿意再还给别人——这图在屋子里转一圈后,就消失了。在这个我一无所知的国家,我离不开这张地图,尽管它有很多不足。我请那家伙坐到我身边,悄悄把地图展给他看,用手指着我走过的路、穿越过的村庄,希望能引起他的兴趣。他的手似乎不听使唤,痉挛着伸过来,想抓住我的纸片。每次他想抢夺时,我都赶紧躲开。然而,我这样的躲闪让他更坚信我真有一堆宝贝想隐藏。经过一番较量,他回到自己的位置,看上去冷静了不少。随着夜晚时间一点点流逝,我感觉那些没说出的话、说错的话、话中有话的话,都堆积在一起。

临近十点，另有五个人出现了，他们的样子一看就知道不属于贫穷阶层。屋内再一次静默。那两名女子没有戴头巾，大家给我介绍：小学老师。他们从伊兹密尔来，他们并非对我的旅行感兴趣（大家已经告诉过他们），而是对我的职业，至少是对我给出的职业感兴趣。我已经提到过，自从我出发以来，我一直自称小学教师，因此我是他们的同行。我用一种坚定不移的语气说这是一份相当困难的职业，然后用一连串问题砸向他们，为了不让他们向我提问。其中一名女子会讲几个英文单词，但是听不懂。所以我们又回到土耳其语，这就使得我们的交谈难以深入。他们告诉我，他们在这里不开心，生活艰难，也难以从事他们的职业。他们只想着回到故乡，但回去之前必须在这个偏僻山村服务几年。

他们离开时已经十点半，那位与我交谈最多的女士，用无比怜悯的神情抓着我的手说：

"祝您好运，真的好运。"

她这句话让我想起伊斯坦布尔银行家丹对我说过的话："您需要很多很多的运气。"

到目前为止，我没什么要抱怨的，我的运气对我不吝啬，但她这种悲悯语气难免让我有些担忧。

那些小学老师刚关上门，村长儿子又冲了进来，身后还是跟着刚才的两个彪形大汉。接下来的问答大致可以如此翻译：

"我要看一下你的护照。"

"村长在哪里？"

"他不回来了。"

"我睡在哪儿？"

"这里。"

其中一名保镖坚持道：

"他是村长的儿子，这是一样的。给他看你的护照。"

我再硬抗下去场面会很难看。我接受出示证件，但只给那个干瘦的男人看，我可不想护照在人群中传来传去，最后肯定要不回来。

我请求他坐在我身边，好奇的人群围成一圈，推搡着想要看一眼。我打开护照但没有松手，翻到展示我身份的那一页以表示那就是我，再翻到有土耳其移民局公章的那一页。在我们头顶上，三十双睁大的眼睛齐刷刷看过来。村长儿子接过护照一页页翻阅了很久，他想知道其他公章对应的国家：日本、中国、美国、非洲，那是我最近旅行去过的国家。他在占据了一整页的伊朗签证处停留了许久。但他违反了对我的承诺，把护照递给身边的一个人，这一位也翻阅起来。我紧张得像一张拉满的弓，当下我必须有所行动。等他翻阅良久正要递给第三个小贼的时候，我猛扑向那群人，抢过被偷走的护照放回衣袋，在他们充满敌意的沉默和三十个人的恼怒中，小心拉上我衣袋的拉链。我非常气愤他们不遵守承诺，迫切想让这种荒谬的胡闹赶紧结束。我大声说我太累了，想要休息。但似乎没有人听见我的话，他们又坐回自己的位置，点燃香烟，重新聊起来，内容肯定又是那些荒唐的臆想，我还是不知道的好。

我又熬了半个小时，筋疲力竭的我重申自己的请求，并打开门，生硬地请我的东道主们能让我独自留下。又是一阵长长的沉默，没有人动弹。我第三次要求人群离开，知道自己已经失去耐心。依旧是沉默，后来有一名观众（这确实就是一场戏）起身朝出口走去，其他人也跟上。我感谢了他们，祝他们"晚安"。一名大学生临走前问我道：

"你明天什么时候出发？"

"七点。"

"我会来这里，我和你一起走。"

他的承诺很温暖，至少让我心定不少，我可以不用独自穿过法齐尔说过的那个什叶派村庄。等他走出去，十来个在场者模仿他的做法。我仍旧拉着门，朝那几个拖拉者不耐烦地扫了一眼，村长儿子和那两名大汉不为所动。疲倦让我变得暴躁，我一直竭力保持冷静，还挺佩服自己，但现在实在忍无可忍，我猛然将他们推出屋子。

我在他们身后插上门栓，十分谨慎地确认这是我下榻处唯一的出入口。中间那道门没能锁上，因为人家没有给我钥匙，我用登山杖抵住门。但是无法让那扇小窗子保持安全，它仅靠两扇小木板绕上下两个钉子开闭，关着的窗子只需一拳头就能砸开。真主保佑吧。

我在第一间屋子的水龙头下灌满水壶，往里丢了几粒消毒片，放置一夜，留待明天用。用冰凉的水简单洗漱一下，就钻进了睡袋。我努力入睡，但一整天发生的种种事情，让我难以入眠。况且整村的人都还聚集在这所房子前，他们密集、亢奋、语气激动的聊天也对得起整个事件。人们相互招呼、嬉笑、喊叫。在村民记忆中，他们从未见过一个外国人。我知道土耳其人有点病态的好奇心，但他们的骚动完全超出常人的理解范围。村长没有露面，他是真不在还是不想接待我？如果是后者，又为什么呢？

我关了灯，他们会安静下来然后各自回家。我放松下来，终于睡着，但只一小会就被吵醒。外面的嘈杂声越来越厉害，我很恼火，没有开灯，靠近老虎窗，小心翼翼将窗帘扒开一条小缝。我看见的场景让我血液凝固，一个家伙（刚才的围观者之一，我能看出他荒谬的酒神女祭司似的疯狂）紧抱着杆老式长枪一动不动，似乎在立正站岗，眼睛一直盯着我所在屋子的那扇门，完全无视周围的喧闹。整个村子都来了，人们甚至容忍女孩子挤在一堆男人中间。在附近墙上一盏灯泡昏暗的光线下，他们在聊天、窃窃私语。

我几乎赤裸着身体，在窗子后面瑟瑟发抖，恨不得立刻钻入睡袋不再出来。后来我想，如果他们要杀死我，我最好还是穿戴得体面一点。对一个虫子般光溜溜的敌人，人家怎么会尊重呢？我在黑暗中穿好衣服。我在等什么呢？等他们破门而入？我很冷，和衣钻入睡袋，拉过一条毯子。我在颤抖，因为寒冷，因为恐惧。我意识到自己的行为有点幼稚，便从背包里翻出我的小刀，漂亮的拉吉奥尔弯柄折刀，那是我妹妹伊莲娜送我的，刀身上还刻有我的名字。我拉开折刀，放在枕头下，以备需要时自卫，但也不抱幻想。设想一下那场面，你们会赌哪一方赢呢？我终于认命：诸神抛弃了我。这群渺小可怜的人，他们到底想把我怎样？他们是要抢劫我吗？要杀我吗？抑或两者皆是？他们不动手还在等什么？他们若想抢劫或杀害我，刚才为什么不动手？我在煎熬中如此问自己，自然是没有答案的。时间仿佛凝固，疲倦将我压垮。我的手表显示午夜十二点半。恐惧渐渐稀释，被倦意取代。我慢慢陷入睡眠，很快睡着了。睡了多久？我也不知道，直到拍打窗子的声音将我一下子惊醒。他们到底要我怎么样？我又困又乏，决定不加理会。他们尽可以捣鬼,但别指望我会把脑袋放到砧板上。又有人叫门,这回是敲门和敲击玻璃窗。有人在吼叫一些我听不懂的话,喧闹顿时安静下来,这种突如其来的安静令人不安。我穿着袜子穿过房间,稍稍拉开窗帘。一名身穿迷彩服、端冲锋枪的士兵就在门前,我不由惊呼一声:混蛋!他们喊来了宪兵。

我一面系大头皮鞋的鞋带,一面心想,我还宁可如此。我可以解释清楚,然后一切进入正轨。现在已经有人在猛烈砸门,我在开门前强迫自己冷静,平静地将小刀放回原处。一名大兵身后跟着两个当官的,全村人都在,挤作一团看热闹,这热闹真是持续不断。我打开门,有十秒钟时间,可听见一只蚊子飞过。两名军官打量我一番,高个子的那位用还不错的英语跟我说话。他们要和我谈谈,他说道。我侧身让他们进来,后面跟着的人群也想挤进来,但我站在中间挡住他们。他们要做犹大,这可以,但我不会为他们的背叛支付奖金。

"他们不能进来!"

士官做了个手势,让人群后退。有个全副武装的人和士兵一起进来,站在屋子另一头,手中的枪始终对着我。

"这是你的包?"

"是的,有什么问题吗?"

"请出示护照。"

屋外,人群嚼着舌头。

"请跟我们走。"

"等一等,我是名游客,想游览你们的国家。你们有什么要指责我的呢?我是被逮捕了吗?"

"当然不是,是为了你的安全,请跟我们来。"

"我想知道去哪里?"

"就在附近。"

军官不让我拿自己的包,那名大兵抓起我的背包。小广场上那群人,刚才还说他们很喜欢我,现在看热闹看得津津有味。

我稍感欣慰的是,在穿过这群迫不及待报复我的群氓时,我大声对他们说道:"谢谢你们的招待!"这句话我早就熟记于心。这样,我感觉自己是高昂着头颅离开他们。

在贯穿村子的道路上,两名士兵夹着我,第三个背着我的大背包。人群跟在我们后面,不想错过这最后一幕。于我而言,我惊愕地发现,好戏还在后头。主街两侧,每隔十米都有身穿迷彩服、荷枪实弹的士兵站岗,枪口对着笼罩在黑暗中的房屋和小道,戒备着看不见的敌人。他们每人都戴头盔和穿防弹背心,一场大战在即的样子。但愿那边黑暗中没人打喷嚏,否则立刻会被子弹打穿。我差点以为到处有狙击手在瞄准我们,这些士兵到底有多少人?他们到处可见,站立着留意每一点微小动静。我被逮捕了。随后一丝幽默感油然而生,这样大的阵仗就是为了我?尾随人群的第一排中,那个在我门前站过岗的男人赫然在列,举着他的枪筒就像举着一根大蜡烛,脸上是英雄般谦卑的庄严。这小丑,大概会吹嘘他如何把我吓得魂不附体。对于这个村子来说,这是历史性时刻;对我,差一点也如此。

于我而言,一方面我对这些违背待客之道、嘲弄我的人十分愤怒;另一方面我又觉得松了口气。面对那个拿枪的小丑,刚才我以为末日到了。现在军人的出现,反而让我安心。我们在一所向外挑空的房子前停下，两名士兵在台阶处站岗。我跟那两个穿迷彩服的军官和那个大兵一起上楼。我想要回我的行李，军官命令背着我的背包的士兵进屋。房子主人就是今天下午表示欢迎我光临的人之一，真虚伪。就是他叫来了宪兵，因为村里只有他家有电话，显然这就是他接待游客的方式。他目光游离，不敢与我对视。在军官面前，他卑躬屈膝地迎合他们任何一点小要求，这一切真是太滑稽了。军官发话了，那告密者留下电话然后离开屋子。会英语的军官问我要地图，我递给他，暗笑道：难道他也想要寻宝？

两名军官俯身在那张纸片前，看得十分仔细，竟然发现了我圈出的法齐尔提醒我的那三个什叶派村子。他们似乎不想放过这细节，打了很长时间电话。我因为过于忐忑不安，没有听明白他们在说些什么。总而言之，我不知道该如何阻止事态的进程。等待，见机行事，也许是我该有的理性态度。那人挂上电话后有了更清晰的指令。

"你得跟我们走一趟。"

"去哪里？"

"去兵营，为了你的安全。"

"我的安全并没有受到威胁。"

经过这些惊吓，我觉得我还能这么说话可真是大胆，但我继续道：

"你们的兵营在哪里？很远吗？"

"不远。"

"一公里，十公里？"

"三四公里吧。"

我试图顽抗。

"不,我留在这里。明天一早我还要赶路呢。"

跟我说话的军官给大兵下了个命令,后者急忙打开门,门外两个军人中的一个过来抓住我的胳膊往外拖,我怒不可遏。

"我可以自己走路,如果我被逮捕了,可以给我戴上手铐。"

军官又给大兵下了个命令,后者不放手。我真的被逮捕了。

目前的处境很是离奇,没必要充好汉陷入更荒唐的境地。而且面对军人,凶吉难料啊。《午夜快报》里潮湿的土牢、粗暴的看守等画面浮现眼前,我不知该如何作想,还是乖乖跟他们走吧。再说,后续也许跟开场一样精彩。对我还有更好的结果吗?是落在看谁都是恐怖分子的大兵手里好,还是落在为"丝绸之路上的宝藏"而疯狂、为偷走我的"藏宝图"随时准备掐死我的村民手里好?

等着看我一出屋门就挨枪子的人群,遗憾地看着我离去,两名士兵拦着他们。人家押着我走向停在不远处的汽车。士兵们集合时我好奇地数了数,他们一共四十五人,外加坐在一辆普通黑色轿车里的那两名军官。从未有这么多人围着我转,我感觉自己快成明星人物了。普通士兵分乘三辆小型巴士和一辆装备了机枪的越野车。两名看守和我坐在其中一辆小巴的第一排座位。车队在黑暗中驶离,我转头最后看了一眼我的"东道主们"。露水从窗玻璃滑落,除了黑夜,我什么也看不见。

我很快意识到军官欺骗了我。在这样坑坑洼洼的道路上——明星之路和上帝之路一样难走——车开得比步行还慢,为避开那些泥浆坑,司机把车开得七拐八扭。我们开了有五公里,然后十公里。我打探我们到底要去哪里,我右侧的士兵拒绝回答,但左面那个长得有点像诺曼底农民的士兵吐出一个词"锡瓦斯"。

所以他们要带我去的地方不是四公里，至少是四十甚至五十公里。一路上我真不知该怎么想。军官的态度不算十分敌对，他们为什么要逮捕我呢？真是我的人生安全受到了威胁吗？若如此，来两三名警察通知我就行，或者保护我一下。军人们是否受了村民的蛊惑，他们把我说成是个危险分子？等我们到了军营，又会发生什么呢？我读到过一些关于土耳其军队或警察使用手段的文章，心里发毛。我出发前几天，"记者无国界"的一篇短新闻中说，一名土耳其记者受到了警察的酷刑。我既不是土耳其人，表面上也不是记者，但他们会区别对待吗？要是他们得知我是记者又会怎么样？

村里晚间的场景就像一场电影在我脑海里掠过，现在回想起来，村民们今天晚上的行为一目了然。他们拒绝离开那所房子，一直等在门外，就是想当场看到我被捕。村长的儿子再三要求看我的护照，那是因为军人们在动身前，要求他了解尽可能多的细节。所以大家都知道宪兵就在路上，我把他们赶出门外，这就剥夺了他们梦想参与的戏剧性场景。他们想象逮捕我的场景可能是这样的："武装人员手持冲锋枪，突然闯入。我顽固抵抗，被打成筛子。"或是这样："一名恐怖分子被打死，整个村子获得了嘉奖。"至于在我门前拿着道具似的火枪的那个小丑，就是农村组织起来的编外民兵。他们拿着老旧步枪，被认为是组织起来对付PKK的自卫队，是抵抗库尔德人的当地武装。他守在门口，预防我从士兵手里逃走。幸亏我当时没出去撒尿，否则肯定会挨一枪。命运就是这样被构造又被拆解。

我们终于来到像阿拉莫城堡①一样戒备森严、到处是士兵的兵营时，已经凌晨三点。我那些可爱的看守中的一个，再次抓起我的胳膊。我站住不动，坚决不挪步。他明白了，松开了手。他们把我带到会讲英语的那名军官的办公室。这是间宽敞的屋子，墙上挂着阿塔图尔克的画像。军官的名字刻在办公桌的一块铭牌上：戈戈贡兹（蓝眼睛或蓝天的意思）。这名字出现在很多地方，被编织在微型纺机上的两块迷你壁毯上，出现在墙上……这个人很为自己的姓氏自豪。他应该感谢自己的祖父在苏丹垮台后选择了这个姓氏，那时土耳其人被号召采用西式方法给自己取姓名。我注意到他的眼睛一点不蓝，孟德尔遗传定律很残酷，定律就是定律。

他请我在他气派的办公桌对面坐下。

"喝茶？"

"好的。"

既来之则安之，我强压着怒火不表现出来，尽管他在阿里哈朱到军营的距离上对我撒了谎。

"我需要搜查一下你的背包。村子里的人报告说你是恐怖分子，因为你的大背包。"

"他们从没见过双肩背包吗？"

"我必须搜查一下。"

"我猜我没得选择，但如果可以，我想在这之前，我要打电话给我的领事馆，通知他们我的被捕。"

"明天早上。"

---

① 位于美国得克萨斯的一个军事城堡，发生过美国历史上争取独立最重大的战争之一，阿拉莫之战。

169

"那就等到明天早上搜查我的背包吧。那现在呢？"

"我们留你过一夜。"

"所以，我被捕了……"

"不，你是我们的客人。"

我暗自冷笑。这个油腻的高个子家伙还真是厚颜无耻，他拉长了声音，嗓音尖细，做着虚情假意的手势。一名站在办公室门口的士兵走过来，打开我的背包，掏出里面的东西。他一件件往外拿，将它们递给军官，后者仔细检查过后放在地上。士兵看都不看，直接把所有写着或印刷着文字的东西递给蓝眼睛。后者吹毛求疵地审查，查看着在台灯光线下有些透明的几页纸。书籍、公路地图、记事本、地址记录本（为了寄明信片）、便签等，每一样都要一丝不苟地研究半天。出于谨慎的天性，我在记录所发生的事件和我的感想时，从没写过奥贾兰的名字，也没写过他政党名字的缩写PKK。我发明了一套属于自己的密码。他们要寻找什么，很显而易见。此外，每到达一个城市，我会把笔记寄回法国，因此大部分联系人已经在巴黎受庇护。我整理好放在一旁准备去伊朗所用的文件（书籍、地图等）也是被警惕、被仔细检查的目标。这种搜查让我愤怒到了极点，我感觉正在被人扒光衣服。我之前提到过，那些东西并不值钱，但对我的旅行弥足珍贵，现在却被到处扔在地上。自出发以来，我都费力地把这些东西整理得井井有条，我估计这下全被弄乱了。我离开一来就被强按进的椅子，表示不满。

背包终于被清空，士兵和他的上司围着这堆东西小心翼翼地认真转了一圈，仿佛这是不祥之物，最后还伸手摸了摸包里的每一条缝隙。他们捏了又捏，鬼知道在找什么！然后军官命令下属把东西全放回去。哎哟,可别把我整整齐齐的背包弄成杂货铺。我动手自己放,我先把每样东西放到塑料袋里,再把塑料袋放到不同的隔层。结束了搜查的蓝眼睛和另一名士兵默默看着我收拾。我来了个小小的报复,故意做得很慢。把我的小刀放入一个小口袋时,我挑衅道:

"你们记录了我有武器吗?"

收拾完后我又继续道:

"现在你们满意了吧?你们可以认定我不是恐怖分子了吧,能把我送回阿里哈朱吗?"

"不,明天,如果你愿意。反正那里很危险,你先休息,我也要休息,现在已经很晚了。"

"你们就不能在阿里哈朱搜查我的背包,然后把我留在那里?"

"……"

"你们能不能把我送到某家旅馆?"

"不能,你是我们的客人,我……"

"可是我不想做你的客人!"

"……有人会带你去你的房间,你要用钥匙把门锁上。我还要把你的相机留在这里,因为你现在在军事要地,这里禁止照相。我明天会把相机还给你。"

"你们违背我的意愿将我强行留下,所以不管我愿不愿意,我就是被羁押状态。"

"我再重复一遍你是我们的客人……"

他刚想站起身,突然又改了主意:

"你生气了?"

我被他的问题惊呆了。在深深激怒我之后，现在他居然有脸关心起我的心情。至少我感受到的就是如此。

我一直强压着自己的不满，现在因为我是客人，终于可以毫不犹豫地一吐为快：

"你想知道我有没有生气？当然生气！我生气自己像个罪犯一样被迫从床上起来，而你们没有任何可指控我的理由。是的，我生气你对我撒谎说我们只是去四公里之外，实际上你让我折回了五十公里，我用双脚一步步走出来的五十公里啊。我生气不能打电话给我的领事，生气你的虚伪，假装说我没有被捕，现在我显然被违背意愿地羁押在此。我生气在一个号称民主的国家旅行，人身保护这个字眼显然无法被翻译成土耳其语。我很生气，因为即便我承认你有权查看我的证件、有权告诉我去那些村子有生命危险，但我不承认你有权替我做出选择。我是成年人，我为自己负责。我作为游客，你可以关注我，甚至采取措施保护我的安全。但只要我遵守你们国家的法律（这正是我做的），你对我本人就没有任何权利。"

对着两名目瞪口呆的军人（他们一个听懂了，一个没听懂），我倾泻压抑已久的愤懑，几乎是在吼叫，一泻这个早晨带给我的恐惧和愤怒。我说到兴头上，继续更宏大的阐述：

"你们还声称要加入欧盟？先去夜校好好学习一下人权宣言吧。"

"可是……"

我不让他继续，我还没说完呢：

"我是一名法国游客，到你们国家来度假，我有权得到尊重。你们的第一个动作应该通知我的领事馆，他们会告诉你我是谁，但是你拒绝了我这个权利。停止用宣传来自毁名声，停止声称你们是度假天堂。"

那个听不懂一句英语的士兵，肯定会被这番滔滔不绝的控诉砸得晕头转向，不过他在暴风雨中间时离开了。蓝眼睛总算憋出一句话：

"可是，我只是想问问你是不是'饿'了。"他却把那个"h"吞掉了。

实际上，蓝眼睛只是殷情地问一声我是不是饿了（Are you hungry?）但他发音成 Are you angry?（你是不是恼火了？）。

我明白自己误会了，但我很高兴把自己的愤怒一吐为快。总之，我才不会收回我刚才说的话呢。我继续说下去，但语气缓和了许多。

"不，我不饿，但我很渴。来杯啤酒倒是不错，因为昨天晚上我没能到城里喝上一杯。"

"我没有啤酒，这儿禁止啤酒，不过我有威士忌。"

那就来点威士忌吧！他给我倒了一大杯，我一口口抿。自从离开伊斯坦布尔，这是我第一次喝到酒。愤怒退却，疲倦袭来。

在嘱咐一名士兵带我去房间之前，蓝眼睛自我开脱似的对我说，阿里哈朱的村民把我当作恐怖分子，他的任务是核实情况。我承认说他有这个权利，但是不用把我带到这里呀。

我拒绝用钥匙把我的门反锁上，这总让人心情糟糕。我不想攻击那名士兵，他只是服从命令。他说如果我不把自己反锁在屋子里，他会受到惩罚。面对这样荒谬的场景，我暗笑着把自己关起来。他们在担心什么呢？担心某个新兵来偷我的东西，或有人把我

173

这个所谓的"恐怖分子"干掉?

这一切让人厌倦,我也搞不清他们的原由,就如我无法解释蓝眼睛和他的助手那种天真和缺少技巧。如果我真有什么要害文件,我肯定不会放在背包里,而是带在身上,而他们甚至没想到要对我搜身。

当隔壁清真寺的大喇叭在召唤人们去祷告时,我睡着了。现在是早晨五点,而六月十六日这天还不想从我的记忆中走出。从早上跨过一千公里大关,到拖拉机上那三个混蛋的偷窃企图,再到在阿里哈朱被逮捕,这一天可谓惊心动魄。

但愿这一切只是一串霉运,接下来我会重新回到无忧无虑的状态,心绪宁静地继续我的旅程。不过在我重新进入梦乡前,我已不再很确定。

九　丝路驿站

早上七点半,一名勤务兵来敲我的门。我睡得很少,因为困倦,余怒未消。

"戈戈贡兹中尉请您去他的办公室。"

"等我吃好饭。"我没好气地说。

小兵慌了,他早已习惯服从蓝眼睛的命令,他不明白我怎么可以不照做。他离开去取准备好的食物,不一会儿端了个大盘子回来。我刚又睡了一会,现在不紧不慢吃早饭,慢吞吞拖拉着,这是弱小一方的武器。等我吃完,他收拾盘子,问我是不是可以穿上衣服下楼。

"这之前,我要先洗个澡。"

他再次听从命令,离开了。等待过程中,我观察着院子里发生的事。一名士官站在训练场中央,正向一群年轻士兵展示他的淫威,他强迫他们操作武器、奔跑、搞大场面,直到筋疲力竭。我笑起来,因为我想起他们把我带到锡瓦斯路上时,坐在我身旁的年轻士兵给出的回答。在知道我来自哪里后,我努力向他解释徒步、丝绸之路。然后我有点不放心地问他道:"丝绸之路,你知道是什么吗?""当然知道,就是柏油马路。"我心想当官的最好还是让他们了解一点他们的过去,而不是让他们像驴子一样围着水车转圈圈奔跑。

因为那名勤务兵没有回来,我来到走廊寻找可以洗澡的地方,那里很多宪兵已放假。

我走进蓝眼睛办公室时,八点三十分已过,他已经久等了一个小时。他对面坐了个讲一口流利英语的年轻军官。对中尉来说,不能重蹈昨天夜里发音错误这样的覆辙,他找来一名翻译。我们喝茶,我决定立刻展开反攻。

"昨晚我想了一下,也许你说得有道理,我不想冒无谓的风险,所以我要避开阿里哈朱以后的那两三个村子。请你们把我带回我走的那条路,但稍微往前,到耶尼科伊。不过这之前,如我们昨晚的约定,我要给我的领事馆打电话。"

"我们可以考虑,"蓝眼睛通融地说,"不过,这之前指挥官会决定……"

他还没说完话,我一下子跳了起来。

"什么?决定?决定什么?我既不是军人也不是土耳其人,你们的长官有权决定你们的一切,你们是他的部下。对我,他没有任何要决定的。在做任何其他事情之前,我首先要求跟领事馆通话,你们昨天晚上答应过的。不然的话,我不去见你们的指挥官。"

蓝眼睛疲惫地朝一言不发的年轻军官投去意味深长的一瞥。

那意思是"你看,拿他一点办法都没有"。他没说话,起身离开。约莫一小时后回来。

"我们把你送到涉外警察那里。"

这样蓝眼睛和他的指挥官就可以摆脱我,把我扔给他的同事。另一名大兵拎起我的背包,陪我走到停在院子里一辆带司机的汽车跟前。十分钟后,我们来到当地警察局。我余怒未消,对涉外警察的负责人穆斯塔法·卡贾尔重复了我不断向蓝眼睛提出的要求。

"我要打电话给我的领事馆。"

"当然了,"他说,"不过在等打电话时,您要不要先来杯茶或咖啡?"

"从昨晚开始我认为自己就处于被逮捕的状态,在你们这儿,我是不是有行动自由?"

"当然。我甚至不明白他们为什么没有通知我,我才是负责所有跟外国人相关的事务,宪兵昨天晚上就应该打电话给我。"

此人很沉稳,讨人喜欢,讲一口流利的英语。他对下属说话的方式,明显会让他们心甘情愿为他效劳。我们的谈话也体现出他对我的理解,他彬彬有礼,富有智慧。穆斯塔法告诉我,他出生于达达尼尔省。

安卡拉的法领馆,一个男人和一个女人相继接了我的电话。真说不上他们能为同胞排忧解难,在他们的解释中,唯一突出的就是如下意思:这里存在一些危险地区,是我自己设法到那里的,那儿的宪兵想干嘛就能干嘛,跟宪兵是没什么办法交涉的。他们不会出面为我遭受的逮捕和搜查提出任何指控。如果我想继续沿我的线路前行,必须准备好再次被检查、被逮捕甚至被羁押一天、一周、两周,只要警察愿意。显然我徒步穿越土耳其这件事,在他们眼里只是给他们添麻烦。他们要我把护照的前几页传真过去,因为伊斯坦布尔的领事馆没有把我资料转给他们。

在等待别人把复印件发送到安卡拉的这段时间,穆斯塔法和我继续我们刚才的聊天。这是个令人愉快的人,很有学识,对世界持开放态度。与我遇到的大部分土耳其人不同，他出色的英语不仅是有文化的表现，更是一种对外国人表现出巨大兴趣的标志。因为丰富的旅行经历，他很清楚土耳其在西方民主国家的糟糕形象。他的下属过来说传真已经发好，他就把护照还给我，又询问了我当下的计划。

"既然我已经来到这里，那就参观一下锡瓦斯，它可是丝绸之路上非常重要的一站。明天早上，戈戈贡兹中尉答应过我，把我送回我原来的道路。"穆斯塔法向我确认说，我要走的那片山区十分危险，宪兵持续在那里巡逻，PKK成员在那里设置陷阱，傍晚时分放冷枪，然后消失在他们了如指掌的大自然中。他建议我避开阿里哈朱以后的那段区域，又打电话替我在城中心找了一家旅馆，把房价砍到一半，还开车送我去了那里。临走时他又给了我他的直线电话，嘱咐说如果我在锡瓦斯周边遇到新麻烦，可以打电话给他。

昨夜充满波折，我睡得很少。在补个午觉之前，我忍不住想到蓝眼睛和穆斯塔法·卡贾尔，我遇见的这两个人相当典型地代表了当今土耳其的两张面孔。穆罕默德·戈戈贡兹是"土耳其"等同于"战士"时代的直接继承者，继承了斗争和王权的传统，属于实际控制国家的那类军人代表。他们相信武力可以凌驾法律，甚至可以发动政变，如果他们认为事情不符合他们的看法。反之，穆斯塔法·卡贾尔为我经常遇见的大学生或我在阿马西亚遇见的年轻中学生们开辟了道路。他们向世界开放，渴望学习外语和旅行，这证明了欧美对这一代人实施的影响力。

锡瓦斯城中心保留了一些塞尔柱帝国时代的建筑宝藏，清真寺和古兰经学院，它们抵御住了地震和外族的多次入侵，却遭到了比最野蛮的蛮族更沉重的蹂躏，钢筋水泥的蹂躏。我参观、拍照，做了一次游客，但我的心思在别处。昨晚的遭遇让我忐忑：灾难纪元是否已开启？

穿过一千公里大关，差点被偷以及军队的介入，是两千年来觊觎沙漠旅人之种种危险的最好概括。坐在由锡瓦斯驿站改建的茶馆里，我想到商人和驼队最害怕的三种灾难：疾病，受伤或自然灾害，盗窃或战争。丝绸之路沿线坟茔星罗棋布，死亡飞跃山川和沙漠，不打一声招呼就降临。所以当波罗兄弟和年轻的马可在离家二十五年后重返家乡，是多么令人称奇？人们以为他们早不在人世，分掉了他们的遗产。

鼠疫就是通过丝绸之路传播到欧洲，在沿线城市播下死亡的种子。昨天我固然跨越了一千公里大关，但谁能保证我会跨越两千公里大关？除了脚有点痛，到目前为止我还没有遇到健康问题，我的体力状况棒极了。但道路还很漫长，而我的旅行条件，有时连基本的食品卫生和个人卫生都得不到保障，难说能确保我精神抖擞地到达德黑兰。

盗窃，是丝绸之路上由来已久的一种威胁，我昨日的遭遇证实了这种危险一直存在。匪帮守在狭道等着商队，然后迅速消失在货物堆里，偷取成包的货品和坐骑，夺取金子甚至旅客的性命。丝绸、香料、贵重物品每天在他们面前络绎不绝，激发了一些当地人的贪欲。我就是不经意间勾起了同样的欲望。在阿里哈朱这样的贫穷村子，我被看作有钱人，来自一个富裕国家，因此他们认为我背包里一定藏着珍宝。这种欲望在阿里哈朱拖拉机事件之前，还未转化为行动。我把手表藏在衣袋底部,就是因为它类似移动电脑的模样会激发别人的贪欲。已经好几次有人试图用乱七八糟的钟表跟我交换,有两个年轻人干脆建议我把手表送给他们。

拦路抢劫者面对上千匹骆驼的商队出手时会犹豫,因为驼队里常会有上百个争强好斗之辈。再说商队首领也会出钱雇一批保镖(通常是亚美尼亚人)来保证驼队安全。而且商道驿站内部就是真正的要塞,安全可以得到保证。当危险过于巨大时,帕夏会借出几十人的骑兵队伍,陪商队走上一程。丝绸之路上的收益是当地老爷们的主要收入来源,他们完全有必要保证其安全性,否则商队改变线路,那他们对运输珍贵货品的商人的征税,也就泡汤了。保护货品安全如此重要,那个年代的当权者就已经发明了保险制度。如果在做过充分准备后,旅客还是遭抢,他向帕夏出示一份被抢货物的清单,可以得到一笔来自帕夏本人或来自苏丹的补偿。当然,今天土耳其的主要交通干道上已经不存在匪帮偷抢,但独自出行又手无寸铁的我,则很容易成为别人心动的目标,用不着五十个人就可对我的"宝贝"下手。

在更久远的年代,丝绸之路上战争连绵不断。其实今天也不少见,局部的激烈冲突还在踩踏整个中亚地区。我在做旅行准备、选择行走线路时,不得不考虑到这一点。我有好几条古老的线路可供选择,我更愿意走地中海沿岸的安塔基亚①,穿越叙利亚、伊拉克、伊朗,然后到阿富汗。一块卓越超群的区域,拥有丰富历史的土地和人民。但那里风险实在太明显了。

---

① 土耳其靠近叙利亚边境的一座古城。

也不能借道大草原上的线路，土耳其和亚美尼亚之间的边境口岸已关闭。至于高加索，车臣战争的萌芽，说不定什么时候就爆发……这种事没少发生。但对我来说，最难对付的危险，莫过于他们建立的全民运动：绑架外国旅行者，然后把赎金的价格贴在格罗兹尼广场。不，去那里充当诱饵，想都别想……

我在选定线路的过程中，面临库尔德工人党对国家发起的战斗。我昨天的被捕也让我相信过了埃尔祖鲁姆（土耳其库尔德斯坦地区），形势会越来越严峻，尤其关于奥贾兰的审判，最近占据了报纸和电视的头条，更是火上浇油。

面对诸多危险，商队又是如何获取信息？他们比我更便利，我看不懂媒体在说些什么。至于英语和法语媒体，我走的线路不属于旅游热点，它们完全无视。而商人们仅在一处就可获知所有信息，那就是驿站。驿站提供一切服务的同时，也是口传消息的集散中心，每天流传着各种各样的信息。一名商人也许会对另一名商人这样说："我从东边来，你从西边来。告诉我哪里有流行病、小偷和战争，我告诉你我这边的情况。"

在我的旅途中，阿里哈朱是否标志着非危险地带与危险地带的临界？在奇夫利克，两个男人试图抢夺我的手表和钱包，虽然还有点胆怯。昨天，三个男人更粗暴地尝试抢劫。然而最可怕的暴力来自阿里哈朱的村民，比如他们集体性的癫狂、贪婪（金钱、财宝……）和无知（凭一个双肩背包就指控我是恐怖分子）。也许军队的干预反而将我从这场疯狂中拯救出来，不过我更愿意同更讲外交艺术的军人打交道，比如穆斯塔法。

六月十八日早上，我打电话给蓝眼睛，他答应过把我送回抓走我的那条路上。他派来一辆车、司机和两名武装士兵，受命将我放到阿里哈朱。我不想去那里，请他们把我送到三十公里外的亚吉科伊。守纪律的士兵只服从上级命令，但蓝眼睛拒绝了我的要求，那不是他的管辖区域。我尽可以坐公共汽车过去，部队甚至可以为我付车费。

他和我一样清楚，到亚吉科伊没有公共汽车。我不再理睬他，这个人每次一开口，就是谎言。

怎样回到我一路遵循的那条线路？我至少需要行走两天才能穿过这片危险区域。我尽量在锡瓦斯长途汽车站一带转悠，终于找到一辆去苏舍里的班车，途中会经过一个叫埃基纽祖的村子，我应该在那里请求住宿、休整。这条路也会经过著名的卡拉巴耶尔山口，它是如此险峻，商队把它称之为"beguiendrem"，大意为"让老爷从马上掉下来的地方"。

从班车往外看，风景十分迷人。路上，一家餐馆自豪地用土耳其语写着"丝绸之路"（这个很正常），还用英语写（这就很例外）。往北，高耸的山峰覆盖着皑皑白雪，在阳光下闪烁。班车没有向北往苏舍里方向开，穿过一个十字路口后径直往东去。我冲到司机身边，他向我解释说他们开辟了一条更直接、路况更好的新线路，班车不再走原来的老路，又难开又危险。罢了，埃基纽祖；罢了，卡拉巴耶尔山口……这次新遭遇的失望让我错过了位于阿里哈朱和苏舍里之间的三个重要节点。总之，我为此捶胸顿足又有何用？穆斯塔法·卡贾尔提醒过我，我会不断遭到军队的临时检查，或更糟，成为PKK狙击手的射击靶子。我需要时不时表现得很谨慎,特别是我六月十六日遭受的惊吓,那"黑色的一天",还未完全散去。

那个男人手握长枪站立在我门前的画面,特别纠缠我。在那一刻,我认为他们想杀了我。奇怪的是,如果说我承认受到惊吓,并不是因为恐慌或真的惧怕死亡,而是因为在我一生的经历中,从未有机会如此接近和面对死亡。在我们受高度保护的社会,死亡戴着假面前行,人们将之隐藏、窒息、抛弃。我经常想到我的末日,甚至还祝愿它的到来。但确实"唯太阳和死亡不可直视①"……我的死亡当时就在那儿,高悬半空,取决于那个神经不正常、被我的大背包吓坏的愚人按在扳机上的食指。

自从我从威尼斯出发,我会经常想到面临的风险。走这条路我确实冒着生命危险,但我不认为比在诺曼底和巴黎间的高速公路上,比横穿香榭丽舍大街,甚至过横道线时的风险更大。当然我并不天真,徒步去那里,就会暴露于各种境遇,有慷慨相迎也有恶毒攻击。如果我执着于死在自己床上,那就不该出发;在这一点上,我有很固执的念头:那些想死在自己床上、从不远行的人,已经死了。

在我们即将穿过一个海拔两千米的山口时,我要求司机把我放到空无一人的道路上。车上的乘客吃惊地看着我下车,这儿离人烟还有十多公里,离苏舍里有二十五公里。司机不想把我放在这儿。太危险了,他说。我只好借口说我要抄小路去最近的村庄阿克苏。

---

① 拉罗什福科《道德箴言录》。

实际情况是我的双脚发痒,天气实在太好了,我怎能在这个带轱辘的铁盒子里汗如雨下。它走得又太快,我喜欢用自己的节奏凝望这些崎岖的风景。寂静重新回来,被我脚踩碎石路唯一的足音打破。偶尔,一辆卡车吭哧吭哧爬上新修公路的缓坡。公路沿一道激流前行,雕琢了大山几千年的激流,将最后一道工序交给了推土机。

巨幅地毯似的番红花在微微颤抖、窸窣作响:走近一看,原来是成千上万认真勤劳的蜜蜂在采蜜。土耳其的一些地区依然种植着番红花,用来生产染料。为得到一公斤染料,需要采摘十万朵红花。从前,它还被用作货币。在托斯亚附近有着漂亮奥斯曼建筑的小城萨夫兰博卢(即番红花城),两大家族依然种植鸢尾科番红花,生产"正宗"的番红花染料。

随着海拔高度下降,气温开始升高。一丛丛树枝伸展在激流和道路之间,奉上片片清凉。我在一棵杨树的树枝下啃了一截面包和一点奶酪,然后美美睡了个午觉。"黑色一日"带来的应急反应慢慢消退,我的安宁重新回来。

过了一会儿,我轻松上路,一辆轿车停下,要捎上我。我愉快地婉拒了:如果人们又开始停车捎人,说明这里没有恐惧。最后,今天的谢幕戏是一辆救护车突然停下,提议我上车。

"不,谢谢,现在还不需要。也许以后会……"

司机和他的伙伴笑了起来,他们想打听我的一切,停下车,让我给他们讲我的旅行。随后他们就离开了,走之前还留给我一板巧克力。

苏舍里是丝绸之路上来往频繁的一站。让-巴蒂斯特·塔维尼耶提到过，他在这个城市歇息时，发现商队太多，多到大家都不缴税。商人们一边上路一边嘲笑税收官，他们管理混乱，忙得手忙脚乱。今天这里是个外省小城，没什么旅游价值。人家给我的邮件寄到这里的邮局，邮局员工告诉我确实有一些信件在等着我。但信件居然被罕见地放在保险箱里，他外出度假的同事竟然还带走了钥匙。但愿这些信件里没有急件，我建议他把信件寄往埃尔祖鲁姆，我大约在十天之后到达那里。

早晨，我吃了份热乎乎的炖菜，当我离开那家餐馆时，我又错过了第二张照片。我错过的第一张照片是在盖雷德，当时我在一条小路上漫步，在一家理发店的橱窗里看到一位可敬的老者，留着同样可敬的白胡子，理发师正在一大堆泡沫中剃他的脑袋。那画面很滑稽：想象一下如雀鹰侧影似的一颗黝黑脑袋，顶着对称的如羽毛般洁白的肥皂泡沫，一会下潜一会上升……如果我有速写的天赋，就为你们当场画下来了。很可惜当时相机里没有胶卷。在苏舍里，还有一张不能错过却终究错过的照片，是一台拖拉机拉着一车快乐爱笑的人，他们一串串站在挡泥板、引擎盖上，一堆堆挤在座位上，犁地的附件上也挂满了人。等我掏出相机，所有人已经下车到了田里。我数了下，连带着司机，一共有十七个小伙子栖在这台机器上。这再次确认我已知的一件事：我是个非常糟糕的摄影师。

我离开苏舍里时没什么留恋，正朝城外一座人工湖水库走去，一个男人飞快冲过来。邮局职员让他告诉我说，如果我愿意等到下午四点，他或许有办法拿到保险箱钥匙。我一直好奇某些人使用的神秘沟通方式，他们明明可以有确切的沟通却不用，那是他们的商业信誉。那个度假中的人是通过什么费解方法，可以把钥匙送回来？同样，通过怎样的接力，这个男人追上了我？而我已经走出了城市。这些可都是东方神秘。

不，我不想等，我不愿意在这个毫无魅力的城市继续逗留。我沿湖大约走了十来公里。气温升高，但我的速度和运动量刚刚好，几乎没有出汗。我应该继续走在这条交通颇为繁忙的大路上，还是应该艰难穿越乡村？只要我没有返回到那些乡村，不言而喻我心底仍然封印着六月十六日夜晚拽着我的那份恐惧。我越是等待，恐惧把我抓得越紧。

于是我立即行动，往水库东面的山里走，进入更深的乡村。山坡很陡，景色发生了变化。我的右侧，沙化的土壤呈绿色粉状，陡坡几乎与路面垂直，令人炫目。坡底传来激流的轰鸣声。另一侧，大地呈铁锈般的深赭色，除了沿溪流的几丛小灌木，别无绿植。几个孩子在水里嬉戏，他们的笑声让这月球般冷冽的环境有了点人味。

在阿斯哈小村，我与两个小伙聊了会儿天，他们刚布置完一家明天开业的餐馆。第三个家伙在油锅里炸茄子，光着上身，腰间却别着一支手枪。见我惊讶，他解释说他是警察，来帮朋友做饭。阿斯哈之后，道路消失了，我只能寻找牲口走的羊肠小道。在坡顶，我看见了艾伦杰，就是我打算过夜的那个村子。但还未到达那里，我已经浑身湿透。我在路边看到一股溪流，我停脚换下湿衣服，在水里洗干净，放在双肩背包上晾晒，活像背上别了一面白旗，在这些地区，这倒是个恰当的象征。

我就这样一身奇装异服，进了埃伦杰的村长阿里夫·切利克的农场院子。村长吃了一惊,生硬、带着敌意,查看了我的护照,便急忙给警察打电话。我呆呆地站在他院子中间,身上依然背着包,心想麻烦就要来了。电话铃声响,阿里夫示意这是打给我的,警察建议我去他们办公室,离这里十八公里。我当面拒绝,走十八公里去出示我的证件,然后同样的路程回来,一共三十六公里。从苏舍里到这儿我刚走完四十公里,今晚我可不想再走路了。如果他们想看我的护照,他们过来就是了。

  我驻扎在院子中间,守着我的行李。阿里夫停下手中的活计,显然被我的出现扰乱心绪,不知道该以怎样的态度对待我。我很知道,就是等待。我心想今晚是否又要睡在某个兵营。电话又响了好几次,警察坚持,他们要和我谈话。我也坚持我的立场,并建议他们给蓝眼睛,特别是给穆斯塔法·卡贾尔打电话,如果他们想了解我更多的情况。

  其间,阿里夫和我聊天,他不敢相信我从伊斯坦布尔一路步行而来。我给他看我的记事本及地图上我走过的线路。这些让他放松下来,我们开始参观他的小农场。我提议他坐上拖拉机,我给他拍照。在这些被人遗忘的贫穷地区,拖拉机十分珍贵,农民会用布甚至用色彩鲜艳的毛毯把它们罩起来。他的拖拉机上盖了块粗毛呢,灰绿相间的对称图案有点像军队的迷彩服。我们发现我俩同年,这拉近了彼此的距离。已经完全放心的他,大概也安抚了警察,因为警察的电话越来越稀,后来干脆就不来电话了。

  他邀请我进屋喝茶,他的几位朋友过来,村里的年轻阿訇也来了,我们的聊天还是挺愉快的。过了一会儿,我正在做睡前准备时,我的东道主找了一张椅子坐在我对面,默默地看我刷牙,看得入迷。他的牙齿已经掉了二分之一,状态一塌糊涂。不过我很喜欢看他笑,一笑仿佛露出一排钢琴琴键。有意思的是当他闭上嘴,上面的牙齿正好落在下面缺牙的洞里,反之亦然。所以当阿里夫闭上嘴巴的时候,看上去有满口牙齿。我的笑容应该很有感染力,因为临睡觉时,我们已经是世界上最好的朋友了。

他把自己的房间让给我睡,他和妻子及全家人挤在另一个房间。早上五点,我就听见响动,是阿里夫和他妻子在准备早餐,为了不耽误我早走。因为我说过第二天一大早我就要出发……但没说清楚对我来说"一大早"是两个小时以后。他和做完晨祷后赶来的阿訇,一起送了我一程。我带着不舍,离开了这个很好很好的人。

我再次改变了线路。昨晚跟警察的纠葛算是过去了,但我猜这种情形一定还会出现。我走的这条路还是太靠近动荡地区,因此我必须重新回到国道上。五点三十分,我重新穿过那条溪流,开始一段漫长的爬坡。在海拔一千八百米的一个山口往下看,埃伦杰成了一个窝在山谷的迷你小村。山坡另一侧,朝北的山峰仍然覆盖着白雪。

在我经过的第一个村子,一位善良的老人,用一根棍子在地上给我画了该走的线路。但另一个多疑粗暴的家伙,像警察一样盘问我,我敢肯定警察会再次听人提起我。又一次,田里干活的人或路上遇到的人不再向我打招呼。在行走了两个小时后,我又回到与苏舍里人工湖垂直的地方。这片巨大的水域和几何状的田野如此壮美,我坐下来,慢慢欣赏。北面的山峰倒映在湖水中,被金黄的稻田和黑色的方形耕地包围。我丢开蜿蜒的道路,径直从草地往下奔跑，与牛群擦肩而过。在一处泉眼，我灌满水壶。一个年轻牧羊人过来讨钱。为了买什么呢？

"买很多香烟。"他说。

回到沥青路上，我离昨晚出发的地方仅有五公里。绕这么一大圈并不徒劳——再说绕道不正是直接抵达另一些事物的方式？——绕道让我遇到了阿里夫，绕道让我遇见了记忆犹新的风景。尽管天有点热，我走得很顺畅。在一个阴凉昏暗的小餐馆吃过一份美味的炖菜后，我在树底下小憩了一个小时。我打算在查塔克卢小村停下，并请求借宿。到了下午六点半，我意识到离开埃伦杰已经超过十三个小时，我的水喝完了，四周却不见一个村子。一名卡车司机拿出座椅底下一个脏脏的塑料桶，倒给我一点可疑的温水。我做了明知永远不该做的事：贪婪地喝下了至少一升水。又走了五百米，运气来了，我发现了一座小清真寺和清凉的泉水。

在查塔克卢，有个人向我保证离国道五公里外的小镇格洛瓦有一家旅馆。但另一个人走上前反对说，那里没有旅馆。我已经很疲惫，但睡个好觉、说不定还能洗个热水澡的假设，重新给了我勇气。当我到达目的地时，我已经在一天之内步行了五十五公里，几乎虚脱。

在一个露天座上喝茶的镇长奥斯曼·库特告诉我说，他一个月前坐大巴去伊斯坦布尔时，见过我行走在靠伊斯梅帕夏那一侧的马路上，当时就觉得十分吃惊，现在看见这个怪人竟然又出现在自己身边，他惊掉了下巴。他从难以置信立即变得异常兴奋，这可不是件平常事。他意识到他正在亲历一个故事，讲述这件事让他备感荣耀。

刚才提供信息的两人都没说错。这里没有旅馆，但马上会有一个。尽管旅馆还未完全建好，但镇长允许我睡在里面。这家旅馆由政府出资建造，周末才正式开张。我成了旅馆的第一位客人，但无论在餐馆吃饭（餐馆是他开的）还是住宿，奥斯曼·库特都不肯收钱，说我是他的客人。他派人临时为我的房间搬来一张床，淋浴设备还不能启用，但我的东道主已尽了最大的努力，我可不能太挑剔……

早晨，我穿过牧场来到国道。我从山冈凝望格洛瓦人工湖及与其相连的一个天然小湖泊。乡村景色很美。在徒步了两小时路后，我在一棵开满花的金合欢树下停下脚步。昆虫在花丛中飞来绕去，我同样也在采集着色彩和香气，品味活着的滋味。然后我重新走向大路。午餐，我简单吃了点东西，便在一条低凹的小路上坐下，打算小憩一会儿。一位妇女看见了我，几分钟后，两个高大的小伙不知从哪里钻出，过来打探虚实。气氛再次紧张，他们反复提醒我多加小心，这一带有很多恐怖分子。

确实，路上超过我的或迎面而来的车辆，要么是载着全副武装的士兵的装甲车，他们喧哗着向我打招呼；要么是载着穿迷彩服的宪兵的卡车。过了阿尔特基，我进入一条壮丽的狭道。那儿如我常遇见的场景，推土机接替溪流，在岩石上凿出一些通道。两侧的崖壁令人惊叹，保护商队的士兵，看到这种隘口底，应该会吓得双腿颤抖吧。在山谷中央，我又看见一辆装甲车躲在公路一处凹角，机枪对准哨兵望远镜的方向。他们叫我过去，给我喝可乐，询问我的旅途和年纪。"感谢真主！"

里费耶的这家旅馆属于最污秽不堪的旅馆之一。没有淋浴,只有一个洗脸池,原来的颜色早被一层厚厚的污垢遮盖。我拧开水龙头,冰凉的水一下子流到我脚上,因为排水管掉了。厕所,人要从尿水中蹚过。电灯也是坏的,我摸索着钻进睡袋,睡在一张令人恶心的床上。楼下餐馆二十四小时营业,播放流行歌曲的音量开到最大。旅馆后面是机修厂和汽车钢板加工厂,夜里大部分时间都在工作。我与白昼一同入睡,尽管各种嘈杂,我睡得还不错。

早上五点我就醒了,吃了份浓汤,但愿厨房比厕所干净点,真主保佑吧!在这片草原风光中,极目不见一棵树。空气清新,我一点不觉累,因为昨日走得不多,我从前天的消耗中恢复了体力。在顺利行走了两小时后,我在路边一家小餐馆停下,再次引起小小的骚动。一群卡车司机向我砸来一连串问题,当我说我从伊斯坦布尔一直步行到这里时,他们排队一个个与我拘礼握手,弯腰致意。老板不肯收我的饭钱,一名司机坚持为我再买一份汤。

所以我肚子塞饱,精神抖擞!现在可以冲击那条窄道的斜坡和萨卡尔图坦通道了,我将从海拔一千六百米攀升到两千两百米。离坡顶四公里左右时,两辆塞满士兵的吉普停下,一名士官很不客气地问我要护照。我问他们有没有水,因为我的水壶已经空了,上坡的道路很陡。他拒绝了。"后面会有水的。"他傲慢说道。我又攀爬了近一个小时才到山顶,找到一处喷泉和一家餐馆。我已经筋疲力竭,能够点上一份烤肉串,感觉幸福至极。但这次我又没能付钱,因为跟我聊过天的邻座已经替我结账。午餐时分,丰田装甲吉普上的小分队来这里喝茶,他们车上的旋转枪架搁着机枪。一辆载满士兵的中巴在公路上巡逻。总之,气氛有点紧张,到处弥漫着猜疑,危险就在不远处。

山口另一侧，景色的壮丽犹如天然调色盘。干燥的大地；或灰或棕或红的白垩岩石，星星点点；有泉水的地方，长出一片羊群喜欢的碧绿青草；远处，卡什达利山峰上永不消融的白雪光芒闪烁。山脚下的十字路口，一丛白杨树投下一片树荫，在这个海拔高度，实属罕见。到下午三点时，我已经走了四十五公里，还是未见到任何村庄，地图上也没有，我加速前进。军队的检查继续着，不时有巡逻的吉普车出现。人们强烈建议我下午五点以后不要再赶路，我巴不得想停下，可是停在哪里？下午五点三十分，我离下一个城市埃尔津詹还有十八公里。我走了六十二公里，翻越了海拔两千两百米的一个山口。

这是自伊斯坦布尔出发以来的最高纪录。我的双腿像灌了铅，道路两旁的峭壁看上去似乎都是威胁。一辆卡车停下来要捎我，我妥协了。司机伊尔凡在五公里外一家带餐厅的路边旅馆停下，如果我早知道旅馆这么近，才不会违背自己永不借助机动车的承诺……大堂里坐了普通士兵，他们在等待黑夜降临后外出巡逻。我和伊尔凡一起喝茶，他告诉我说他每个月挣八千万里拉[①]，但他仅买烟一项就要花掉一千八百万。那他怎么养活四个孩子和应付住宿？他说他"想办法"。这个回答让我陷入困惑。

这家旅馆与里费耶的那家一样脏，但它最大的好处是可以洗热水澡，在地下室，需另外付费。早晨，我拦住一辆反方向行驶的卡车，回到昨天遇见伊尔凡的地方，重新出发。我不愿错过我在丝

[①] 指土耳其旧里拉，2005年1月1日起启用土耳其新里拉，1百万旧里拉换1新里拉。

绸之路上的每一公里。我知道这种拘泥细节很可能被看作脑筋有问题，怪癖老头的数据统计。但只有这样，我心里才舒服，即便我的双脚很不满离埃尔津詹的这十八公里，即便经过昨天的长途跋涉，这段距离对我很漫长。

这座城市有一种奇特的形象。一九三九年，一场可怕的大地震夺去了三万五千人的性命，全城三分之一的人口。另一次地震发生于一九九二年，也造成了六百人死亡。尽管如此，尽管这里不缺地皮，人们还是建造四层的楼房。这里的人仿佛是世界上最淡定的人，等着下一次地震的到来。开发商并非唯一的罪魁祸首，土耳其人认为住平房是土气的，住公寓楼房才是最时尚的。这里当然已经不存在任何还直立的古老建筑。在游客中心，负责人没有任何关于丝绸之路的信息，而这座城市曾经是非常重要的一站。不过负责人告诉我，如果我愿意邀请他去巴黎，他会非常高兴。

阳光灼热，我坐在街心花园阴凉地的长椅上，懒洋洋看着走过的女人们。她们如何做到对抗这炎热的天气？根据其丈夫所属宗教团体的不同，她们把自己不同程度地包裹起来。丈夫的虔诚程度，首先可从妻子身上不同长度的衣料看出来，其次看穿戴方式。最宽容的一种就是简单戴条头巾……

在城里的主广场，我被一场警察集会吸引。集会出现了一块标语牌，我当然什么也看不懂。我打听：为什么这些警察要游行？我的问题招来一阵不解的目光和惊讶，甚至大笑。与我想象的完全相反，警察在这儿不是为了抗议而是为了控制一场工人集会，工人们要求加工资，不过我只看见一些标语牌。

我感觉一阵巨大的疲倦，所以下午大部分时间只在城里最好的旅馆内休息。经过漫长的一夜安睡后，第二天上午，我十点才出发。

军队的出现似乎更频繁了，三小时内我就数到十五辆巡逻的装甲车，每辆车的旋转枪架上都架着机枪。没有车停下来检查我，在这条大路上，我应该被视作一名普通游客，人家认为看到我很正常。埃尔津詹平原很富饶，种满粮食和杏树，很可惜这时节杏子还未熟。

中午，我被五个正在浇地的男人"邀请"一起吃午饭。他们告诉我他们是什叶派，是穆罕默德的堂弟兼女婿阿里的信徒。在这个大部分人属于民族主义者和保守派的国度，他们位列左派，还告诉我他们有多么欣赏法国的社会党。这群人中最年轻的一位正递给我一盆碎米饭，突然就停了下来，仿佛刚抓到一个疑问：

"你是民主派还是法西斯派？"他直截了当地问道。

对他们来说，这些词汇并没有我赋予它们的含义。他们批评了很久土耳其政体，认为它就是"法西斯"。土耳其体制当然还不至于此，但最后我终于明白这个词汇其实就是指属于对方阵营的人，没别的意思。因为我是民主党派的，而且大方承认，碎米饭就被盛到了我碗里。

暮色降临，我越过了幼发拉底河，它与底格里斯河及尼罗河共同孕育了最古老的文明。我陷入沉思，久久凝视着河水从石头上流过。但我必须往前走，黑夜将至。我计划在地图上存在的一个小村子塔尼耶里停留一晚。我在一个加油站买果汁时，觉得离这个小村子已经不远了。但加油站老板告诉我,这个村子已经不存在,方圆十五公里之内,没有任何村庄。

我只好打算在加油站一旁的停车场露营一宿。我拿出装备正打算铺一个睡觉的地方,四辆装甲吉普开进加油站,两辆属于宪兵,另两辆属于部队。两方都对我的行程询问了很长时间,他们显然都深为震撼。他们边喝茶边告诉我说,他们需要整夜巡逻,这一带有恐怖分子。说话过程中没有人放下手中的武器。如果考虑托卡特之后警察和军队的密集程度,我估计恐怖分子的日子并不好过。

他们又要出发了,其中一位走近我,得意地凑着我的耳朵说:
"我知道你为什么能完成这样一项壮举,因为你吸毒了。"
"你怎么会这么想?"
"我朋友看见你把安非他命药片放到水壶里。"
我马上把他说的药片拿出来给他看,那是为了消毒我的饮用水,但我无法说服他。在他和同伴看来,事出反常必有妖。我的成绩"太不正常了",但如果我吃兴奋剂的话,一切就变得"正常了"。

我在一条长凳上睡得很不好。寒冷、蚊叮虫咬、来来往往加油的卡车,尤其是加油站播放的音乐,音量开到顶,天知道放给谁听,夜神都要被惊醒。这一切让我难以合眼,等我终于迷迷糊糊睡着时,一场暴雨劈头盖脸落下,我和油泵工一起躲进店铺。梅廷,二十五岁,长得又细又高,像个蚱蜢。每天工作十八小时,一年工作三百六十五天,因为他要攒钱结婚。他选择的婚期是二〇〇〇年一月一日,其实这个日子对他并不意味着什么,他是穆斯林。他掏出钱夹，未婚妻的照片是张小纸片，看上去不怎么舒服地被夹在一堆他兄弟、父母和他当兵时（剃了光头的他和其他二十五个光头在一起，我自然没有认出他）的照片中。钱夹里还有银行卡、身份证和军人证及其他一些文件。梅廷的一生在这里被浓缩成图片。

  公路上的巨响突然吸引了我们的目光，我猜是某种怪异的动物。从某种意义上说，这也算是一种动物，因为一辆履带坦克出现在黑夜里，被加油站的灯光照亮了几秒钟，然后在一阵金属的嘈杂中，往东消失了。

十 妇 女

沙袋中间露出一个头盔,接着是一支乌黑锃亮的枪管。瞄准我的那个士兵在喊着什么,无需翻译,应该就是"不许动"。他用稍缓和些的语气在招呼什么人,一名军官走过来,咆哮着命令我出示护照。我正要照做时,头顶突然传来一阵爆笑。一名大卡车司机在他的驾驶室对军官嚷道:"这就是那个从伊斯坦布尔一路走来的旅行者!"

军官吃惊地看着我,然后感兴趣地问道:

"你要去哪里?"

"食品杂货店。"

"你有土耳其钞票?"

"当然有。"

"那好吧。"

我收回他甚至没看一眼的文件,放回衣袋。这一幕固然有点荒唐,但也是我自找的。今天一大早我告别油泵工梅廷时,他就奉劝我不要走。"七点钟之前上路很危险,等部队让出道路后再走。"但我睡得很糟,肚子也在提抗议,所以我坚持出发,选择今天走一小段路,到二十六公里外的桑萨小镇。宽阔的峡谷逐渐变成狭道,在一座横卧小河的桥边,我看见了那家杂货店,挨着一间茶室。我急于过去逛一圈,没有注意到藏在凹陷处的掩体,一名大兵窜了出来。

在茶室，人们用好奇和略有戒备的目光打量着我。尽管我试了几次，还是没人和我搭腔，气氛有点尴尬和一种不可言说的沉重。我慢慢用餐，让自己放松，今天不用那么急匆匆。

在十多公里外的狭道入口，我再次遇到一个军事哨卡。左侧是一辆坦克，炮口对着羊肠小道；右侧是带机枪的装甲车，火力覆盖山谷另侧，人员各就各位。一名士兵喝住我，命令我上前等候。另一名士兵走进一个半地下的建筑，陪一名长着娃娃脸的年轻军官出来。他又高又胖，紧紧包裹在迷彩服中，活像一根准备上烤架的火腿肠。他艰难地爬上掩体和公路之间的那道小坡，问我要证件。

"你不能通行。"他说。

"为什么？这里有那么多军队，还是不安全吗？有恐怖分子？"

"没有。"

"既然没有恐怖分子，那我就可以安全行走了？"

"不可以。"

我觉得他的回答过于简单，我据理力争，向他解释我的旅行及旅行对我的重要意义。刚才喊他出来的那名士兵为我解围：

"帕夏……"

他还未说完，军官就命他闭嘴。我努力搞清楚情况。"帕夏"在土耳其语中是"长官"的意思，所以说这是长官的命令？连军官自己都承认这地区并不危险，为什么不让我走？我试着强行离开。我抓起背包，但还没走两步，两名士兵在长官的命令下，挡住了我的去路。其中一名夺过我的行李，强行把我拉回。军官就在一旁，没有动。他打电话请示，十分钟后回电来了，不能沿狭道通行，至少步行不可以。

一辆卡车停下，军人在向司机说着什么，肯定与我有关，因为他指了我好几次。士兵把我的行李放进驾驶室，军官向我索要地图，指给我看一个村庄，卡金，离我们所处的地方约二十公里。我明白他对我说的那段话大概是这样的："司机受命在这个村子把你放下，别试图提前下车，否则你会有大麻烦。"

他向我露出藕节般肉鼓鼓的手腕，让我自己领会意思。我当然明白，心灰意冷地爬进驾驶室，我受够了宪兵们违背我的意愿把我运来运去。如果这样的情形继续下去，就相当于要坐巴士或卡车穿越三分之一的土耳其。我知道我有点夸张，但我喜欢把一切看得悲观些。

司机告诉我他每周都要从安卡拉去伊朗的大不里士，他提议捎我过去，两天后他就到了。不，谢谢，我会去那里，但步行去。也许我就像骡子一样倔，越是有人阻拦或劝我放弃，我越是执着实现我的计划。

离开哨卡五公里后，我终于理解"帕夏"这个词的意思。受到高度戒备的，是反恐部队指挥部，也就是帕夏的营地。营地坐落在公路与河流之间的一小块平地上，实际上是由一些帐篷和可拆卸木屋组成，用铁丝网围起来。二十多部装甲车整齐排列，炮口对着我们。帕夏想要睡得安稳，所以即便我这样无害的步行者，也不被允许靠近。不过我对他们监控措施的松懈很是惊讶，因为军人在入口处拦下我时，好几辆大卡车未经检查，一溜烟开了过去。我不是技术人员，但我觉得帕夏更应提防那种装满炸药可让指挥部化为灰烬的自杀式车辆，而非行李很容易被检查的步行者。

帕夏选择的地方也正是我想停留一站的地方，桑萨。没有更好的办法，我只得贪婪地眺望我们正在驶过的这条路，可惜我的靴子无法直接踩上。我建议司机在过了管辖区后把我放下，他晃晃食指表示"不行"，他要遵守那个胖军官的命令。

等我双脚踏上地面后，我很不情愿地比早上的计划多走了许多路。我打算花两天时间走到下一座城市，现在只剩下几小时的路程了。但抵达之前没有任何可投宿的村子，所以我决定一直走到戴尔丹。这样，我今天就要走上四十一公里，还不算搭车的距离。本想平静走一站，又泡汤了。我正欲背上背包时，一辆载着两个男人和一个女人的马车踏着小步迎面而来，他们身后，山峦屏障构成壮丽的背景。我当然想把他们定格为永恒，我拍了一张以马车为前景的照片。那位没来得及遮住面孔的妇人非常愤怒，当他们走到与我并肩时，她朝我吐口水。她的肖像属于她，而我偷走了它。我后来试着去想这件事，有的人请求我拍照，有的人视拍照为偷窃甚至强奸，该如何区别呢？这又是需要学习的功课。

快到戴尔丹时，一座十二世纪老桥的桥墩没有被损毁，这是个好兆头。难道这里的当局会操心保护历史遗产？戴尔丹是玛玛·哈顿的城市，那可是个大人物。在这个身为女孩就是不幸的男权国家，玛玛·哈顿一一九一年继承了他父亲伊泽廷·萨尔图克二世的王国。这位土耳其的圣女贞德带领军队抗击埃尤比人的入侵；为捍卫被她几个狂暴侄子觊觎的王位，她手持武器，战斗了十多年。统治叙利亚和埃及的苏丹埃勒·阿迪勒想为她找一个配得上她的夫君，没有成功，谁都不愿屈尊于这位铁腕公主的统治。在此期间，她命人修建了几座建筑，今天被认为是中世纪最成功的奥斯曼建筑：一座清真寺、一座驿馆和一座土耳其浴室。此外还加上一件最华丽最独特的作品：她的陵寝。

玛玛·哈顿有一天神秘失踪了。她遭遇了谋杀还是被她的侄子们关押致死？她是否被埋葬在她为自己精心建造的陵寝中？没人知道。她的大理石灵柩台也消失了，阿拉伯大旅行家埃夫利亚·切莱比，十七世纪途经这里时，还曾在灵柩台前沉思。陵寝通常处于关闭状态，但我有幸入内参观。整个建筑占地不大，由一堵半圆形的石墙围成，墙上有十六个壁龛，也是玛玛·哈顿亲人的墓葬地。围墙中间是一座小清真寺和它的尖塔，地下室有一个空棺椁以替代原来那个。所有这些被罩在一个八瓣的伞形大屋顶下，两瓣中的一瓣各指向一个方位，整座建筑透着一种奇妙的和谐。在花了很长时间找到掌管钥匙的人后，我终于成功参观了驿站。驿站刚刚完成修葺，规模不大，但还是有两个带拱形屋顶的巨大马厩。至于玛玛·哈顿修建的土耳其浴室，运气就没那么好了，土耳其的钢筋水泥再一次发威。

从戴尔丹到阿什卡莱，旅程没什么波折也没有吃午饭。一阵猛烈的暴雨袭来，但我运气还算好，正要被淋成落汤鸡时，一条废弃的公路隧道给了我庇护。我在里面等着太阳重新露脸晒干我的东西，还吃了几颗干果和一块面包。我看上去应该像个十足的流浪汉。尽管我每天要消耗大量体力，我还是满足于这种简单便餐。我能量消耗巨大，行李分量也不轻，但一天好好吃一顿对我已足够。那些沙漠旅人，主要带上几羊皮袋水，外加一点肉干，剩下的东西可在客栈购买。

是否因为参观了玛玛·哈顿陵墓的关系？我发现土耳其妇女在

我思绪中占据了重要位置。尽管由玛玛·哈顿发端的女权"革命"被扼杀在摇篮中，但其功绩不可磨灭。在大男子主义盛行的中世纪，一支军队怎能接受一个女人的指挥？无论这个国家的宗教还是文化，都是在压迫他们的妻女。经济发展的不足，让她们无法免去劳作之苦。她们被排除在家庭或政治权力之外，经济上完全受制于男人。教育、文化也对她们关上大门。当然，男女平等在法律上受到承认，甚至还出过一名女总理。但在乡村、在土耳其家庭，我能感受到妇女地位是多么低下，任人奴役，被隐藏，很年幼时就要严格执行漠视她们身体的穿衣规矩。我在一些大城市当然也看到过年轻女性打破成规，像欧洲人一样穿戴，这是她们独立自主最切实的标志。这股变革的潮流需要多少时间才能吹到安纳托利亚的乡村？

除了玛玛·哈顿，这片土地还出过其他几位深刻影响了历史的女性，但都处于东方基督教帝国时期。伊蕾娜、埃莱娜、狄奥多拉等，都极大地影响了她们的时代。

埃莱娜原是小客栈的一名女佣，有足够的心机勾引了克洛鲁斯大帝，他们的儿子君士坦丁不愿在罗马蛰伏，而是在原拜占庭的基础上建立了一座以自己名字命名的城市：君士坦丁堡。

至于八世纪时的伊蕾娜，作为儿子的摄政者，统治了东罗马帝国整整二十年。当儿子成年，向她讨回权力时，这位迷人的母亲竟然挖掉了儿子的双眼，以这种令人发指的方式，又获得了五年的统治权。

人们传说狄奥多拉在与君士坦丁堡最伟大的君主查士丁尼大帝结婚前十分风流。在成为无可挑剔的皇后之后，她还教丈夫如何掌权。当他面对一次血腥的城市暴动准备弃城逃跑时，狄奥多拉对他说了大致如下的话："当你披上权力的红袍,就要准备好用它做自己的裹尸布。"他们留下来,战胜了暴动,并寿终正寝。

我一边向阿什卡莱前进,一边有点感慨地回想起与我交谈过几句话的那些妇女:在伊尔加兹附近纺羊毛的快活女人,或在苏克兰为我准备了这么多馕的高加索大妈。我还经常想到在托斯亚,库夏的小妹妹那么自然地扑向我的脖子。

阿什卡莱小城原是丝绸之路上的一站,这段历史已经被遗忘。旅店就在一家茶馆上面,在我遇见的最肮脏旅馆中可排名前三。我摸索了十分钟才找到房间的电灯开关,最终在走廊另一头才找到。我实在太疲倦了,竟然在一堆污秽中(差不多就是这样)直接睡着了。我在九天时间里步行了三百四十公里,基本没有好好休息过。甚至今天还走了四十公里。如果我理智一点的话,应该休整几天或缩短行走距离。但那股力量总在激励我前进,再前进,每天我总能找到足够的理由向前。自今天早上,我就像一匹嗅到了马厩的快马:后天早晨,原则上我就可以到达埃尔祖鲁姆了。

那座城市磁铁般吸引着我。为了消除人们的疑虑,我从旅行一开始就不再说我要去德黑兰,而是宣布埃尔祖鲁姆为我的最终目的地,现在我几乎就要到达目的地了。这份成功让我飘飘然,但还是无法一下子走完从戴尔丹到安纳托利亚最大的那座城市间六十公里的距离。我在最近的九天里走下了几近疯狂的行程,后果就是:我累趴下了。所以我决定今晚在阿什卡莱住一夜(三十八公里处),明天到达尤卢贾,然后就剩二十一公里的路程。而且通向那座城市的最后一段是上坡路,我要从海拔一千三百米爬升到一千八百米,中间还要翻越一个海拔两千米的山口。

唯有在一家舒舒服服的酒店享受一番的愿景，才能帮助我继续前行。我感觉所有力气已耗尽，阿什卡莱和戴尔丹肮脏的旅店将我击垮。以我目前的可怜样，我不愿再向普通人寻求借宿，我觉得我已经没有力气花三到四小时来履行我"小明星"般的义务。有名气不是件轻松的事：你要感恩粉丝，当然你也乐在其中，但突然受到你所一直担心的义务的约束。总之，一不小心你就会被牵着鼻子走……还有，做到和蔼可亲，还需身体状况良好。再者，我也被阿里哈朱村民对待我的方式吓坏了，尽管我有点不大情愿承认这一点。他们一方面装着友好，声称把我当成偶像般尊敬，同时又去报告军事当局。这次遭遇让我对土耳其式的好客友善打了点折扣。倒是旅店，抛开它的肮脏不提，给了我一定的安全感。

阿什卡莱-尤卢贾是我到埃尔祖鲁姆前的最后一站，开局不利。我关节疼痛，左侧大腿有一种持续性的不适感……自从我上路以来，我的机体第一次提出了抗议。我承诺以后每周休息一天，但自己也不太相信能做到。从阿什卡莱出来，我离开往东的崭新大道，走了旧路。路上有很多坑洼，少有汽车，偶尔有几辆拖拉机。这样的小路就是为了让我欢喜，有一种田园风光的庄重。这里是草原地带，视野开阔，极目望不见一棵树。适当的海拔和阳光，天气好极了，我一时忘却了身上的痛楚。高坡上，成群结队的牛羊缓缓而行。我在书上看到过土耳其人每年宰杀两百五十万只公羊以庆祝古尔邦节，我曾想他们到哪儿弄这么多动物。现在它们就在眼前，漫山遍野，在山坡的岩石，在绿油油的草场，如一些移动的斑点，由牧羊人和他们的帮手康加狗照看。

在坎迪利，平民和军队两个社会和平相处、互不干涉。在长长的大棚下，装甲车、越野车整齐停放。人们还为军人的孩子造了一座儿童乐园，而其他孩子，村民的那些小孩，很投入地在平地上踢球，那个食品空罐头就是他们的足球。

不一会儿，我遭遇到一场猛烈的暴雨，在一座供羊群通过的铁路桥洞下避雨。大雨织就的层层纱幔，掠过山丘，颇为壮观。乌云低垂，暗黑的天空几乎就要贴上绿草地。我上路不到一小时，再次看到新的暴风雨又将来袭。目前它还在稍远处，我徒劳地寻找可以避雨的地方，没有一棵树，没有一堵墙，铁路远在山谷的拐弯处。我被冰凉的雨水浇了大约一刻钟左右，雨后来变成冰雹。防风雨披在阵阵强风中哗哗作响，根本不起作用。从一开始，我就在本该保护我的雨披中被浇透，冷雨从脖子往下淌，把裤子紧贴在腿上，一直灌进鞋子。我艰难前行，冰雹打在我的脸上和手上。暴风雨终于离开，一片阴沉的雨帘，如一道水墙，在风景中继续飘向远方。河边低洼地里，有一列火车冒出，仿佛是从一条隧道中开出来。气温骤降，我想通过快走让自己热起来，不管用。我的衣服已经湿透，我被冻僵了。

从前，沙漠商队用特殊的帆布将商品包裹好，这种布由羊毛和其他绒毛紧致编织，再涂上一层油脂。那些珍贵的商品如丝绸、纸张、坚果等，就可以在旅途中得到保护。另外，他们还会用一些草药防止昆虫啃噬货品。人家告诉我在很多土耳其乡村，这些草药还在使用。人们在一些简易花盆里种植罗勒驱赶蚂蚁和虫子。

离尤卢贾五公里时，肯定因为着凉或吃了没洗干净的杏子（别人明明告诉过我只能买可以剥皮吃的水果！），一阵剧烈的腹痛折磨着我，在这一望无际的大草原，上哪儿解决我的内急？在这个露出小腿都被视为不道德的国度，肯定不能露出我的屁股。最后我顾不上形象，解决需求最重要，极速奔跑躲进一片草丛高密的洼地，保护我的隐私。

我希望尽快到达目的地后能在小客栈休息，但路遇的农民告诉我尤卢贾没有旅馆，我的希望破灭了。我就这副模样去居民家中投宿？实在不妥。带着沮丧的心情，我花了一个多小时才走完最后一公里，途中还内急了十多次。我拖着脚步进入城市，努力收紧括约肌，全身僵直。

为了不留遗憾，我在开口投宿前还是先打听了一下。上帝保佑，尤卢贾有一家旅店。上帝更保佑，旅店还挺干净，坐落在一家面包店上边，面包出炉时，闻得到阵阵香味。我多付了一点钱，一人包下一个双人间。房间里没有淋浴设施，但对面有一家土耳其浴室。我冲过去迫不及待跳入圆形大池子，池里有二十来个人，池水的颜色表明大概从凯末尔时代到现在，这里没有换过水。不过开心比卫生要紧，所有孩子都会这么告诉你。这顿热水澡让我恢复元气，匆匆喝了一碗蔬菜汤后，我回到了房间。

第二天早晨，我的腹泻好了。尤卢贾到埃尔祖鲁姆这一段是我出发以来走得最短的一程，二十一公里。就是种例行公事，一次散步。走出村子，一条双车道的快速路笔直向东，这是通向那座大城市的唯一道路。连续两天的雷暴雨清洗了空气，天空澄澈，给人一种轻盈之感。平原十分平坦，我在离城市十八公里的路牌处，已经能清楚看见埃尔祖鲁姆半山腰的房子,我甚至觉得我已经到达了那里。

可惜我没有考虑到身体的透支状况,昨天的腹泻让我十分虚弱,兴致全无。当一个目标即将达到时,我便兴趣不再。推动我的,是下一个目标。埃尔祖鲁姆几乎位于伊斯坦布尔和德黑兰之间的中间位置。这几天,我多次翻阅有关伊朗的资料,已经在谋划我将如何开始旅程的第二部分。

埃尔祖鲁姆就在前方。尽管这段距离最短,但我觉得这是我出发以来最艰辛的行程之一。我缓慢而艰难地前行着,大背包压着我。每当我觉得城市快到了,它又调皮地远离。在艰苦行走了三个小时后,双腿几乎已折断,我再也支撑不住,背靠一扇铁栅栏门,坐下打了会儿盹。我喝干水壶里的水,吃了点剩下的干果。等体力有所恢复,我感觉城市似乎更远了,热气形成的薄雾在地平线飘浮,仿佛那座城就是海市蜃楼。不过对我来说的确如此,它正在变成事实。又过了三个钟头,我终于抵达第一批建筑群,阿塔图尔克大学的教学楼——矗立在草坪上的一些水泥方块。洒水车每天早上要给草坪浇水,不让它枯萎。男学生和包着头巾的女学生在校园小径上来来往往,腋下夹着书,或被装满知识的大书包压得身体微微前倾。

有人向我发问,我今天实在不健谈,他们决定带我去游客中心。我一看见那儿,便知不用抱什么希望。我更想休息而不是打听信息,但既然命运这样安排,我当下也没什么其他意愿,那就过去看看吧,也许能听到让我精神振奋的什么东西呢。负责人穆哈默德·约苏克,是一位外表威严的先生,他的话跟其他地方一样:

"关于丝绸之路的信息,我没有。"但他对我的旅行很感兴趣,提了无数问题,我讲述了一遍。我在说话的时候,他打了好几个电话。等我讲完打算离开时,他拦住我。

"你的故事很独特,我刚刚给好几位记者打了电话,我们搞个记者见面会吧。"

几分钟后,三家主要的全国性日报记者对我进行了提问、拍照甚至录像。他们都表示明天报纸会有大幅报道和一个地方性电视报道。

因为我愿意配合他的策划,穆哈默德非常高兴,热情指点我一家新开的旅馆,向我保证那里很舒适、价格也公道。我步履蹒跚去那里。第一眼看去,这座城市并没有什么特点,五六层高的石头或水泥房子矗立在宽阔大道的两旁,路上行人川流不息。旅馆跟别人承诺的一样:崭新、干净、实用且价格合理。不过它也跟其他旅馆差不多,有一根水管往地砖上滴水。在我穿越土耳其的整个过程中,我不记得有哪一间浴室不漏水。在舒舒服服洗了个淋浴后,我扑到床上一觉睡到天黑,然后打算好好探索一番这座城市。夏季,只有在夜色中才能了解这些东方城市。保存完好的城堡俯瞰着老城区,几百家店铺在昏暗灯光下展示着他们的宝贝。灯光太吝啬,不适合做买卖,更像是为了守夜和说悄悄话。必须到东方旅行过后才能理解,历经两千年实践的商业取决于交谈的艺术。每当有客户进入店铺,这里的商人期待一场愉快的谈话与期待一桩有实际收益的买卖一样。自从我开始周游世界,我就被东方商人与潜在客户间的这种游戏吸引:各种撩拨、诡计、骗术、狡诈,以及讲究的外交礼仪,有些技巧简直媲美高明的战略家。但西方社会以今天所谓的诚信、公平、"透明"的神圣原则，蔑视这种东方游戏。但你仔细观察，就是在人与人这样面对面的对峙中，灵魂才能暴露，诚实和奸诈才能在眼神的交流中呈现。人与人之间的商业行为在"光亮下"完成。

穆哈默德·约苏克帮我联系了阿塔图尔克大学的一位法语教授，穆罕默德·巴基，他为我安排了与三位对丝绸之路感兴趣的历史学教授的会面。塞拉霍廷·图兹卢的论文专门研究一八五〇年至一九〇〇年期间，黑海沿岸从特拉布宗到伊朗边境这一段路上的商旅。穆罕默德·特兹詹对公元前后三个世纪的丝绸之路感兴趣。最后，凯万·切廷博士将他的研究范围集中在土耳其中部（开塞利附近亚班卢一带）塞尔柱时期的商旅交易市场。我们的交流持续了三个小时，穆罕默德给我们做同传翻译，交谈结束时他已经累惨。这些话题让我们如此投入，一个打算采访我的国家电视台小组，来了之后又蹑手蹑脚离开，为了不打搅我们。

那名记者给我留下话，说他明天上午到旅馆来找我。到了晚上，我知道他不会来了，因为当天下午传来奥贾兰的判决结果，PKK首领被判处死刑。在西部，土耳其人应该兴高采烈；在东部，库尔德人应该在哭泣；这里，埃尔祖鲁姆，介于这两个世界中间，这消息就像针入棉絮。

我对审判结果并不意外，也在所有人的预料之中。对奥贾兰的审判过程伴随了我整个旅途，审判伊始正是我出发上路的时刻；以后每天在饭馆或居民家中，总能看到PKK首领在法官面前，为防意外被防弹玻璃保护着的脸。我自然一句解说也听不懂，但反复出现的画面已足够明确，我可以想象电视台的客观程度不敢恭维。我还记得摆放成长廊的死于 PKK 袭击的受害者，死者的照片占据整个画面，然后变成一摊血迹，再显示出他们的死亡日期。审判期间，旁听席上每天都有在战斗中被打死的士兵的母亲，胸前捧着儿子的照片，这完全不利于客观辩论。

库尔德人将做如何反应？我正要去他们那里。庭审期间，在经过了一段时间的停火后，PKK 会发动新的袭击吗？我将要造访的库尔德村庄会进入动荡吗？疑问重重。谨慎起见，我决定在埃尔祖鲁姆多住一天，也可恢复一下我虚弱的身体。

我与侯赛因在城里最好的餐馆"古泽尔蒙古包"一起晚餐，他是伊斯坦布尔一位朋友的朋友。他在这儿做药剂师，五十来岁，是个热情开朗的人。侯赛因追求享乐、玩世不恭，不遵守禁酒戒律，但这不妨碍他的虔诚。我们的交谈一半英语、一半土耳其语，话题自然涉及对奥贾兰的判决和库尔德人的地位问题。侯赛因点了一瓶土耳其葡萄酒。在喝下第一杯于我而言口感略偏酸的富含单宁的液体后，我才意识到离开伊斯坦布尔后，我还滴酒未沾，除了在蓝眼睛那里毫无乐趣地咽下过几口威士忌。

道别的时候，侯赛因说了这样一句话"我只相信两样东西，真主和我们的军队"。鉴于晚餐时他的一些言论，他这么说并不奇怪，他的观点符合绝大部分土耳其人的想法。我曾经提到过，除了最年轻的一代，军队在这儿有着多么正面的形象。我不太清楚其中缘由。确实，二十世纪初，"东方问题"被提出，欧洲各国准备瓜分分崩离析的苏丹王国之际，凯末尔领导的军队重新赋予了这个国家灵魂和自豪感。对士兵的崇敬之情源于此？或可追溯到奥斯曼帝国时期的军事传统？或更久远，来自从蒙古大草原迁徙而来的游牧部落的战斗历史？不管怎样，对军人的尊重无处不在。真主、国家和军队，对很多人来说就是一回事。

我到邮局取回我的邮件，包括滞留在苏舍里信箱的那包东西。可是一个装有十个胶卷的盒子不见了。柜台上的人给我一堆解释，我照例什么也没听懂，除了明白一件事：那个盒子似乎被退回巴黎了。后来等我在巴黎取回那个包裹时，只剩下三个胶卷，其余的不翼而飞。幸亏我在城里跑遍了照相器材店，找到了五个能与我相机匹配的胶卷。

我利用这额外的休整梳理一番我的旅程。进入埃尔祖鲁姆时，我已经徒步了一千四百五十公里，完成了伊斯坦布尔至德黑兰之间过半的行程，比出发前制定的计划提前了十天。在至关重要的体能方面，我毫无问题。穿着大头皮鞋行走，仿佛一台燃烧脂肪的拖拉机，我的双脚与鞋子已经成功磨合。在一个半月中，我瘦了三公斤，皮带也缩进去了三个钉扣，并且肌肉得到增强，特别是小腿、大腿和肩膀。我的心脏在休息状态下每分钟跳动五十六次，用力时心率达到每分钟八十到九十次，说明我的身体很棒。我只需要注意别过度行走，避免产生慢性疲劳。我的机体几乎能即刻恢复能量，表明我的身体状况几乎达到备战奥运会运动员的级别。

旅途中，历史文化方面的收获没有达到我的预期，语言不通是我获取信息的最大障碍。但在我建立起的关系，特别是与接待我的那些家庭建立的深厚关系中，他们用心灵的语言代替了词汇和句法。说到底，这些对我才是最重要的。

我还利用这两天时间"改善形象"。我的裤子和外套每天被汗水浸透，搓洗过无数遍，总显得肮脏破旧。因为我找不到别的这么舒适的衣服，一名很喜欢我这套旅行装的快活裁缝祖图·阿塔莱，帮我把最明显的破口缝上。尽管我一再坚持，他不肯收我一分钱，只是希望我给他讲讲我的旅行经历，我就给他讲了大半个钟头。

那三个采访中的两个没有登出来，因为没有版面了，奥贾兰的审判是最重要的事件。报纸的题目证实了一名大学教师对我说过的话："媒体要置他于死地，终于如愿以偿了。"他解释说，在这个国家，民主传统并未持久建立，政治体制很薄弱，媒体可以随便"制造"民意。报纸很直截了当，头版头条用醒目字体写了通栏大标题《叛徒被判死刑；殉难者的节日；复仇的婴儿》，还配上一张死去婴儿的照片，妇女们听到审判后抱着儿子遗像开心跳舞的照片，或是棺椁盖着星月旗的军人葬礼的照片。

判决事件造成选边站的旋涡越来越深，我一方面担心被卷入，另一方面又急切想亲自听听库尔德人的观点。因为到目前为止，我一直只是跟土耳其人打交道，他们用手比画割喉的动作，足以表明对这件事情的态度。

我检查了一遍我的东西，扣好旅行背包，躺下睡觉，无梦到天亮。

七月一日，我离开埃尔祖鲁姆，借道往东方向的一条高速公路。路上气氛紧张：道路左右两侧，随处可见军营。这里，有人在栅栏后面训练，发出低沉的吼叫；那里，另一些人在障碍越野跑；更远处，有人在修理卡车和装甲车。公路上仿佛只有军车在开来开去。

走了十公里后,我斜插到南边一条土路,那是一段古代丝绸之路。崭新的柏油马路修好后,这里便被遗弃。我重新找回宁静……又一座军营,军营后矗立着登山缆车。这是军人的休闲场所或是山地尖兵的训练基地?我问站岗的大兵,他喊来一名士官,士官粗暴地命令我继续赶路。这里到处是"国防机密"。

道路通向一个海拔两千米的山口,我成功拒绝了两名坚持要用卡车捎带我的士兵。看起来,帮助孤单行人在这里是一种根深蒂固的观念。过了山口便是一片美丽的山谷,小溪赐给我一片柳树荫,正好可以小憩片刻吃点东西。远处,道路继续蜿蜒,鱼鳞状紧密的铺路石上,古代运货车的铁轮子留下了它们的印记。与大部分沙漠商队的通道一样,这条路直到上一次战争,还一直作为战略要道。军队对其维护,以备在与波斯人或亚美尼亚人发生战争时,运送弹药和补给。

山坡上数十座废弃的碉堡俯瞰着草原,全部面朝东北方向,是土耳其当年作为北约前沿阵地留下的纪念。它位于西方最前沿,静静等待苏联的入侵。现在来自俄罗斯的威胁消除了,那些碉堡失去作用,交给了草原上的风。它们张开的灰色大嘴也不再发出轰轰声。我发现了几处盛开杜鹃花的小山丘,国家科学院的植物种群专家米歇尔·尼古拉曾告诉我说土耳其人把用杜鹃花花蜜调制成的饮料称为"疯狂蜂蜜"。人们传说当年色诺芬[1]的军队被打败,就是因为他的士兵喝了这种饮料而失去战斗力。

---

[1] 色诺芬(前430年—前355年),古希腊历史学家、思想家,苏格拉底的弟子。他的著作16世纪就被译成多种欧洲文字。

由于高海拔，这里的麦田依然绿油油的。中午时分，在一个叫科鲁丘克的荒凉小村子，我在土坯房之间的小路上打转。圆形的屋顶也是土制的，长出几株孱弱的野草。一个女人在一堵半塌的墙根后露出包着头巾的半张脸。我走向她想问问村子里是否有小商店，可我一靠近，她就消失了。

一番徒劳的寻找后，两个怯生生的小女孩指给我一家杂货铺。泥巴糊成的建筑，我还以为是个谷仓呢。门虚掩着，我推开门，看到在半明半暗中有三个男人。店里实在没什么食品可卖给我，费了些口舌，好不容易得到一瓶果汁。他们请我讲我的故事。其中一人是阿訇，店主在地上铺纸板，净手后长时间祷告时，阿訇暂时离开了一会儿。我正准备离开时，阿訇回来邀请我一起午餐。

吃饭时，杂货店店主和阿訇只是谈论宗教。前者好奇地想知道我的宗教信仰，我撒了个善意的谎言，说我是基督徒。他轻蔑地撇撇嘴，表示出厌恶，仿佛我说的是"我是魔鬼"。阿訇对天主教的仪轨一无所知，向我询问，我尽量作答。他陪我走到村口，试图说服我改宗伊斯兰教。如果我告诉他我是不可知论者，他肯定会惊骇不已。我注意到自从我进了土耳其人家里，这是第一次发现墙上没有国父凯末尔的照片。

帕辛莱尔是一座温泉城市，为温泉疗养者提供服务的酒店十分舒适。可惜我无福消受人们所说的神奇温泉，因为今天晚上轮到妇女场。城市高区，古老城堡俯瞰整个山谷，它三面城墙中的其中一面，被简单修复。为追求现代化，雉堞用水泥块重新修建，效果怪异，就像纸糊的布景，当然这种错觉只有几公里。在帕辛莱尔，人们还卖一种奇怪的面包，扁而软，长度超过一米。对于蜗牛旅行者来说，这可是个好发明。我往背包里塞了一根，可以吃好几天呢。

第二天，我决定深入探访库尔德地区。我没有很多信息，但奥贾兰的审判似乎并未引发太多严重事件。我大致明白了此事在PKK内部引发的争议，奥贾兰在庭审期间曾表示愿意通过谈判为库尔德问题寻找出路，甚至考虑让自己的支持者放下武器。一部分人追随他的提议，主张停止敌对行动，指望他们尊称为叔叔的领导人奥贾兰能得到赦免。相反，强硬派则认为，奥贾兰在庭审过程中被人下药和操纵，不该把他的命令当真。对这些人来说，应该加强游击战并扩展到大城市。他们认为唯有一场声势浩大的进攻才能在谈判中处于有利地位，才能让叔叔免于最糟的结局。电视里已经在播放伊斯坦布尔和安卡拉遭受恐怖袭击的画面。

我从南面离开帕辛莱尔，走上一条笔直通向一片灌溉平原的狭窄土路，田野里种植着当季果蔬。我心里虽不踏实，但我想看看、了解、触摸库尔德地区。我的第一印象，这里以农业为主，但耕作条件十分落后。在帕辛莱尔的集贸市场上，我看到的马匹比拖拉机多。而在平原上，我看见的只有手推车。我路上遇到的妇女和一些男人弯腰在地里干活，我肯定他们看见了我，但他们不理睬我的打招呼，我心想以后的接触恐怕也不容易。我心思沉重地爬上陡坡。

亚什蒂克泰佩是个在小路两侧延展一公里左右的山村，我对它既有兴趣又有些担忧，因为想着要尽可能赶路，我今天的目的地在很远的地方。最后我决定穿过村子但不和村民搭话，什么话都不说，甚至连你好都不说。因为一旦开口，提问就会像打开的水龙头源源不断。我尽量用勉为其难的微笑回应人们的打量。他们就在那里，十个，然后二十个，三十个，默默地一动不动地看着我走过。我踏上主路，设法避开路上的水坑和粪坑，有些地方已成黏稠的泥浆。我走到村子最后几座房子，一个气喘吁吁的男人急速追上我，生气地问道：

"你要去哪里？"

我固执地继续赶路，可是又不得不回答他：

"佩弗伦。"

"不是这条路。"

"可是我地图上指的是往南。"

"是的，可是你搞错了。总之，来喝杯茶吧。"

"可是我着急赶路，佩弗伦还很远……"

"来喝杯茶吧！"

邀请不容置疑。即便语气没有恶意，但是非常坚定。那家伙扯着我的袖子。我们在走下斜坡时他拽着我的胳膊，生怕我逃掉。一群神色阴郁的人在那儿等着我们。那家伙自我介绍说他是杂货店店主，请我进他的店铺。里面是常见的情形，食物稀少，却有三条长凳。跟别的杂货铺一样，人们来这里首先为了聊天。一群人在我们身后涌进来，一个大男孩在准备茶水。我放下背包，气氛立即缓和下来。确信自己的问题能够得到回应，他们开心地笑了。他们用土耳其语跟我说话，但他们之间用库尔德语交流。当我发现沏茶的男孩是杂货店主的儿子时，他们都笑起来，说店主有十二个儿子，还轮不到他亲自泡茶呢。他们提议开拖拉机送我去佩弗伦，那条路汽车无法行驶。我谢绝了他们的好意，离开前我提议给他们拍张照片。在场的男人都走了出来，几个不愿出现在照片上的人悄悄走开了。所有人都跟我挥手道别，直到我消失在他们视野里。与库尔德村庄的第一次接触鼓舞人心，没有人跟我提及叔叔，肯定是出于谨慎。

高海拔的山路行走艰难。人家告诉我"直走"，可是每隔两公里，都会遇到分叉路口。永恒的问题又来了，到底是向右还是向左直走？我只能凭运气向路遇的农民打听，但在这个海拔高度，很少遇见人。我走了一个钟头后，出现一个开着一辆带拖斗的拖拉机的男人，拖斗里的牛奶桶相互碰撞，发出刺耳的金属声。那人证实了我的预感：我走错方向了。在第一个分岔路口，我应该往左直走。他提议捎我回到那个地方。

我们在一条从岩壁上凿出的小路上行驶，紧临万丈深渊。奶桶摇晃得更厉害，发出可怕的声响，根本无法相互交谈。那人一边驾驶一边转身把滑落的坐垫扯好，我顺着他的目光，看到那个坐垫上缝了块色彩艳丽的丝绸，和其余部分很不协调。他还在摆弄他的坐垫，我一抬头不禁惊叫起来。道路突然右拐，我们正冲向深渊。听到我的尖叫，那人头也不回，本能地向右猛打方向盘，车拐向山崖一侧，前轮胎擦过峭壁。

他吓得双腿哆嗦，停下他的倒霉机车。他慢慢转过头看我，我从他眼睛里看到了后怕。他脸上血色全无，我肯定也和他一样吓白了脸。过了一会儿，我们突然爆发出一阵大笑，释放后的大笑。疯狂的笑声在山谷回荡，随后消失，寂静重归。我们对视了一眼，看向道路，看向那个差点要了我们命的沟壑，就在我们脚下一百多米的乱石堆中。我们再次开怀大笑，我的天哪，当死亡、当一种愚蠢的死法与你擦肩而过时，生命是多么美好。不过哪一种死法才算不愚蠢？

我们没说一句话，他挂挡重新发动倒霉的拖拉机。回到岔路口，我如释重负下了车，重新找回脚踩坚实大地的感觉。刚才的惊险让我惊魂未定，还做不到立即上路。我坐了大约一刻钟。道路在平原上伸展，穿过一个只有几间破屋的小村子。一个男人在墙根阴影里剪羊毛，拖着鼻涕的小孩停止玩耍，静静打量着我。刚才的司机告诉我这里居住的是库尔德什叶派教徒。我决定横穿过草场，因为我已经看到峡谷远处我要找的那条柏油路。

地图显示我应该往东走那条可以通汽车的路，我在地图上找到了欧瑞卡。但走了三公里后，两名开着汽车的小学老师告诉我，我再次走错了路，他们提议把我捎到正确的路上。据他们说库尔德人又开始骚动，昨天开始，似乎就有好几起恐怖袭击事件。人们还在伊斯坦布尔发现了一个名副其实的武器库。他们嘱咐我小心，还提示说，一旦我遇上巡逻部队，他们肯定会阻止我走我在地图上画的穿过几个村子一直到 Agri（要发音为"阿雷"）的线路。

他们把我放在一条土路边，我沿一座小山丘往上攀爬。男人们在奋力割着草，孩子们在旁边的溪流抓鳌虾，同时还看护着牛群和马群。路边这样一幅长满香菜和甘草的田园风光下，怎么可能有危险呢？

近傍晚五点，有农民向我打招呼，这一带有许多来自黑海的农民。"过来，喝茶！"其中一位示意我去他们居住的临时帐篷，六杆子弹上膛的步枪放在枪架上，我们在帐篷里围圈而坐。一头拴着的被剪了耳朵和尾巴的凶猛康加犬，在我走近时一开始低吼旋即狂吠起来。我躲得远远的，他们告诉我夜里会把狗链子放开。

"恐怖分子可能会来，让他们尝尝滋味。"最年长的那位对我说道，脸上的皱纹像干瘪的苹果，这可能是他在高原上的最后一个季节。

我寻思着真该在埃尔祖鲁姆买一把枪。

小村庄佩弗伦离这儿还有两公里，我在一个拐弯处看见了它。藏在斜坡后的土坯房围绕着被夕阳染红的两座白色建筑，那是清真寺和学校。我该敲哪扇门呢？出发前我去拜访过库尔德人巴黎代表处的一名负责人，他也曾警告我说："如果您接受在埃尔祖鲁姆坐大巴，然后在伊朗边境线之前不要下车，我会更放心一些。但我猜您不会这么做吧？"我承认。我告诉他为了了解乡村，我不想走大路。

"那好吧。在库尔德村庄（他给我画了张草图），你会看到比其他房子都要大的一座房子，这就是村长的房子。你敲门，如果是女人开门，你就说'我要见主人'，其他什么也别说。在他家里，你是安全的。然后告诉他你第二天要去的方向，很可能他会通知沿途的部落，这样你的安全基本可以得到保证。千万记住，别跟女人说话！"

我用目光搜寻着佩弗伦最大的房子，没有看见。这再次证明，现实喜欢捉弄人，对你的自以为是不屑一顾。因为在巴黎，"大房子"很容易辨识，接待你、为你排忧解难的"大房子"有着良好的形象，在你遇到难处时，很容易就想到它。而此刻，佩弗伦打算戏弄我一番,无疑每种规律都有例外。多次打听后,终于有个沉默寡言的人把我领到村长家,是一座与其他房子类似的土屋,屋顶上装了个电视卫星天线。我敲门,一名年轻孕妇开的门。我说要见主人,她没说一句话,转身回屋。过了一会儿,一个汗毛浓密得像猕猴似的高个子男人摇摇晃晃走出来。他面容浮肿、目光阴森。他是还未睡醒、喝醉了还是吸毒了?

十一　盗　贼

那人大约四十来岁，高出我二十厘米左右。蓬头垢面，三天没刮胡子的样子。敞开的衬衣领口露出一丛黑毛，简直就是个野人。他立刻叫嚷："证件，证件！"

我掏出护照，他看都没看就放进衣袋，然后打开中间那扇门，不是邀请更像是把我一把推进去。我们进入一间宽敞的客厅，我很吃惊屋里的舒适程度，与库尔德房子的外表反差巨大。从外面看这些房子就像一堆灰色石块，没有像样的窗户，泥糊的平屋顶上长了一层枯草。而屋子里面却是热情的，地毯和花纹温暖了房间，小窗口透进柔和但足够明亮的光线。

不知是出于警惕或恐惧，抑或受了什么酒精毒品的刺激，我的东道主显得躁动不安。我想起我在阿里夫的遭遇，他是否也会在不知我是谁、不知我要做什么的情况下就给宪兵打电话？在这里笼罩着内战气氛的背景下，尤其在奥贾兰的审判之后，我很能理解人们的紧张。然而我有信心：我要告诉他详情，我们会聊天，他会平静下来，一切进入正轨。

我刚放下背包，那人抓过去就想打开。无疑他跟阿里哈朱的农民一样恐惧，对他来说这个不认识的东西里可能藏着武器或其他危险玩意。我确实准备安抚他，但不是让他乱翻我的东西，我最讨厌这样的事。所以我开始把塑料袋或布袋里的东西一样样掏出来，让他放心。一边拿那一边解释说：衣服、药品、食物、睡袋……他在我边上席地而坐，快速检查着我的"财宝"，然后把它们摆放在身边，兴趣不大。背包被掏空了，他还想看看侧袋里放了些什么，我也全部清空。我掏出的第一样东西是支圆珠笔，他一下放进衣袋，嘴里说着"这是给我的"。我觉得他的这种行为缺少最基本的礼貌。不过算了，他想要，那就留着吧。我的小刀也是同样的遭遇，这一回，我坚决不同意。我在遭遇攻击或意外时，需要用到它。但我不想和这个动物一样的人正面冲突，我从小口袋里翻出一个从没亮过的小电筒递给他。

"那把刀，不行，但我给你这个。"

他过来抢夺，我一边后退一边要回我的刀。他很不情愿地把刀还给我，试了试电筒，不亮。我对他解释说电池用完了，要装新的才行。当他贪婪地检查这玩意时，谜底逐渐清晰。我一直觉着这个奇怪的家伙做村长太年轻了一点，到目前为止我遇到的村长都是中年人，有时还是上了年纪的人。而且我刚刚得到足够的证据，他的行为举止与害怕恐怖主义完全不沾边：他要我的小刀和手电筒。

"你是村长？"

"不是，村长是我哥哥。"

"他在哪儿？"

"在埃尔祖鲁姆，今晚回来。"

"那把我的护照还给我，等他回来我再给他看。"

"不行，明天早上还你。"

他又开始摆弄那支电筒，好看但是没什么用。他还想知道我包里还有什么。但我停止清理，幸亏没有打开放照相机的那个口袋。

行李搜查完,他又把手伸向我的上衣口袋,我立即躲开,恶狠狠地瞪着他。我装作很强硬,想要震慑他。其实我知道我处于被动地位,所以更要表明态度。我不理睬他的抗议,收拾好我的背包,一边哄他说,等他哥哥回来了,他可以看我包里的所有东西。我很懊恼事先没有打听清楚这猴子的身份,现在才明白他把我拖进村长的房子,他自己和我刚才看见的胖女人则住在隔壁的房子里。

他在稍远处坐下,从衣袋里掏出圆珠笔和电筒,满心欢喜地摆弄起来。他妻子走进屋里,上前盯着我,眼睛里满是好奇。那猴子站起来,推搡她,要她出去。她抵抗着,他朝她肩膀打了一拳,她只好退出。在接下来的两个小时里,她来了十次,每次都被他粗暴赶走。

"这是你妻子?"

"是的。"

"你为什么打她?"

他没有回答,凑近我的行李。现在已经很清楚,他不是醉酒也没有吸毒,是有病。接下来要搞清楚这是个和善的疯子还是个凶恶的疯子。他的个头,特别是他散乱的眼神,让我有点发憷。如果我不当心,他对待老婆的凶狠劲也会落到我的头上。只要还未拿回证件,我就被困在这里,动弹不得。

一位老妇人走进来,他对她很尊敬,那是他母亲。他用库尔德语向她简述了我对他说过的旅行。她并不打算和我说话,我记起在巴黎人家给我的告诫,我也不跟她说话。两个十二岁左右的小男孩趁机溜进来,静静地待在一个角落里。他母亲离开了,猴子走向孩子们,向他们展示从我这里弄到的"宝贝"。其中一个男孩也想要一个手电筒：可我还有其他电筒吗？没有了。

那畜生从衣袋里掏出我的护照递给另一个男孩。我终于明白他之前一直没看护照是因为他不识字，小男孩结结巴巴读着护照上的外文。我装着很单纯的样子凑近男孩：

"要不要我找给你看土耳其警察盖的章？"

他没说要不要，但我从他手里一下子夺回护照，展示了刚才说的那个公章和伊朗签证的彩页。现在我必须孤注一掷，我合上护照，立即放进衣袋，仔细系上扣子。猴子冲过来：

"给我。"

"我会给村长看的，你不是村长。"

他很生气，但并没打算强力夺回护照。

我深吸一口气，因为面对这样一个运动员般体魄的人，我一点胜算都没有。现在，要紧的是赶快从困境中抽身。我转向我的旅行包，背起来，走向门口。

"我今天晚上还会再来。如果你哥哥要找我，我就在村口的养蜂人那里。"

"不，留下。"

我的离开让他有些惊慌。他把手伸进衣袋拿出电筒。

"给，我还给你，但是别走。我哥哥马上就回来了。"

我想了想，尽量避免擦枪走火吧。我在这里确实感觉受威胁，但这种威胁与我在阿里哈朱的遭遇很不一样。库尔德人不会喊来军队，军队和村庄完全是冲突关系。这里跟我经过的第一个库尔德村庄亚什蒂克泰佩一样，我没有看见阿塔图尔克的挂像，而这在埃尔祖鲁姆之前随处可见。从现在开始，所有可能出现的问题，我必须与村民协商解决。因此，如果我去了养蜂人那里，等于我从库尔德人阵营转到了土耳其人阵营。我拒绝那人的挽留，就会冒犯村长，村长无疑是受人尊敬的人，我不能把他混账兄弟的变态行为归咎于村长。况且，即便我求助于养蜂人，今天晚上我是安全了，那以后呢？我又想起巴黎的那个库尔德人告诉我的：从一个村子到另一个村子，没有不透风的墙。如果我让这个村的村长丢了面子，以后无法面对其他库尔德村庄。

　　总之，重要的是我把护照要回来了，等他兄长回来，一切就好办，所以我必须耐心等待。我重新把行李放下，那猴子松了口气。但他显然记恨我，不过我觉得局势还可以掌控，他还给我的手电筒，可用来降服他。

　　接下来的几个钟头，又是司空见惯的场景。先是长辈们来瞧瞧这个外国人，他们有的是时间。随后是有点头脸的人，他们中有一个还相当年轻，三十五岁左右，西装革履，刚刮过脸。他有点胖，而其他人都是饱经风霜、满脸皱纹的精瘦农民。很容易猜出他的身份，他就是阿訇。那猴子扮演着主人的角色，十分活跃，消失然后又带着新的好奇人群进来，村里所有能走动的人都挤到屋里来了。阿里哈朱的往事又来纠缠我，这些人是怎么想的呢？他们对我有什么打算？不过他们对我很和善，询问我的旅行经历。

　　那些戴着小圆帽的虔诚教徒聚集在阿訇周边，对他表现得很尊重。阿訇在沉默了很长时间后，终于开口问了无数问题，关于我的旅行、宗教信仰、职业、收入等。阿訇一说话，信徒们就点头附和，以示支持。仿佛最终只有两个阵营，一个是他，一个是我。尽管这些人没有对我表现出恶意，但我感觉对他们不能有什么期待，我们之间的隔阂太大了。天黑下来时，担忧再次袭来。村长还是没回来，他不在的话，我今晚要独自面对那个可怕的猿猴，心里直打鼓。就在这时他朝我的背包投来贪婪的目光，有时还要过来摸一下，确认背包还在。毫无疑问，这家伙贪婪得疯狂，就是一个疯子。当村民对我行走了一千五百公里还能继续行走的大头皮鞋表示入迷的时候，他狞笑道："这是我的。"大家感到难堪而避开他。我知道了，他根本不满足于一个手电筒。

到了晚上十一点，我确信村长不会回来了。猿猴拿出一张地毯，阿訇和四个男人祈祷，其他人则无视这个仪式，继续聊天。我有些疑惑，他们为什么不去清真寺祷告。同时我又觉得这种宗教真的很灵活，有信徒的地方就可以有圣殿。人们随后逐渐离开，子夜时分，大家都走了，除了阿訇。疯子拿来了酸奶、面包和奶酪，我们一起吃晚餐。然后他在床板上放了垫子和毯子。我忧心忡忡地看着他准备这些，阿訇说了句让我放心的话。

"我睡在这里。"

现在一切都清楚了，阿訇告诉我他和妻子、孩子就住在隔壁，他今晚睡在这里就是为了在村长缺席的情况下保护我。所以这进一步证明我在跟一个精神病人打交道。恐惧让我无法入睡，而那个疯子，裹着毯子在垫子上酣睡。阿訇也鼾声大作。

早上五点，第一缕晨光唤醒了我。其实我一直保持着警醒，一心想着逃出那猴子的魔爪。但我又不能冒犯这里神圣的待客之道，我必须等待早餐时刻。当那个疯子和女人们准备早餐的时候，阿訇花了很长时间询问我有关天主教和基督徒的习俗。我尽可能回答，快速翻阅我的袖珍词典，寻找宗教方面的词汇。这些该死的词汇,我可是一点都不会。早餐跟晚餐类似：也是面包和奶酪,配上热茶。食物粗粝,工作辛劳。这一点不奇怪,这里不像西部那样丰饶。

我刚想起身离开,阿訇拦住了我：

"别出去,狗和畜群还未离开,你会被撕碎的。"

我强忍着不耐烦的心情,我们都默默无语。我喝着热茶,一心想早点溜走。猴子在那里团团转,他终于忍不住问我要手电筒。我带着最友善的微笑递给他,希望能让他安静下来,但我不敢确定。

熬到七点钟,我总算可以离开了……牧羊人和羊群去了高原牧场,村子变得空空荡荡。昨晚我没来得及灌满水壶,像每晚那样用消毒片杀菌一晚上,因此我去泉边取水。趁这间隙,阿訇还在问我有关我宗教信仰的问题,我毫不迟疑地告诉他我听不懂他的问题,因为我有点心不在焉。下一个村子等待我的又会是什么呢?我有一种威胁正在逼近的预感,而且要是他知道我毫不在意他有关宗教功德比较的那些问题,他会怎么想?我急于摆脱自昨天我敲开那恶魔的家门后一直压迫着我的恐惧感。

那该死的猿猴刚才去了谷仓,现在又回来了,朝我们走来,一阵恐惧让我手脚发麻。雪上加霜的是,他说要陪我一起走。

他手里拿着一把锋利的斧子,就是我见到的艺术家侯赛因用来削树杈的那种斧子,或是木匠穆斯塔法精心磨锋利的那种。我惶恐不安地看了阿訇一眼,但没什么可指望的。他伸手和我握别,说很高兴遇见我,随后双手插在口袋里,悠然离去。他昨晚留下确实是为了保护我,因为没人愿意看到一个外国人在村里被打劫或粗暴对待。但如果这一切发生在他的地盘之外,就与他毫无干系了。那疯子欣喜若狂,他知道等我们远离众人视线后,他就可以随心所欲洗劫我了。

我努力不被恐慌击倒。他在我眼前晃动的凶器,他的力气,我知道我根本不是对手。面对这样一种无法抑制的欲望,人命又值多少钱?对他来说,一文不值。

如果我听从内心,我该丢下行李,拔腿就逃。可是逃向哪里呢?村长屋前就有一台拖拉机,那疯子一转轮子就能追上我。他急于动手,催促我出发。我一边灌满我的水壶,一边想着脱身之计。如何拖延时间、拉开距离、远离危险?我突然想到一条妙计,昨晚我威胁说要回到养蜂人那里时,他泄气了。为什么不再试一次?

"我承诺过要向我的养蜂人朋友道别的,我现在就去,回来后你再陪我一起出发。"

他像个小孩子一样气恼,但顺从我的突发奇想。我毫不迟疑地背上行囊,拔腿就走。那些养蜂人已经劳作了很久。我简要向他们述说了昨晚的遭遇,并向他们求证我的猜测:

"村长的弟弟脑子是不是不正常啊?"

他们做的怪脸就是清晰的回答,于是我说了他的斧子和他要陪我一起出发的事。

"你朝另一个方向走,如果他来这里,我们会阻止他。"

我到路上,拔腿就逃,我从来没有走得这么快过。我偶尔停下脚步、侧耳倾听,打算要是听到马达声便立刻躲起来。我在昨天穿过的那个小村子,给孩子们分发糖果。一个自称村长的高大男人要看我的护照,难道麻烦事还没完?我满是忧虑,把护照递给他。他翻了翻,满意地还给我。这让我很欣慰,对于被友善相待这事,我差不多已经绝望。半小时后，我回到柏油马路上，拦下一辆去帕辛莱尔的卡车。当卡车重新启动的那一刻，我才觉得终于脱离了危险。

我请司机在阿拉克斯河边将我放下，这条河在不远处就充当了伊朗和土耳其的国境线，随后是穆斯林的土耳其和基督徒的亚美尼亚之间的分界线。在十七世纪，穆斯林担心他们的基督徒对头会弄脏河水，出于这个原因，他们只喝雨水蓄水池里的水。在另一边，基督徒出于同样的担忧，只从自己的井里取水。今天的阿拉克斯河污染严重，不分信仰，正在毒害所有人，瞬间就能让天堂和地狱人满为患。

在河流另一侧，我重新找到了100国道，距离我昨天早上离开的帕辛莱尔十五公里。昨天我走过的四十公里加上今天早上的十公里，全是白费劲，因为我几乎又回到了原点。然而我还幸运地活着，身体健康，还有什么可抱怨的呢？

再见了，库尔德村庄。如果哪天我重返旧地，我不会独自一人，也不会选择你们的偶像被判死刑的那个星期。我决定沿着大路走，心里也在责骂自己：在亚什蒂克泰佩，人家明明用模仿开枪和割喉的动作警告过我，我正在走向危险。昨天我第一个遇见的给我喝了一杯咸酸奶的养蜂人，就关心我是否有武器，所以我应该清楚面临的危险，可是我没有。必须说我一直寄望于我的守护天使，我就是这么天真。可是我过分要求不可能的事，总有一天，天使会抛弃我。总之，作为美国西部片的资深爱好者，下次看到枪手为抢夺牛仔的长靴而开枪杀人的镜头时，我会想起佩弗伦的那个猿猴。

卡车在100国道将我放下的那个地方叫科普鲁科伊（意为"桥

之村"），那里确实有一座古老又漂亮的八孔石桥，现在已禁止通行。早先它连接了阿拉克斯河两岸马蹄形村子的两部分。后来，出于某个谁都无法向我解释的原因，村庄迁移到了三公里之外。今天这座桥连接的只是田野和田野。我正在打量这座桥时，一个骑自行车的人经过。这是个旅行者，车上装满东西，就像丝绸之路上的骆驼。他向我喊了句什么，我没听清。他继续赶他的路，说明这是个外国人。再远处，一家人坐在草地上吃午餐，夫妇俩和两个孩子都是欧式穿戴。男人告诉我他是警察，他的妻子很迷人。他们请我吃菜肉饼，这种带着田园风味的友善，让我忘记了前一夜的险恶。河里，妇女和孩子们站在齐腰深的水中，将很大的地毯浸在水里使劲摇晃、搓洗，然后平摊在河岸的石头上，等着太阳把它们晒干。孩子们喧哗吵闹，泼水戏耍，母亲呵斥着他们。这种质朴平和的场景，让我深感欣慰。好吧，我不能因为倒霉地遇见个神经病就丢失了我的好心情！可等我重新上路时，我又咀嚼起那些灰暗的想法，真晦气！我所穿越的最吸引人的地区之一就是库尔德聚居区，而我现在被迫像个普通游客那样，走在这条毫无个性的跨国公路上。

我对这一天科普鲁科伊和霍拉桑之间的风景全无记忆，一路上，我满腹懊恼，拖着沉重的脚步，耷拉着脑袋，埋头走了二十七公里。

在旅馆，我从愤怒陷入消沉，精神压力太大了，孤独将我击垮。我离边境只有两百公里了，穿越边境本该是件值得高兴的事，但现在疑虑和恐惧让一切蒙上阴影，一种说不清道不明的恐惧。我并不害怕库尔德工人党，我知道有些党徒可能很粗野，甚至是杀人犯，但他们的行为有逻辑性。PKK可以把我关起来，把我当成交换的筹码,这种风险我认了,但我不能接受一个神经病仅为了盗取我的大头皮鞋就杀我这样的风险。当然,我也清楚这些一贫如洗的人,会被表面浮华的财富、被充斥电视屏幕的西方奢华生活所迷惑。这一切为穷人带来梦想,同时也让意志薄弱者产生疯狂的贪婪冲动。

可是,我跟他们一样被太阳晒黑了皮肤;跟他们一样穿着破旧衣服;我每天背着沉重的行囊就如他们背着大捆干草。然而不管我愿不愿意,我们生活在两个不同的世界。我代表着欧洲及它的财富,它的汽车、珠宝、麦当劳和明星。在我愿意敞开的背包里,他们却想象里面有无尽的宝藏。没有一天人们不向我打听我有几辆车、收入几何,或者替我评估他们强加给我的财富,因为我能够旅行。而他们呢……几千年来,他们见过络绎不绝的骆驼背上的一包包财物,我背上的背包尽管小了点、简单了点,肯定也是包财物,甚至还被想象成装满了金子。在这些偏远地区,小偷和警察的把戏从未停止过,有时还夺命。在这里或在伊朗,我还会再遇到疯子吗?从最近一段时间追着我不放的倒霉事来看,这很有可能。自从我出发以来,我第一次感到后悔,后悔一个人出行。尽管很疲惫,尽管昨夜几乎无眠,我还是很晚才入睡,睡了四个小时后就醒了,睡得不好。

从霍拉桑至埃莱斯基特,距离超过七十公里,中间没有一家旅馆。出发时我也不知道会在什么时候、什么地方停下。接近中午,我刚路过一个小山口在路边休息时,一个骑自行车的人出现,我觉得就像是我昨日遇见的那个车手,不过这回他停了下来。他是英国人,来自利物浦。过了一会儿,一对男女赶了上来。这三个年纪加起来比我大不了多少的年轻人,要去新西兰,计划在那里过圣诞节。他们一路露营,这就解释了他们沉重的装备,自行车几乎淹没在袋子和包裹中。我们的样子看上去就像一家人,都是晒黑的皮肤,干裂的嘴唇,以及从强健身体里涌出的无言的欣快。他们告诉我,每天早晨他们骑行六十至八十公里,下午天气炎热时就休息。我给他们照相,他们给我照相,然后他们就顺着下坡飞驰而去。跟这些快乐友善的朋友交谈几句,让我从抑郁的思绪中挣脱。不久前我还在后悔一个人出来旅行,但他们离开后我纠正了自己的想法。确实,他们进行着一场了不起的旅行,将留下独一无二的回忆,但他们与我之间的相似仅停留于此。在他们的自行车上,在他们的帐篷里,他们只看到这个国家的一部分,主要是风光部分。禁锢在与自己相同的语言里,睡在自己的帐篷里,他们遭窃的风险比我低,但他们与当地居民的交流也很少。他们发现世界,而我以亲身体验去直面世界。

今天,所有路过的轿车和大卡车司机都要搭载我,仿佛相互通过气似的。一辆大巴司机停下对我喊"para yok"(免费的),一位父亲和两个儿子超过我后又把他们的小卡车倒回来。他们给了我一点开胃小点心,请我讲述我的旅行。父亲对儿子们激动地讲了些什么,我猜想是有关坚持和努力的说教。他好几次指着我,他的儿子们看着我,仿佛我正在被封为圣人。最后,他放弃劝我搭车的努力,向我挥挥手,继续赶路。

天气很热,挂在我背包上的 T 恤衫被晒干的同时,我身上的那件又湿透了。牧场上，几十群羊在牧羊人看护下吃草。我走得足够近时，其中一个牧羊人跑过来询问我，然后又跑回去转述给其他人。我很想变成一只蜻蜓，去听听他的讲述。问题肯定提了不少，至于答案嘛，鉴于小牧羊人采访我的优势，他很可能会编造出一些。

库尔德人的村庄与周围环境融为一体，从山里采来的石头砌成与山同色的墙，长着茅草的黏土屋顶融化于牧场。所有房屋和牲畜棚，样子都差不多，一律坐北朝南。为了更好抵御寒冷和酷暑，房子的窗户很少，畜棚根本就没有窗户。村落一般位于某块平地的边缘地带，略微层叠于山坡。村前是耕地，村后是牧场。这个地区三千年来一直受武装匪徒的洗劫，傍山而居是一种庇护。公路上，军队的分布前所未有地密集。装甲车雄踞高处，监视着方圆十公里的范围。一台拖拉机拉的拖车里放了三张大铁床，前端还特意设置了一个给长辈的座位，一位端庄的老者躲在一顶黑色大遮阳伞下，他把伞柄握得笔直，仿佛举着一把剑。

我穿越海拔两千三百米的萨杰达休山口时累瘫了，一个小个子牧羊人过来要给我喝的。

"如果你愿意，我可以给一头牛放血让你喝，这样你就有力气了。"

他一边说一边比画着胸肌，我强忍住恶心，赶紧谢谢他。

山口另一侧，小村子艾丁特佩倒是理想的歇脚地，只是佩弗伦的回忆阻止了我寻求庇护所的念头。那里确实有一座大房子，我猜村长就住里面，但我缺少勇气。下方，山路扎进一条很深的峡谷。天色已晚，为安全起见，我不能再继续行走了，所以我拦下一辆黑色大轿车，里面已经有五个男人。我刚一落座，满脸大黑胡子、体魄强壮的司机就用充满政治热情的语气问道：

"你对奥贾兰的审判如何看？"

啊呀呀，啊呀呀！千万别轻率回答。他是土耳其人还是库尔德人？我赶紧用另一个问题来脱身：

"我是外国人，不是很清楚这件事，也不太了解这个地区。这场审判不会引起这个地区的骚动吧？"

他的回答我没怎么听懂，但语调还是令人放心的。但他突然蹦出"土耳其人"这个词语，边说边用手指比画抹脖子的动作，我就明白了。他们表情凝重、穿戴整齐，不像是农民，举止也不像商人。我在政治新闻领域工作了十五年，很容易识别这类人：这是些激进分子，很可能是PKK成员。问题到了我嘴边，可是如何表达？我装着一无所知的样子：

"你们认识PKK的人吗？我很想知道他们是怎么想的。"

我的问题让车内气氛骤然凝固，一阵沉默后，驾驶员指着峭壁说：

"这里有金矿！"

显然，我不可能得到回答，但我尝试过了。我抓住金矿的话题问道：

"那你们为什么不开采呢？"

手指划着脖子：

"土耳其人不让。"

车里出现了好多割喉的姿势，当我们路过城郊一个兵营时，我又看到了这个动作。几十辆坦克对着公路，露出黑洞洞的炮口。

那五个家伙一见这架势,就像一个人似的,齐刷刷做了个割喉的动作。

在埃莱斯基特,这五个"割喉者"下车,与另一组等着他们的人(也是割喉者?)会合,并热烈交谈起来。他们跟我道别时,赞美了达妮埃尔·密特朗①。我多么想精通土耳其语,可以与他们聊天。可我腹中只有几个简单词汇,只能感谢他们把我捎到此地,并祝他们晚上愉快。

埃莱斯基特唯一的旅店坐落在加油站和一个通宵营业的饭馆上面,自然非常吵闹。但我欠下的睡眠太多,天还未黑我就睡下了,一觉睡到第二天早上五点。起床后,我把大部分乱七八糟的东西扔在床上,只留下必需的物品,重新回到公路。一辆运送木材去埃尔祖鲁姆的卡车把我带到昨天我搭乘库尔德人豪华轿车的地方。我知道我的行为有点不可思议,可是你们要理解我,去埃莱斯基特的这段狭道我走了两次,昨晚坐小轿车,今天早上坐大卡车,但事实上我并没有看见它。我要用双脚去丈量它,在我的高度去发现它。确实,当我脚踩大地时,这段路程给我的感觉完全不同,风景更开阔、更雄伟、更令人惊叹,一言以蔽之,更真实。历经沧海桑田,河流变宽,在岩壁凿出河床,公路沿河蜿蜒。有个骑一匹白马的骑手向我打招呼,随后拐入一条峭壁间的羊肠小道。三个小男孩提着柴刀去砍柴,我给了他们一些糖果。最小的孩子十来岁,骑在驴背上,嘴里喃喃抱怨,表情凶巴巴的。我向他们解释我没别的东西可

---

① 密特朗总统的夫人,持同情库尔德人的立场。

给他们了，我放小徽章的小包丢了。但这孩子继续抱怨，胆子越来越大，嚷嚷着"para（钱），para，para"。我问他到底想要什么，他模仿抽烟的动作。于是我模仿口袋空空的样子作答，他们因我的拒绝而恼火，我丢下他们不管了。又过了几百米，那几名英国骑手使劲按着车铃和我打招呼，从我身后超过。他们应该是在峡谷的入口处露营，而且起床有点晚了。

在山谷出口，我小憩片刻，欣赏风景。我右侧，是一个贫穷的库尔德村子，与我两天来所见的类似，就是几座铁锈色墙面的房子，正从牧场回家的羊群，甚至没有清真寺。在我左侧，向外凸出的山崖上，是一座兵营，扼守峡谷入口。覆盖着薄钢板的建筑崭新整洁，路边种着鲜花，当然还有常见的一排排坦克。铁丝网后面，胸前挂着冲锋枪的大兵在站岗。我看见了卡夫卡的"城堡"，两个相互无视或相互对峙的世界。对那些想"登上"兵营城堡的人来说，看见这些吃人的枪口或炮口，早就没了对话的意愿，双方都如此。

我不费力气地走着，包很轻。我在佩弗伦之后生出的沮丧心情，也在这高挂的艳阳下被融化。不时可见到放牛的牧童，他们朝走散的奶牛扔石头，驱赶它们回到牛群。我再次看到了输气管工地，这里的工程几乎已经完成。重新填回的土坑还留有新鲜土壤的痕迹，仿佛草原上一道未愈合的伤口。这些粗大得我几乎可以站立其中的黑色管道，将把天然气输送到安卡拉。

往南几十公里，就是无边的阿塔图尔克大坝，人们告诉我说这是世界上最大的大坝。另外还有些大坝，一共二十二个，几乎都分布在这一地区，把诞生了人类最初文明的两条大河——底格里斯河和幼发拉底河的水流拦住，这是大安纳托利亚计划（GAP）的一部分。大坝发的电输送到西部工业区，而在库尔德斯坦，财富只是一掠而过。如果不把一部分就业和收入留在当地，军队将疲于奔命，没完没了地守护峡谷、高压线和输气管道。

我回到埃莱斯基特时，看到一群人围着一个满身是血、奄奄一息的人。一辆汽车撞翻了他，大家在等救护车，一边手舞足蹈地谈论着事故。我敢肯定那个撞人的司机不会遇到什么麻烦。我已经告诉过你们，所有土耳其司机都可以让最繁忙的街道、最宁静的道路、最具田园风光的小路变得血迹斑斑。

第二天，我起得挺早。我在走了十来公里时，一辆满载乘客的小巴士在我身边停下，一个男人摇下车窗，我正打算告诉他我更愿意步行，他却微笑着用我的语言对我说道：

"你是法国人吗？"

"你怎么知道？"

"人家告诉我的……你在哪个城市？"

"巴黎。"

"我在克雷泰伊① 工作过，你知道克雷泰伊吗？"

"知道。"

"密特朗时期，我在那里。你认识密特朗吗？还有达妮埃尔？她是我朋友……"

库尔德人有多爱戴达妮埃尔·密特朗，土耳其人就有多恨她。

---

① 巴黎东南郊的一个城市，为马恩河谷省的省会。

五点半我从埃莱斯基特出发，五小时后已经看得见阿勒小城，趴在那儿的平原上。但我还需走上两个小时才能到达市中心。城市入口处与诺曼底的某些城镇很像，带有小花园的房子沿路排开，房子背后就是田野。我边走边用手托住越来越沉重的背包，以减轻它对肩膀的摩擦。这时我发现我裤子的后裆已经走光，我真担心这条可怜的裤子坚持不到德黑兰。我用两根别针把一件T恤衫别在背包上，以遮挡别人看见裤裆裂缝露着的颜色鲜艳的裤衩。

　　一落实好旅馆，我急忙去找裁缝帮我修补裤子。我还从银行账户取了很多钱，把剩下的土耳其里拉换成美元。我生怕在伊朗边境前的最后一座城市，多胡-巴耶齐特，无法兑换。我还买了件长袖衬衫，因为那些宗教狂热分子可不开玩笑。街上一条横幅做着一个咖啡网吧的广告。我赶紧跑过去，里面有好几个油漆工，他们告诉我网吧明天开张，如果活能干完、油漆能干的话。但明天晚上，我已经走远。别人告诉我多胡-巴耶齐特没有其他网吧，我想伊朗应该也不会有。因此我这样与亲友们断绝信息，已经有一个多月。

　　七月七日，我花了一整天时间休整，尤其是为进入伊朗边境做准备。就如旅程刚开始那会，天生的悲观情绪又笼罩了我。大家都说过边境手续冗长、费神和复杂。我开始被一些谁也无法回答的问题左右情绪，除了徒增烦恼，没有任何用处。比如，我将如何与伊朗人沟通？仿佛我之前从未担心过似的……又或者，我那三百万分之一比例的地图能派什么用场？开车的人才刚刚够用。我突然又担心起会被逼着走我最讨厌的国道。还有一件操心的事：不似在土耳其，我在伊朗没有相应的银行，所以不得不带一堆现金在身上。我确实太不明智，我懊恼不已。唯一能赞赏自己的，就是经过急行军，我解决了签证问题。签证到期日为七月二十九日，我将在十一日抵达边境，二十日至二十五日之间抵达大不里士。我可以在那儿申请延长签证。我研究过出土耳其边境后可能的行程，如果一切顺利，平均每天走三十公里，每周休息一天，我将在八月的第一个周末到达德黑兰，最晚八月五日可抵达。

我的裤子到处是破洞。那裁缝真算得上是个艺术家，至少打了九块补丁，那效果妙极了！想象一件由精致的单色衣变幻成的百衲衣，颜色从热带草原的赭色到沙丘的金黄。这款式如果碰巧落到西方高级时装设计师手里，他们肯定会忍不住模仿。足智多谋的土耳其小裁缝万岁！我据此可以痛斥那些所谓的"探险"服装，它们的牢固程度只适合在巴黎左岸的小酒馆里逛逛。也就是说，我在大不里士必须更新我的"衣柜"。为了准备过境手续，我拍了几张证件照，备了几份护照复印件，住旅馆时人家随时都会问我要。阿勒冷飕飕的，还下着雨，城市被冰冷的暴雨反复清洗。城区没什么意思，尽管我尝试了几次，还是无法与人沟通。因为警惕还是因为冷漠？

我没什么留恋地离开了阿勒，我没有走 100 国道，决定再试试穿越库尔德乡村。昨天晚上，我寻思着不能没有接触过这个地区的农民就这样离开土耳其。佩弗伦的遭遇，只是运气不好而已。我不能老想着所有村长都不在，都被他们的疯子兄弟取代。那儿，在那些光秃秃的山丘后面，我会遇见一些热情慷慨的农民，一如我之前多次遇到的那样。倒霉的遭遇让我变得格外谨慎，为了既能寻求与人接触的快乐，又能享有旅馆的安全感，我看中一条通向村庄但离国道上下一个城市又不太远的小路，这样我今晚可以在城里安心过

239

一夜。

我又变得信心满怀、胸有成竹,出城后走上一条被最近几天的雨水浸泡得十分泥泞的土路。我在湿滑、黏稠的泥浆中艰难前行,一辆在泥淖中打滑的警车停下来,警官要看我的护照,例行公事。他们继续他们的路,我继续我的。当我走到连最后一些房子也看不见的地方,我追赶上一个从城里买了东西回家的年轻人。我们来到一个该死的分岔路口,该往左还是往右?"往左。"他对我说,可是我的指南针明明指着往右。也许他是对的,他知道路。我们大约走了一公里,大路变成了小路,最后变成淹没在草场中的小径。我停下脚步,有些疑惑:

"这好像不是去埃斯基哈曼的路。"

"是的,是的……你瞧,那边的房子,那是我家,我请你喝茶。"

"不,谢谢。我要去埃斯基哈曼,不是这条路。"

"你想要买这个面包或这些香烟吗?"

原来如此。他把我引到这条路上是想骗我的钱。如果说刚才我还不敢确定,他的下一个问题就让我确凿无疑:

"你身上的钱是马克还是美元?"

我觉得他的问题很可笑。一个年纪跟他相仿的家伙出现在他家门前,他招呼那人,叫他过来。我赶紧转身往回走,如果我留在这里,二对一,我就危险了。他没有跟过来,但是另一个家伙跟了我一段。我停下来,准备对付他。他应该看出了我的决心,我的登山杖也很有说服力,他谨慎地不再追赶。

我又回到了分岔路口,继续赶路。又走了三四公里,两个开着一辆轿车的年轻人停下来。

"你在这里干吗？很危险，前面很'恐怖'。"

司机邀请我去他家的客房住宿，叫我上他的车，可是他的村子离我的线路太远。为了不让他再坚持，我对他说等我到了他们村子我就去找他，于是他们开走了。过了一会儿，一辆出租车停下，司机下车朝我走来。

"你要去哪里？前面没有路了。"

我给他看地图上我标记的线路，他不认识这些路，是他的乘客给他指的路，派他来打听，如果我愿意与他们同行，他们可以支付我的车费。我再次拒绝，出租车驶离。

我终于可以感受宁静，欣赏草原和光秃秃丘陵的起伏。道路坑坑洼洼，在山丘间蜿蜒。又一个岔路口，但这次我地图上有标记，我朝正南走。地图还标示出在一两公里之外，很快会有一条小路往东把我带回到国道上。但我白走了许久，到处寻找，既没看见小路也没看见大路，只有粮田和牧场。一辆电力公司的吉普上，四个男人向我证实前面没有路。我再次被我的地图欺骗。地图上指着，大约五公里外的小村子里有一条次路，通向我要去的目的地。这要绕一个大圈，但还是试试看。

一看见我，那个年轻的牧羊人就策马朝我而来，一边对我大声喊着"欢迎"，一边超过我朝村里冲去。好吧，我的到来将被通告。确实，从第一座房子开始，一群小孩子就簇拥着我。我没有买糖，没什么可送给他们的。一个凶巴巴的人提着水桶从牲口棚出来，快步走来。

"你要去哪里？"

"去塔什利柴。如果我相信我的地图，这里应该有一条路通向那里吧。"

他伸手要过地图，看都没看，放进了口袋。

"我和你一起去塔什利柴。"

"好的，但你先把地图还给我。"

"等我们到了塔什利柴……"

我马上警觉起来，那城市离这里还有三十来公里。我不信这家伙放下手中的活计走这么远，就是为了喜欢陪着我，他抢走我的地图更让我担心。他二十五岁左右，小个子、矮胖、躁动不安，身上的格子衬衫已经很久没有换过，外面的毛衣也满是破洞，一只鞋已破烂不堪，为了不让鞋底脱落，像绑烤鸡似的绑了一下。

我坚持要回我的地图，但不管用。

我没办法，只好跟着他，看他葫芦里到底卖什么药。我们身后，孩子们在窃笑，他们应该已经知道这家伙想干什么。这家伙指手画脚，引着我穿过两间房子，走向大草原。完全没有任何道路的迹象，只有一道平原上的裂缝，沟底长着些绿色的小橡树。我立刻停下脚步。

"那条路到底在哪里？"

"那里，前面一点……"他指着远处的牧场。同时，他捡起石块扔向孩子们，把他们赶跑。他问我包里有什么，我明白了他为什么要把我引到这个掩人耳目的峡谷，就是为了抢劫我。小孩子们为躲避石块，保持了一定的距离，但是没有离开。他们可不想错过这场好戏，说不定还想着分一点赃物的残羹。

他坚持让我跟他走，我不理会，转身朝村子走去。我明白只要有目击者，他就不敢乱来。他越来越躁动，试图拉住我的袖子不让我走，声称那条路就在那里……一些女人站在家门口，兴致勃勃地看着热闹，想看那个被我称为狂徒的家伙如何洗劫旅行者。回到大路上，我使劲责备了自己一番，这快成为一种习惯了。就这样，我再次让自己陷入困境。我不能说没有一点预警，今天早晨开始，就有不少征兆。我现在确确实实掉入了陷阱，这里没有"村长的房子"，只有十多间破屋，与其说是房子，更像窝棚，蜷缩在一小块地基上。

我必须尽快找到脱身办法。如果我重回出发时的阿勒，那我就提供了理想的作案场所，因为我今天早上就是在孤独中穿越那段路，那家伙就是想找个杳无人迹的地方随心所欲洗劫我。只要我留在村民的视野之内，就还算安全。我记得在我的地图上，有两组房屋靠得相当近。我爬上朝南的一个小山坡，在坡顶看见了另一个小村子，离此地大约两公里，我决定立即去那里。也许那里更糟糕，可是真主保佑吧！倒霉事接连不断，这个方向与我的线路方向正相反，我接下来的行程应该是往北，但眼下的当务之急是逃离这家伙的魔爪。因此我步履坚定地出发，那家伙跟着我，亦步亦趋。我离开这里还有另一层想法，如果他想来硬的，我或许还有机会赢他。但如果我留在原地，那些小孩和妇女的举止表明，村民会站在他的一边。到时我对付的可不是一个人，而是十个。

今天真不是我的好日子。我刚走过最后一座房子不到百米，一个小伙奔跑着追上我们。朋友还是敌人？他大概十七八岁，神情开朗，用友善的微笑和我打招呼。我特别注意到他漂亮的眼睛和真诚的目光，我相信这样的目光里不会生出奸诈。尽管他们说的是库尔德语，我大概明白那个狂人想说服他帮忙，另一位则相反，试图让他平静下来。他用温和的声音跟他说话，也没提高嗓门。走在我身侧的狂人改变策略，突然把手伸向我衣袋，我扣住他的手，猛然一推，把他摔倒在路的另一侧。我的肾上腺素陡然增高，真想朝他扑过去，实在是让人气愤至极。害怕挨揍，那狂人节节后退。年轻人食指放在脑门上，向我示意"他是疯子"。难以置信，乡村里的疯子都让我赶上了。

我放弃打架，继续赶路。那狂人有点被我的勇气制服，他凑近年轻人，从口袋里掏出我的地图，自豪地展示着。我已经多次注意到对可怜的农民来说，地图这种他们从未见过、深不可测的东西，有一种神奇魔力。对我来说，地图只具有实用价值。但对他们来说，地图就是一本看得懂的书，即便是文盲，也能猜出图上展示的周边的村子和城市。我靠近小偷，他完全沉浸在他的战利品中，毫无防备。我突然行动，从他手里一把抢回地图。他的眼里喷着怒火，这回我们真要打起来了。不过没有开打，因为我刚才见到过的那个骑白马的人正巧快步来到我们跟前。这是个壮实的家伙，骑一匹光背的白色斑点骏马。狂人用库尔德语和他说着什么，我趁机将地图叠好放进衣袋。我再次问自己同样的问题：这一位是敌是友？很遗憾我立刻就有了答案。他只跟狂人说话，不理睬漂亮眼睛的年轻人。他开口第一句话，我就知道他想干什么。

"你的背包很重，我把它放到马背上。"

他们真是把我当成傻子。骑马人的到来于我的处境大不利。本来凭借我的体魄，我有机会摆脱那狂人，我可以用登山杖阻止他靠近，就像对付康加犬那般！然后我以最快的速度行走，很快就能让他筋疲力竭。尽管他比我年轻，但他缺乏我这样的训练。但现在由于另一混蛋的加入，我的计划泡汤了。

这期间，我继续往前，我们处在两个村子之间。我注意力高度集中，精神紧张，释放的肾上腺素几乎让我奔跑起来。我没有害怕，只是愤怒。首先是对我自己的愤怒，然后是对这地方习俗的愤怒，几乎每一个村子，都有人试图偷抢我。骑马人对"漂亮眼睛"粗暴地说着什么，肯定是想把他赶回村子里去。我不能让唯一的同盟者走掉，我靠近他，用手搭在他肩膀上说"arkadash"（朋友）。他朝我笑笑，但显然有些担忧，因为这两个家伙事后肯定会为难他。

狂人不停变换着伎俩。他假装头痛，借口寻找可以止痛的东西，试图打开我背包的一个口袋。过了一会，他慢慢把我推向白马，骑手靠上来，准备扑到我身上，我躲闪开。一辆带拖斗的拖拉机朝我们开来，开向我们刚才离开的那个村子。如果他再上前一点，我就得救了。开拖拉机的人样子看上去不错，我举手示意，他在二十米开外停下，我朝他奔过去。可是我几乎够到拖车时，他重又启动了车子。我明白肯定是我背后那两个坏家伙向他示意不要搭载我。搭车不成，我只好继续上路，朝那个离我已经不太远的村落走去。骑马人更狡诈，他意识到我一旦到了那个村子，就逃脱了他们的控制。他又想出一条诡计。

"那个村子里，都是恐怖分子，我们保护你穿过那里，然后把你送到正确的路上。"

正确的道路就在我左侧。带着这样的护送者，在旷野冒险，简直就是自杀。我假装同意，先应付一下，让他们放松警惕。

在第二座破房子前面，一个男人正有气无力地翻着一小块地。我们的到来让他趁机歇息片刻，抬头看着我们。我突然走向他，询问他村长的房子。

他把头转向沿着他的房子往西去的一条路，刚抬起胳膊又突然放下，应该是我后面的狂人示意他什么也别说。他什么也没说，但他的手势对我已足够。我快步走向那条往西去的路，我知道我赢了，因为那三个家伙走了几步后停了下来，然后看着我离去。我向前走了一百米左右，向两个手拉着手的小女孩问了同样的问题。她们笑了，指给我眼前的一所房子，就在关着铁门的围墙后面。那边，那三个家伙还在原地没动。我敲门，他们便转身离开了。我终于放下心来，如果他们觉得村长是同伙，就不会逃跑。所以我很有可能碰上好人。

院子里，一位戴头巾的年轻女子在洗衣服。她二十来岁，眼睛发亮。村长不在，但我可以进去。

我该对这些人说什么呢？我一边走上通向一间大屋子外游廊的台阶，一边盘算着如何给出一个解释。我不想引发纷争，也不想指责那个狂人和骑马的人。说到底，什么事也没发生，他们完全可以否认我的指责。两个村子离得这么近，关系应该不错。而发生纷争时，一个外国人无疑是最好的替罪羊。对我来说，我不能继续往南走了，那不是我的方向。如果我往北走，不得不再次穿过那个狂人的村子。所以我要尽快回到阿勒，这次要顺着 100 国道走，以降低风险。

这类房子，最大的一间屋子总是兼具客厅、接待室、过道、会客室等多种功能。十来个女人和差不多数量的孩子坐在垫子上，叽叽喳喳的声音填满了屋子。"千万别跟女人说话"，巴黎的库尔德朋友警告过我。可我一个男人都没见到，现在该怎么办呢？一名比较肥硕的妇女上前一步，她是村长的妻子。

"我迷路了，我想回到阿勒，但我实在太累了。您能帮我找一辆出租车吗？"

"当然可以。"她说道，让我把背包放下，请我喝茶。

我什么都同意，什么都接受，只要人家不把我赶出村子，不被那两个强盗尾随。一个男孩摆弄了一会儿电话，转身向我苦笑道：电话坏了，没有拨号音。但愿过一会儿会好，我等待着拨号音恢复。大家围着我，女人们让我讲述我的历险记。我慢条斯理讲着，还添油加醋。但我有意略过早上那两个盗贼的事。那个胖胖的女人很有活力，主动给我解释她丈夫管辖下这个小社会的生活。她讲述的大部分内容我都没听懂，但我听明白了大多数丈夫都在德国打工，一年只回来一次。

在这种妇女聚集的温和之地，我渐渐放松，仿佛找回了孩提时代那种令人怀念的温暖柔和的氛围。只要不抵触，成年后找回这种感觉，让人如此宽慰。时间流逝，电话依旧无声，一切仿佛凝固。我们喝完茶，拨号音总算回来了，外面的世界也重新回来。有人翻译给我听，一切顺利，有辆车会来，但要等一会儿。我不着急。过来一个三十岁左右的男人，看上去很有威望很正派，是这家人的儿子，塞拉廷·阿克巴利。他请我给他讲我的旅行，渴望知道巴黎的一切。女人们效率总是很高，趁这时间准备饭菜。我大着胆子提议给在场的所有女人拍照，我预计她们会拒绝，至少部分人会，出乎意料的是她们一致同意。显然，杜胡特佩的妇女有一种我只在土耳其城市才看得到的自由。结论：当男人在远方，女人便觉得长了翅膀。

塞拉廷和我由着妇女们服侍，两个男人在场足以恢复规矩……那个肥硕女人和她的女儿们准备了蔬菜丰富的午餐，吃得我心满意足：香甜的洋葱肉饭、多汁的茄子、进得了宫殿的美味酸奶……鲜美的食物在口腔里融化，这真是童年时代的食物啊。是的，女人们就是这样神奇。

我们吃饱喝足后，塞拉廷请我离开大屋子，因为女人们要用餐了，她们吃饭时我们不能在场。我跟着他来到游廊，就像在吸烟室，我们接着聊天。

"第二轮用餐"过后，塞拉廷的一个妹妹过来用库尔德语向哥哥问了些什么，他翻译说：女人们希望我再给她们拍拍照。我很高兴能满足她们的这个愿望。她们郑重其事地回到拍第一张照片时的位置，这种排列是否对应着她们间的等级，长幼有序抑或仅仅按照自己的喜好？我刚才注意到排位顺序似乎很重要，也很欣赏她们站位时的迅捷。她们让我想到一群寄宿小女生正在散步，有人喊她们排好队时，她们立刻默默服从，仿佛受了惊吓的小鸡仔。尽管她们勇敢地面对镜头，但照相机对她们来说，是个有魔法的神奇盒子。每个人都知道当魔鬼就在不远处，最好还是顺从和低调。

傍晚五点左右，村长和他的内弟过来接我，他们充当了去阿勒的出租车，前提是我需要付汽油费，因为油费很贵。我们在城里加满了油箱，他们热情地感谢我。而我想，我怎么感谢他们都嫌不够，他们把我从自找的困境中解救了出来。

我就这样重新回到了出发时的原点。这回我彻底领教了在乡野瞎逛的滋味，明天我将同我嫌弃了一千六百公里的100国道握手言和，我将走完抵达伊朗前的最后几公里。

十二　高原被困

今天七月九日的周五，在我住的豪华酒店门口，前往边境城市多乌巴亚泽特的乘客正在登上一辆大巴，我瞬间也有一种想上车的冲动，昨天差一点被抢的经历让我心有余悸，说不出的震惊。除了事件本身，那种处于怀疑、警惕的精神压力更让我沮丧和泄气，我几乎想全盘放弃了，脑子里全是灰暗的念头，在挫折与愤怒间摇摆。我就是不想上路，虽然朝国道走过去，勇气却不足。即便刚在酒店用过丰盛的早餐，我还是在一个小餐馆要了一碗滚烫的蔬菜浓汤，我把半个面包浸在汤里。我父亲把这叫作"泥瓦匠汤"，它要足够浓稠到汤勺可以在碗里立得住。这正是我在做的事，我感觉自己就是在想方设法拖延时间，像个早上赖着不上学的笨学生。我从小餐馆出来时，心情低落到极点，乘坐大巴的诱惑随着大巴的离开而消失。白天才刚刚开始，幸运的车主们正在清洗他们的小轿车，他们几乎每天都洗，我觉得他们最好节约用水，这里很缺水。我心想如果他们少花点时间洗车，多花点时间把厕所弄干净，表面的光鲜少一点，但卫生条件会有改善。稍远处，又是个兵营。我又想假如把花在坦克身上的钱用来修建供库尔德孩子上学的农业学校，他们会更愿意拿起铅笔而不是父辈的长枪。

我埋怨全世界，天气如实反映了我的心情。昨晚的雨湿透了地面，雪上加霜的是一种不知来自左侧小腿或是来自脚踝的疼痛影响到我的行走。我埋头走路，顾不上看风景，眼前全是昨天发生的一幕幕。那个骑马的人，那个绑着破鞋的盗贼，在我脑海里挥之不去。还有对于过境伊朗的恐慌，我要面对多少等着我的麻烦事啊。沼泽地成千上万的蚊子，干燥沙漠中的饥渴，都在对我虎视眈眈。在那边，人家是否会把我看作百万富翁、外星人或恐怖分子？我眼睛盯着柏油马路，连身边经过的卡车都不看一眼，有些卡车按响喇叭，想看清我这个疯子的模样或做手势让我搭车。

我来这个地方干什么呢？这世界上，在欧洲、美国，在阿尔卑斯山或落基山脉，有的是梦幻般的地方，跟这儿一样美丽。在那儿，徒步是一种纯粹的享受。另有一些传奇线路，用不着每一步都冒生命危险。我隐隐后悔没有选择其他也曾令我心动的线路，比如沿印加人的足迹，横穿美洲；或像美国当年的开拓者那般，沿着圣达菲铁路，走向神秘的西部。如果连平安到达目的地都成问题，我这趟旅行的意义何在？说到底，我完全不需要非来这里不可，我在这段旅程中的冒险不是冲着钱财也不是为了竞赛。我的退休金足以让我安逸度日，如果我明天就回家，没人会向我扔石头，为我不想死在安纳托利亚而责备我。通常，我在抄近道时，心里清楚迷路是为了更好地找回自己，更好地掂量自己，这样的情况已经发生过多次。这难道正好证明了若泽的俏皮话？我出发前她说我的这趟旅行可以概括为一句话"一意孤行"。但有些赌注是愚蠢的，就像这趟旅程，最近两周的遭遇不就如此？如果说在陌生地方迷路这类预期不会让我不快，但自埃尔祖鲁姆以来，我遇到那么多蠢货或疯子，就是打我自己的脸。

说回行走，奇妙的行走，总会产生奇迹。随着肌肉慢慢兴奋，我的烦恼退却、愤怒平息。行走了两个钟头后，我转身看看阿勒在初升朝阳下熠熠生辉的屋顶，鸟瞰我右侧五六公里外的贝兹尔哈内村，昨天我在那里度过了非常不愉快的时刻，被两个歹徒纠缠。现在从这里看过去，它并未显得有多么可怕。想开点，我的旅途总的来说不算太悲惨。虽然我三次差点成为被盗的倒霉蛋，但我的幸运之星让我从三次困境中安然脱身。我在佩弗伦和贝兹尔哈内分别浪费了一个整天，那又怎样？我有的是时间，因为我比预定计划提前了十五天。而且我精力充沛，早上左腿出现的疼痛，在行走几步后也消失了。昨天，我确实差一点被洗劫一空，但也有幸与库尔德妇女交流了几个小时，她们如母亲般招待我，我还能说什么？不是所有库尔德村庄都像佩弗伦或贝兹尔哈内。

至于我自问在这里的出现时机和抵达目的地的运气问题，我又想起在孔波斯特拉朝圣者之路上莫妮卡给出的答案。与我不同，这个女人的徒步是出于宗教原因。"你比我有着更好的徒步理由，"我对她说，"因为触摸圣雅克的墓对你来说是一个很有意义的目标。而我不是信徒，孔波斯特拉大教堂不是目标。""不，孔波斯特拉这个目标对我并不很重要，比你重要不了多少，"她回答我说，"对我们所有人来说，重要的不是目的地，而是旅途。"

旅途……难道还有比我现在更奇妙、更令人难以置信的旅途吗？世界上还有哪个地方能让我与两千年多年来的先行者们，在安纳托利亚崎岖的小路上融为一体？他们走的路也是我走的路，他们遭遇的风险也是我的风险。

我的好心情渐渐又回来了。一辆小轿车和一辆大卡车先后停下，邀请我搭车，我像平时一样，轻松地拒绝了。我的目光也渐渐离开柏油路面投向一片浅草地，草地如一块高级柔软的羊毛地毯，紧贴山丘，阳光下柔和的绿色一直延展到天边。离开阿勒已经很远，梦想又回来了。

我又想起那些不计报酬为我提供时间、热汤，有时还有床铺的土耳其人和库尔德人，回想那些友善的举动让我心跳加快，这与行走无关。出发以来我是经历过一些黑暗时刻，但比起我在即将离开的土耳其大地所经历的美好时光，它们实在微不足道。哲学家塞利姆、小店主穆斯塔法、大学生希克迈特、女房东苏卡娜、老知识分子贝塞特、农民阿里夫，还有许许多多其他人，你们都是我的朋友，罕见的朋友。一天的友谊，却那么坚固，仿佛被时间加固了。我以前从未有过如此体验：友谊、爱情不是时间的结果，而是一种神秘的炼丹术，永恒同样也不仅是时间上的延续，人们常说朝圣回来的每个人会发生改变。我的土耳其和库尔德朋友，是博爱的朝圣者，我将在心灵深处带着你们的微笑和离别时的拥抱回家。

我一边走一边啃着面包和奶酪，权当午餐，在起伏不定的山丘上，浮现出我遇见过的朋友的容貌。当我走过一个小山口时，被一声招呼从梦中唤醒。一名自行车手悄悄赶上了我，他刚停下车，车身被包包袋袋遮得几乎看不见，行李架上挂着根软塌塌香肠似的备用内胎。车手看上去二十刚出头，微笑地看着我。他金发、高大、矫健，鼻子上架一副圆框眼镜，有了点书卷气。一顶高尔夫遮阳帽保护他笑眯眯的眼睛免遭太阳暴晒，他的脸、双臂和短裤外的双腿，晒成行路者的深小麦色。他清脆的笑声在峡谷回荡。我走上前,他费劲地从自行车上下来,几小时一动不动的姿势让他的身体有些僵硬。

他叫托拉尔夫·奔茨,一个德国年轻人,从德国出发到悉尼去看奥运会。家中的一件丧事让他不得不在一周内往德国跑了一个来回。他跟一位朋友一直旅行到埃尔祖鲁姆,后者就是我在科普鲁科伊桥遇见的那位,他们将在伊朗的地毯和一百三十座宫殿之城伊斯法罕会合。他说一口出色的英语,我们并肩走着,一边滔滔不绝地说着话,显然说话的欲望憋得太久了。托拉尔夫将回欧洲以完成他的环球之旅,但他还没想好是取道北美还是南美。在抵达太平洋之前,他有的是时间考虑。除了英语,他并不会讲他所穿越的国家的语言,只会几个单词。偶尔,他有幸碰见在德国打过工的土耳其人或库尔德人时,便可交谈几句。

下午三点左右,我们到达小城塔什利柴,我将在这里停下,托拉尔夫继续赶路。因为我们还有很多话想说,我就请他吃饭。城中心在国道之外,一个咖啡馆老板让我们享用了一大杯浓浓的咖啡以示欢迎。我们相互交流着一路上的体验,比起环球旅行,这位充满活力的年轻人仿佛更想表现自己的实力。我觉得这代年轻人有点鲁莽,可我自己又何尝不是?

时间流逝,托拉尔夫该出发了。他要去多乌巴亚泽特,至少今晚尽可能靠近。我记下他的地址,因为我很想知道他的"环球之旅"如何结束,而且我答应给他父母寄去我给他拍的他面带微笑、神气地站在自行车旁的照片。

我们在一个想要练习英语的土耳其年轻人跟前互祝旅途顺利,然后道别。塔什利柴没有旅店,我不得不又要乞求借宿。年轻的英语爱好者出了个主意，他让我跟他走，然后把我带到了警察局。他把我介绍给一名警官，后者用库尔德语给他解释该如何操作。于是我就这样到了地区长官的办公室，相当于法国的警察局长。

伊斯玛仪是位出色的青年，十分忙碌，挤出时间听我的叙述。看得出来，他的同事很佩服和尊重他，他也很享受他的权威，这个国家的行政部门都享受这种权威。尤其为土耳其中央政府管理库尔德的一个地区，是一个高度政治化和风险性很高的职位。我们知道PKK把所有代表安卡拉政府的人，包括来库尔德村庄教授土耳其语的小学教师，都视为攻击目标，可想而知激进分子做梦都想干掉这座建筑。

和在别处一样，我说自己是一名退休小学老师。仿佛这是世界上最简单的事，伊斯玛仪下达命令，人家把我安顿在接待教师的一处崭新干净的公寓。警察局、伊斯玛仪的办公室、学校教师公寓相距很近。这并非偶然，安全问题需要持续关注，对恐怖袭击的担忧无时不在。现在是周末，只有几位老师在。我拥有一间敞亮的房间，还有淋浴。晚上，我去底楼的餐厅吃饭，伊斯玛仪和几位同事也在，他向我打招呼，询问是否一切都好。他应该又下过命令，因为服务员不肯收我的钱。在公共休息室，晚上过得很愉快。大家下棋、打扑克牌或玩斯提拉牌，不过大部分人还是投入这个国家最喜欢的活动：聊天。

伊斯玛仪一名英语说得很不错的同事，向我证实库尔德地区地下有金矿，但无法解释为何中央政府拒绝开采。他还向我证实了我已经了解到的一些事：PKK中的强硬分子赞成处决他们的领导人，因为他曾经呼吁部下放下武器。PKK内部分成鸽派和鹰派，鹰派拒绝停止战斗。我们都同意处决奥贾兰会是一个政治错误，因为这对于主张通过谈判解决问题的参与者，无疑是釜底抽薪，而且让革命者队伍中的强硬派和温和派重新团结起来。

这是我第一次能够与一个土耳其人心平气和地谈论库尔德问题，而不至于以逃不掉的割喉动作结束对话。最近一段时间，我有好几次与库尔德人提及奥贾兰，得到的回应让我十分意外：无论年轻年长，无论男人女人，有一个问题他们都达成共识，那就是都不赞同PKK的暴力行为。我不天真，如果他们是PKK成员，他们肯定不会告诉我，但他们也不会谴责PKK的政策。相反，所有人毫无例外地向我强调对奥贾兰的支持。"这是我们的总统"，这是最近常听到的一句话。

奥贾兰事件一直在困扰这个国家的政界。军队和土耳其民众，绝大部分主张处死他，但库尔德人一致认同叔叔（奥贾兰）。另外，欧洲国家呼吁土耳其当局采取一些能缓和与库尔德人冲突的举动。军队和警察在库尔德山区农村的过激行为引起西方舆论的强烈关注。处决奥贾兰虽然满足了军队和土耳其族群，但会引起库尔德地区的动荡，还会关闭土耳其加入欧盟的大门。有些时候安卡拉的政客们可能后悔抓捕了奥贾兰。

与伊斯玛仪的同僚也聊了不少有关发展当地经济紧迫性的话题。他告诉我人们已经采取了一些措施，比如说养殖鳟鱼。鳟鱼，很好，但我认为当务之急是发展农业现代化，但这是艰巨的任务。更何况军队倾向于清空高原地区的农民，以便有效地控制该地区，用众所周知的说法，说是恐怖分子在那些地方如鱼得水。

我想起一段轶事，即便我遇到过的一些开明人士，千百年来的传统也已根深蒂固。我曾经讲述过在我旅行初期,我想支付在涅夫扎家的住宿费用,我们说话时他女儿苏卡娜突然冲了进来,看见我手上拿着钞票时,气得涨红了脸,质问她父亲:"你不会收人家的钱吧?"在场的人都开怀大笑,他们笑得如此过分,让我觉得事有蹊跷。我问他们为什么觉得这件事这么好笑?"因为这个男人接受来自一个女人的批评。"这是普遍的回答。

翻译成标准的法语,他们的意思是这个男人是个"软蛋"。因此,对他们来说,一个男人拥有一切权力,甚至可以打破绝不接受客人钱财这样的禁忌。他的妻子、他的女儿都应该接受他的行为,即便这是被禁止的,也不能说什么。就是说女人是不可以评判男人的,反之,男人有权支配、反驳和评判女人。

我在这里跟在别处一样,受到了慷慨的款待,那是在我们国家只有尊贵客人才有的待遇。这个我即将离别的土耳其,教会我它语言中最美丽的一个词汇"misafir(东道主)"的含义,我也喜欢法语里"hôte(东道主)"这个词语,以及围绕它的困惑光晕。这个词语到底是指有幸接待别人的人还是指乐滋滋被接待的人[①]?接待的成功取决于参与双方,所以还有比 hôte 更妙的说法吗?但是在我那么多次旅途中,我觉得从未遇到过在土耳其这样的热情、这样的真诚迎客。在乡村,全部村民都会分享接待者的自豪,我总是深受感动。在我们所谓的"文明国家",待客这事已经被遗忘或变味。我们只接待家里人或小范围的朋友,至于其他人,有专门接待的地方,那就是旅馆,而且越是国际化的地方越没人情味。得克萨斯、

---

① 法语中 hôte 一词,既表示东道主,也表示宾客。

法国或日本的旅行者，到了纽约、布宜诺斯艾利斯或曼谷，也要感觉在"家里"。至于我们在家里招待的客人，如果他不属于那个小圈子，通常出于"礼尚往来"。比如我"欠"过你某次招待；或我们有某种心照不宣的利益，"来度个周末，顺便好好谈谈这件事"。不计回报、无条件对人敞开大门，仅是繁盛年代前的一种罕见遗风。请客吃饭只为享受发现的乐趣、享受交流和聊天，在我们国家还有可能吗？若不是我在去孔波斯特拉漫长的朝圣路上，很多次受到过法国或西班牙家庭的热情接待，我会表示怀疑。如果说在我们那儿这是例外，那么在土耳其，这就是一种文化。

这就是为何我在巴黎遇到的库尔德激进分子推荐我向村长求助借宿，因为后者是古老习俗的守护者，若违背习俗，他的形象会遭受严重后果。

我醒来时，天刚破晓。我要去伊朗边境前的最后一座小城多乌巴亚泽特的路还很长，有六十多公里。我可不想重蹈上次长距离的覆辙，我会尽量走该走的路，不得已时搭公交车或拦卡车去一个地方，第二天再反方向回去，这种情况已经发生过两次。所以我匆匆起床，把背包扣好……但我还不能出发。出于安全考虑，所有大门都被上了锁。我在大楼里默默转了一圈，想找个出口，未果。客房都位于二楼，楼梯入口处被一扇门挡住了。我敢打赌通向大街的门一定也是上锁的。我等了一会儿，还是没人起床。在寻寻觅觅了一个多小时后，我终于在建筑背后找到了救生楼梯，通过一个小天窗进出。可我的大背包要通过，还得花一番力气。我正在费劲穿过时，昨天接待我的那个人为我开了门。我们一起吃早饭，聊了会儿天。我出发的时候已经八点半了，我要走很长一段路的计划也泡汤了，因为我浪费了宝贵的三个钟头，那时的气温正适合快步行走，而且很舒适。现在我也不急着赶路了，我的一部分能量已经被刚才的禁锢所耗。昨晚有个老师告诉我，在温泉小镇迪亚丁有个旅馆，所以我打算去那里停留一宿。风景没有太多变化，依旧还是大草原，远处白云投下的大片阴影在大地上快速掠过，爬上山峰。时不时出现的几所房子，提示这里有人类存在。一个和儿子一起在田里干活的农人告诉我，远处可见的那个村子里曾经有过一座教堂，因为那里有亚美尼亚人居住。他们离开后，教堂就变成了废墟。有时候，这些教堂也被改造成清真寺，就像伊斯坦布尔的圣索菲亚大教堂十五世纪被奥斯曼征服后就变成了清真寺。

　　库尔德人房子的外表与土耳其人的房子差别很大，但两者都见证着相同的历史。这些人在他们的文化中保留了游牧先祖的遗产，所有房子会让人联想到帐篷。首先，唯一的大房间同时被用作接待室、餐厅和卧室，其他屋子则是次要的，没有灵魂。在这间家具独特的大房间，地毯和靠垫铺在地上或床板上，大家习惯坐在地上吃饭……什么都没有改变，除了砖墙代替了帆布或毛毡。在大部分房子里，家具并不比祖先帐篷里的多。土耳其人没有家庭灶神宅神一说，一个家园沦为废墟，那就换一个，就如人们熄火卷起帐篷，放弃一个牧场，转到更远的牧场重新安营扎寨。我离开伊斯坦布尔时看见的住宅区或高楼群对当地老百姓有着一种巨大魔力，我们当年的农民也曾经历过，离开村里的老房子住到该死的钢筋水泥中，把他们的橡木床变成塑料贴面的橱柜，不带一丝一毫的遗憾。

　　社群固化？不完全是，信息社会也影响到了这里。这种变化在每个家庭都可见到，因为有一种特别的家具横空出世，而且到处差不多。那是一个大橱柜，上面的玻璃柜部分放着一些照片和小摆设；下面部分放置餐具；中间则端坐着电视机，这柜子就是为电视机而买，不过遥控器掌握在屋主人手边。口头传播和话语的重要性，依然被保留在安纳托利亚的文化中，并且毫不费劲地同以手机为代表的现代化相结合，他们把手机叫作"口袋里的电话"。网吧的火爆揭示着相同的心理过程。

至于社会构架，涉及男人间的关系或者女人的地位，库尔德地区比其他地区更多保留了古老部族的社会等级。只有在大城市，在一些受过教育的家庭，西方文化的影响才改变了祖传的习俗。大家在桌子上吃饭，睡在专门用于睡觉的卧室。在安卡拉、伊兹密尔或伊斯坦布尔这样的大城市里，在关系淡漠的人群中，对于"老爷"的服从也日渐稀松。

今天早晨，我的心思已经飞到了伊朗。两周前，一名卡车司机告诉我，边境关闭了。为什么？对方也不知道，但他很确定这消息。我在埃尔祖鲁姆，通过互联网向巴黎的一位朋友求助，向伊朗大使馆打听消息。人家很友善地回答她，这是个假消息。所以在这件事情上我可以放心。伊朗人，不管他们的政治诉求是什么，都欢迎外国人的到来以及他们带来的美元，所以敞开他们的边境。我在一份土耳其报纸上看到与伊朗有关的一张照片和标题，那里肯定发生了什么事，但我看不懂，我要去实地看看。

小镇迪亚丁远离国道，安纳托利亚经常如此。一条往东南方向的路可以抵达那里。这条道的交叉路口正在修建一组非常现代化的酒店建筑群，接待那些前来享受含硫温泉的疗养者。可惜它们还未完工，我只好望楼兴叹。我一直往前走，下午四点左右到达了迪亚丁。这是座很小的城市，土路上尽是马粪。旅店的外表看上去特别脏，已经关门有些日子了。我走进边上的一家茶馆要了杯果汁，顺便打听一下情况。又是一名教师跟我攀谈了几句，他告诉我，如果我愿意的话，西南方向五公里处，有一家温泉酒店。因为我饿了，我决定先去找一家餐馆。快速兜了一圈，只有一家餐馆。唯一的昏暗屋子里，桌边坐着几个男人。我刚跨进去，脚下一滑，背上背包的重量差点让我摔倒。地上铺着没有刨平的木板，粘着一层不知什么的油腻，要在上面滑行才能保持平衡。从未见过如此肮脏的饭馆，谁知道我在旅行尾声时还能在这里看到什么，反正我也没得选择，但愿他们对待食物比起打扫卫生要认真点，而且我一直相信我的幸运之星。我要了一份茄子炖肉，还算可以下咽，现在就要看我的胃能不能承受。

　　照例，五公里又是个粗算的数字，我花了近两个小时才走完。路上，我惊讶地发现有辆车停下，下来的人正是那个用车把我送到阿勒的村长。他向我提了好多问题，又依依不舍地跟我告别，仿佛我们早就是老朋友。这是个真诚的人，我尽可能向他讲述那段令人慰藉的时光，以及与他儿子很有意思的交谈。

　　一路上，好几个地方在打井，这里的水有着可以治疗皮肤病的美誉。我看见一根很粗的管子不时将黄色的冒着热气的水灌到田野里。正在修建的管道将把温泉水引到国道边即将完工的酒店建筑群。

温泉中心由两座小房子组成，一座私密，一座公共。周边还有一两幢石头建筑和十来顶圆形帐篷，围成一个临时营地的模样。迪亚丁的教师夸张地称作旅馆的地方，其实就是没有窗户的唯一一间屋子，石墙又湿又冷，冷风嗖嗖穿过。人家在那里挤进了四张床，床单也许算是白色的吧。三张床上已经有人在睡觉，房东想以昂贵的价格把第四张床租给我。

我正打算讨价还价时，四个男人叫住了我，是我在遇到最后两个歹徒之前路遇的电力公司雇员。我们一起喝茶，他们告诉我来这里就是想用神奇热水洗一把澡，并邀请我跟他们一起洗。温泉中心就是一座小型建筑，里面有一个水泥的露天澡堂，大约四平方米。池子里挤着三十多个壮汉，活像一大桶鲱鱼。没有更衣室，大家把衣服挂在池子围墙的钉子上，穿着短裤泡澡，然后让裤子在身上焐干。池水累积了太多油腻，变成我在很多土耳其浴室见过的深棕色。水很烫，十分钟后人家把我们赶走，因为只有一个池子，下一场轮到女士。

从浴池出来，我的新朋友们给我介绍了一个叫雅各布的年轻人，他在一个帆布小棚下做点小买卖，旺季时卖果汁和糕点给坐着小巴士源源不断到来的疗养者。这是桩挺开心的生意，他有个合伙人和一个大学生雇员，放假时过来帮忙，他们很活跃。由于海拔高度，这里的旺季只有三个月。之前和之后，这里被风雪和寒冷主宰。

"那一年剩下的日子，你做些什么呢，雅各布？"

"什么也不做，我就捣鼓汽车，拜访朋友。"

真是幸福的人，对他来说干三个月的活就够支撑一年的生活。

年轻的雅各布每天晚上都会回迪亚丁的家,他把合伙人和雇员睡的帐篷让给我过夜。帐篷很大,里面有一张床垫和一条大被子。他的雇员从铺子角落的小冰箱里拿出一包碎豌豆汤,倒入沸水中算是晚餐。我们就着水泵吸上的水和一截面包,边吃边看着最后一批洗浴者打着寒战从硫磺水中出来,快速回到他们的面包车里。夕阳把远山染红,为我们呈现一幅壮丽的景色。夜色刚好降临,我们就去睡觉了。

我很快睡着又很快被冻醒。我竟然忘了我们是在海拔两千两百米的高度,夜晚十分寒冷。我赶紧从背包里取出睡袋,还是无法暖和起来。我瑟瑟发抖了几个小时,终于想起在我的背包底部有一条以防万一的救生毯,还从未用到过呢,我为什么如此粗心?为了不吵醒主人,我在黑暗中用这层塑料膜包裹住自己,然后重新钻进加盖了毯子的睡袋。身子终于暖起来,可我已经傻乎乎地瑟瑟发抖了三个小时。等我重新入睡时,天已经蒙蒙亮。

营地苏醒了。一大早,面包车就载来一车车疗养者,把我从好不容易焐热的被窝里吵醒。我们吃了点面包,喝了口热茶,我就跑去温泉池隔壁的洗手间。回来后,我扣好背包,准备出发。我并不很担心,从伊斯坦布尔出发以来,这已经是我第三次拉肚子,过两天就会好的。

我上路时,太阳已爬得老高,交通还不是很繁忙。我提前享受着今天等着我的愉悦,离此几公里,也许一二十公里,我就可以看见亚拉腊山。中世纪时,当亚美尼亚人看到这座圣山时,都要在胸口画十字。这座古老的火山,最高峰达五千三百米,背负着一段根深蒂固的传说,说的是挪亚方舟就撞在山的侧翼。很多科学考察队声称找到了方舟遗迹,但那些木片残骸的年代测定,每次都让他们失望。这一切是否与山坡上一个名叫纳希切万的俄罗斯人小村落有关?因为在古老的亚美尼亚语中,纳希切万意为"船上的人"。我很喜欢想象挪亚方舟搁浅在这片美丽的蓝色群山脚下。

我前方的道路沿缓坡向一座两千五百米的山口爬升,我试图忘却昨夜的晚餐和今晨的早餐在我腹中翻江倒海般的抗议,努力专注于走路。但肚子和脑子的抗争并不势均力敌,备受折磨的肠胃占据了上风。幸亏,这条马路修建在回填土上,道路两侧可以找到躲开汽车和卡车的隐蔽处。为了缓解严重的腹痛,我不得不频繁冲刺到路边,慌慌张张放下背包脱下裤子。我还从未有过这般严重的旅行腹泻。道路继续向上攀爬,我行走得越来越艰难,一阵剧烈头疼勒住了我的额头。我以为是越来越强烈的阳光所致,便戴上帽子,但毫无用处。这段六七公里的上坡路,我不得不停下十几次,缓解内急。腹泻让我筋疲力竭,头痛意味着我发烧了,我很快会在炎热下出现寒战。山顶,一所石头小房子藏着一个哨所,拴着两条康加犬。一名躲在沙袋后的士兵看见了我,赶紧呼唤他们的士官。士官是个剃着光头的年轻人,对我的装备很惊奇,用一种夹杂着好奇和戏谑的口吻对我喊道:"过来,喝茶!"

尽管到多乌巴亚泽特的路还很长,但我毫不迟疑接受了他的邀请。我浑身难受,虚弱无力,开始发烧。士兵把我带到一个昏暗的掩体,这个位置很关键,从这里可以监视山下通往东西方向各十几公里的道路。进去之前,士官指给我看白云缭绕的阿拉腊山峰。但我什么也听不进去,也不想凝望任何东西,因为我太虚弱了,我瘫倒在一条长凳上等着喝茶。大家都入座，士官和我在一张小圆桌前坐定，中间的一张桌子围坐着几名士兵，正在仔细擦拭他们的武器，拆卸下来的零件在昏暗中闪着幽光。当军官听说我从伊斯坦布尔走来时，不禁大笑。他一见我奇异的装扮，马上认定我是个古怪的家伙。他确实没有想错。啊哈哈！伊斯坦布尔！德黑兰！我一点听不懂他的滔滔不绝，但自己感觉他是在拿我寻开心，而且伊朗那儿发生了点"麻烦"。但我并不因此慌张，"麻烦"，从我出发到现在就没断过，多加几个，我也不会害怕，反而是眼下我又发冷又冒虚汗。一名士兵给我拿来热茶和奶酪时，我泛起一阵恶心。我费了九牛二虎之力向他们说明，我只想喝一点点热茶。喝下几大杯有益身体的热茶后，我的不适感终于消失。

　　我实在不想重新出发，只想躺下睡觉。但我不得不回答那个永恒的问题："土耳其，很漂亮吧？"这个问题提出时的语气就是要人给出一个毫不迟疑的回答。我回答说，当然了，土耳其"tchok guzel（非常漂亮）"。土耳其语中这个短语就相当于英语中的 very nice，它仿佛是淋在句子上的麻油，几乎可用来回答一切提问。这个短语加上食指往随便什么东西一指，足够填充艰难谈话时的尴尬空隙。一进入土耳其，我立刻就明白，如果我只能学一句土耳其语，那就是这一句了。不过，是否因为旅行腹泻的折磨弄得我心情很不好？我的回答要打点折扣。土耳其的确很漂亮，可惜它处于战争状态。我回答说。

　　为了显得更有说服力，年轻军官站了起来。他表示说他们处于敌人的包围中，亚美尼亚人、伊朗人、伊拉克人、希腊人、库尔德工人党，所有人都与他们过不去。

我知道与亚美尼亚的边境确实已经关闭,土耳其的传统劲敌是希腊。至于同伊朗和伊拉克的潜在冲突,那是反击PKK引发的余波。土耳其指责它的邻国收留了奥贾兰政党的激进分子。土耳其军队也不客气,时不时越过边境进行追杀,这自然引起彼此关系的紧张。这是外部情况,至于土耳其内部,PKK无处不在,山区的狙击手,城市的炸弹袭击。我暗示当一个人与所有邻居关系都不好时,也许自身也有责任,这就像是浇了一盆冷水。结果,都是土耳其人的士兵们,就想知道我如何看待对奥贾兰的判决。我告诉他们我认为他不会被处决时,他们感到十分气愤。

"可他是个残害儿童的杀人犯!"

有哪支军队没有杀害过孩子?如果我们以军队在农村犯下的残酷罪行来评判那些将领,落马的人会接二连三。但我不想引发争论,因此缓和了一下我的反军队论调。在这种随时可能擦枪走火的争论中,我几乎忘却了刚才的身体不适,掩体内的凉爽以及刚才的热茶,让我恢复了活力。

士官被两个装束奇特的家伙打断,他们是附近的农民,上衣外面还套了件士兵或警察穿的有很多口袋的迷彩背心,口袋胀鼓鼓的,看样子装满了弹夹。这是军队在村子里培训的非正规军,他们来汇报情况。我认得他们旧长枪的式样,就是阿里哈朱那个家伙在我门前挥舞的那种枪。军官指着他们对我说,库尔德人中也有"好人",他们俩就是证明。军官和这两名非正规军之间的谈话我一句也没听懂。因为我感觉好多了,便离开了他们。

当我从墙壁厚实的掩体中出来时,太阳已经火辣辣。道路向下通往一条峡谷，谷底有一条小河悠悠流淌，我也很想能这般悠闲。远处，一层云雾遮住了阿拉腊山峰，我要走上四至五小时才能抵达山脚。在紧接着的两个小时，我又停下几次去解手。因为一直感觉口渴，我的水壶几乎见底，我要节省最后几滴水。我穿上外套，因为又开始发烧。尽管艳阳高照，我还是不停打颤。我几次把帽子在河水中浸湿，几分钟后就被晒干，这个海拔高度的阳光着实厉害。我在路边停下，放下背包休息时，有点怀念已经消失在我视野中的那个小掩体的凉爽。

　　双腿越来越软，为增加体力，我试着吃块面包。但看到面包闻到气味，我又感到一阵恶心。我没有继续上路，而是又靠着路肩停下，牙齿打颤，背包仿佛有千斤重。我再次起身，努力保持直线行走，可还是在这条通向一个小山口的平坦道路上踉踉跄跄、东倒西歪。幸亏这条路上的汽车和卡车很少，否则，我真有被碾碎的危险。我再次停下脚步，弯腰坐了下来，因为我的双腿突然不听使唤。

　　等我重新醒来时，发现自己躺在路基下，脸抵着坚硬的野草，背包的重量把我压垮。我失去知觉有多长时间？我无法站立起来，费了很大劲才把背包搭扣解开，放下行囊。我坐在草丛中，头晕目眩。我想捡起滑落的帽子，可发现我根本走不了路。我必须拦一辆车，让它载我到多乌巴亚泽特。

　　这是连接安纳托利亚地区各城市间的一种小公共汽车，它在我几米开外的地方停下，辅助司机的年轻人打开车门。我拖着行李凑上前，他接过来放到最后一排椅子上，我在一旁坐下。小伙子打量了我一下，我的脸色应该很难看，他很有眼力，伸手从盒子里掏出一个塑料袋，默默递给我。递得真及时，我把脑袋埋在袋子里，又是呕吐又是打嗝，然后一切都融化在一片美妙的迷雾中。直到多乌巴亚泽特时，我才醒了过来。小中巴停在人行道边上，乘客都已下车，那个年轻人默默站在我跟前，我递给他一张一百万里拉的纸币。我试着把行李从中巴车上拖下来，快要成功时，他过来帮了我一把。他抬起背包，帮我把背带扣上肩膀。车子正巧停在一家三星级酒店门前，门面刚刚刷新过。我走了进去。

　　房间标价七百万里拉，这是我第一次奢侈消费。大堂透出一股小资产阶级的体面，但经验告诉我，不要被表象迷惑。谨慎起见，我应该先看看这个价格能提供些什么，但我做不到，我差点又要昏厥。一名服务生负责把我送到房间，果然又摸到了臭牌，电梯坏了。我把背包从肩膀卸下，示意服务生帮我提，因为背着这份重量，我一步楼梯都走不上。他过来随意一拎，结果拎了两次才把背包提起来，因为他完全没想到包会这么重。我在楼梯上歇了好几次，大口喘气，终于到了二楼。他打开一扇门，我一进去就听到卫生间漏水的声音，但现在我的头等大事是睡觉。服务生一走，我关上门冲到卫生间，上吐下泻地把自己掏空。终于消停下来，我走向两张床中的一张，重重倒下，一根横条还掉到了地上。我还在打颤，为了让自己暖和一点，我把另一张床上的被子也盖上。我每动弹一下，身下的这张床似乎就有坍塌的危险。顾不得那么多了，先睡觉再说。

　　这两天里，我只得在卫生间来来回回。腹中早已空空如也，肠子的绞痛却还在折磨着我。我很快发现有便血的情况，顾不上遵守基本的卫生原则——到目前为止我一直尽量遵守,但现在我的遭遇说明我失败了——我渴到只能喝水龙头的水解渴。十分钟后,这些水仿佛又回到了马桶。固定在墙上的水管发生漏水,淹了整个卫生间,每次我上洗手间就相当于在凉水里洗一次脚。

第一天早上,我就叫打扫卫生的服务生帮我在附近餐馆买一碗煮熟的米饭,我还要求在房间里开通电话,他忘了。第二天他没有来打扫卫生,肯定也是忘了,我不得不冒险去了一次大堂,再次要求米饭和电话。我必须说得很简洁,因为一阵内急袭来,但它怎么也得等到我以虚弱老人的速度重新爬上楼梯吧,我的力量已经完全将我抛弃。晌午过半,那个年轻人给我端来一碗米饭,显然是他自己煮的,但并未忘记让我付了一大笔钱。我嘟哝着抱怨了几句,只得任他宰割。他的米饭嚼之无味,我吃了两勺就吃不下去了。我的肚子着了火似的,每次上卫生间都痛苦不堪。我向酒店领班抗议,抗议那摇摇欲坠的床和卫生间的漏水。那名无礼的年轻人只是提议把我换到三楼的一个房间,那为什么不把我换到五楼,我可能是这家旅馆唯一的住客。我拒绝换到更高的楼层,知道我上去后肯定爬不下来。自认倒霉,我继续冷水洗脚吧。

不过我据理力争要一部电话,晚上终于有人送来了。为装电话,我们耗费了一个多小时,因为电话机上的电线没有凹槽插头,而墙上的插座又在我床的后面,很难操作。折腾了很长时间,折腾到我真想掐死那个装电话的人,最后那个笨蛋把两根光秃秃的电话线直接插入插孔,总算有了拨号音。我第一次尝试拨电话时,床一动,电话线就掉了出来。那人走后,只要我一躺下,电话线就掉落,因此我必须在睡觉和打电话之间做出选择。

我对安纳托利亚的医疗信任有限。我从一堆乱七八糟的物品中翻出一张 IMA 卡片（互助救援保险），它为我整个旅程提供保险。我花了九牛二虎之力终于得到拨号音，接通了他们。他们问我要了保险号，告诉我过一会儿回我电话。过了几分钟，那个无礼的年轻人来敲门：有人打电话给我，但因为电话线又掉了，没法转接进来，又是一阵倒腾。打电话来为我做远程问诊的是一名女医生，她的声音让人心安。她的诊断很明确，毫无疑问：阿米巴痢疾。这消息对我打击很大，据我所知，这可不是小病，曾经是前线部队的梦魇，因为它杀死的士兵比子弹打死的更多。那个优雅的声音告诉我，必须马上服用一种含有神奇成分的药物（我一下子想不起药名了），这种药有三个不同的品牌在市场销售，这个我记下了。我应该能找到三种品牌中的一种吧。出去找药，时间已经太晚，我也担心下楼，尤其担心爬不上楼。我试着自嘲一番，嘲笑这突如其来的虚弱，两天前我还以为自己是战无不胜的呢。我抗住了双脚感染、急速行军、康加犬、坠落悬崖，经受了土耳其和库尔德匪徒以及军队的考验，现在却成为这些显微镜下微生物的受害者，它们吞噬着我的小肠，多么讽刺。幽默是排遣恐惧的好方法，可是我需要一个可供发泄的伙伴呀。独自一人，忍受惨遭蹂躏的内脏，我的情绪就像遭了霜打。

第二天上午，我试着去又吵又乱的那条大街走一趟。旅馆的人告诉我，最近的药店就在五十米开外。第一个奇迹，这肯定是全安纳托利亚唯一会讲英语的药剂师；第二个奇迹，他有这种药。回到旅馆，我已经筋疲力竭。吃完第二顿药，治疗开始起效，病情有所缓解，让我有一丝喘息。躺在床上，我终于可以凝望亚拉腊山。我的后继者们在这个房间可能再也没有这么好的运气了,因为两幢建造中的大楼,很快将挡住山峰。

被白雪加冕的山峰,巍峨庄严。清晨太阳升起,它在一层神秘的雾气中若隐若现。随着天色变亮,一片白云如帽子般盖住了山顶,将亚拉腊山峰在大白天隐藏起来,不见其真容。亚拉腊山侧面还有一座更小的火山,土耳其人叫作"小疼山"。至于亚拉腊山,也叫"大疼山"。

我手抚鼓胀的火烧火燎的肚子,正想这么说。

十三　磨　难

疾病让我情绪低落，身体的透支让我筋疲力竭，加上三天迫不得已的禁食，我现在的状态，根本无法重新上路。能站起身，已经很了不起。从现在起到可以背上包重新出发，还需要多少天？阿米巴虫在我肚子里肆虐，我呕吐、便血和便黏液，人就像一堆破布。现在最紧要的是换一家旅馆。这里没有餐厅，还逼迫你在床和电话间二选一，工作人员冷漠又无能，双脚还不得不泡在冷水里，这些更是消耗掉我最后一点斗志。

傍晚，因为我感觉好了一点，便试着去大街上转转。现在是七月，游客很多，几乎都是英语国家的人。他们穿着短袖和T恤衫，露出各种晒红的皮肤，坐着塞满露营设备和乱七八糟衣服的四驱吉普，一副冒险家的腔调。我们遵循着迥然不同的旅行。他们穿越这个国家，观光、照相，但不会进入别人的家门。我可以脸不红、心不跳地夸耀一下，我才是货真价实的旅行者！

你肯定像个虚弱的老人，摇摇晃晃的幽灵，来自东方的穷途潦倒之人。这是我踏上路边一台磅秤时，在心里对自己的嘀咕。一个机灵的小男孩把这台磅秤放在人行道上，等待顾客。我被磅秤上的数字吓了一跳，下来检查这玩意是否精确校正。不远处，另一个小孩的另一台磅秤，证实了结果：确实是秤上显示的六十公斤。我在伊斯坦布尔时体重七十四公斤；经过两个月的行走，一周前到达埃尔祖鲁姆时，体重七十一公斤。所以我在不到三天的时间里瘦了十一公斤。

我目睹的一个场景让我暂时忘却折磨我的痉挛和痛苦。在一个橱窗前一辆小贩的板车上，一个老头瘫坐在一团从前可能是被子的破布上。他的身体仿佛被抽走了脊梁，四肢也是畸形的。他用一根颤抖的手指在阿拉伯文的《古兰经》上一行行移动，低声吟诵着，对路过的行人全不在意，有的人还丢下几枚硬币或几张钞票。推车下，两个流着鼻涕、晒得黝黑的小孩盘腿而坐，在玩纸牌，嬉笑着。突然，老头合上书本，用手掌拍了三下车板，两个小孩立马从车底藏身处钻了出来。他们步调一致，轻车熟路，爬回到自己的岗位。然后他们一个拉，一个推，板车很快消失在人群里。他们肯定是去寻找更好的市口，要么是祷告时间到了，他们要把这个瘫痪的虔诚信徒送到清真寺。

回酒店之前，我去看了另一家酒店，更舒服且更便宜。只是寻找咖啡网吧的事让我很失望，"这里没有咖啡只有茶"，一个上了年纪的土耳其人回答我说。在那家假冒的三星级酒店大堂，我表示明天早上结账退房。看得出酒店老板对我的搬家很不开心，我得准备好被敲诈一番。然后我就上楼到房间，倒下便睡。

早上，跟我预计的一样，我必须跟这个无良商人吵一架。因为缺少客人，所以他就想从手头的客人榨取更多。所谓账单就是一张打着格子的破纸片，上面写着一个天文数字。第一夜的房费比原定价格贵了三倍。我给法国打了三十秒钟电话，他却说通话持续了一刻钟，而且他还要我付第二次通话的钱。因为我威胁说要去报警，他就把账单减去了三分之二。真是个无赖混混，看到穿制服的就吓得屁滚尿流，典型的不招人待见之徒。

亚拉腊大酒店的住客，通常是欧美游客，装腔作势，戴着他们的雷朋墨镜和丛林帽，不会说一句土耳其语。因为我不是这样的装扮，倒是获得了工作人员的好感，对我十分友善和照顾有加。在确认他们有电话计费器后，我给孩子们打了电话，然后给保险公司打电话，告诉他们我换了住处。过了一会儿，一位医生跟我联系，了解我的身体情况："你需要等好几周才能重新上路，"他说，"我们的意见是把你送回国。我们会通知在土耳其的代理，他会跟你取得联系。"

我不排除这种可能性，但难以接受这样的打击。确实，最乐观情况，我的身体也要等上十五天或三周才能允许我出发。我离伊朗边境只剩下一天的路，也就是说三十五公里。可是那边等待我的又是什么呢？没有详细地图，不知道村庄的位置，所以我只能假设从一个城市走到另一个城市，这就意味着一些超过四十公里的路段。以我目前的状态，完全不可行。还有一件更棘手的事，涉及行政手续。今天是七月十四日，我的伊朗签证有效期只剩下十五天，既然我不能在二十九日前出发，所以必须更新签证。为此，我需要去巴黎或伊斯坦布尔等上两周，那是发放签证的正常期限。埃尔祖鲁姆确实也有一个伊朗领事馆，但办理期限是一个月。无论哪种情况，我最早也得在正值酷暑的八月十五日左右，才可继续我的行程。一个身体刚刚恢复的人在高温下行走，有些困难。

我不知道该如何打发日子。到目前为止，我的时间安排很简单：行走、吃饭、借宿。现在，我的前面突然一片空白。理智要我什么都不做，可我不知道怎样才能什么都不做。为了打发时间，我躺在床上翻阅手头有关伊朗的资料。我看到大不里士已经非常近了，只需走上一周就可到。那是十六世纪末世界上最大的交易市场，集市占地三十平方公里。三十平方公里，你能想象吗？我想不出。我试着去想象那些密密麻麻的货摊，成堆的财富，层层叠叠的丝绸和锦缎，堆成金字塔状的香料和药粉，堆积如山的世界上最昂贵的地毯，还有中东最好的猎鹰交易市场。我的想象止步于我对东方集市的了解极限。在努力排列这些色彩斑斓、芬芳扑鼻的仙境时，我睡着了，很像误入阿里巴巴山洞的有福之人。

午餐时分，我到街上匆匆走了一圈。一个小混混和我搭讪，想用黑市价换给我伊朗里亚尔，可惜这不是我的当务之急。在一家外表看着应该不错的餐馆，我试着吃点东西。吃到第三口米饭时，我不得不匆匆赶回酒店，把吃下去的东西全吐出来。我只能不停喝水防止脱水。总之，我苟延残喘。

我终于找到一家网吧，位于一座房子的二楼，不太好找。进入那里，需要穿过一个家具店，在展示的床、椅子和柜子间穿行，再从后面仓库的一架铁梯子上楼。网吧客户绝大多数是年轻人，来这里玩电子游戏，尤其来享受色情项目，与名字香艳的陌生女人聊天。他们想象那些女人在西方某个大都会，半裸着身体，淫荡地靠在丝绸靠垫上。在我的电子邮箱中，有来自我孩子的消息和热纳维耶芙的一封信，后者是我的一位记者朋友，她曾经调侃我的新闻嗅觉。"你抵达伊斯坦布尔时恰逢奥贾兰一案开庭，你到埃尔祖鲁姆时正好他被判死刑，伊朗正好又要遇上学生闹革命。这对一名退休记者来说有点太过分，你什么时候可以不'追踪'新闻热点呢？"

回到酒店我就瘫倒了，外出一趟耗尽了我的体力。过了一会儿，我醒来。从一个美妙的梦中醒来进入一个噩梦，噩梦就是当下的现实：我在多乌巴亚泽特被困在床上，生着病，时间流逝。迷人的亚拉腊山峰，此刻正被白云优雅地环绕。它会是我旅行的最后一站吗？我还心存念想。为了好好欣赏它，我挪到阳台。高耸的"大疼山"主峰被遮住了容颜，完全无视我的无助。

电话铃声将我从沉思中唤醒，打来电话的是古奈医生，保险公司在土耳其的负责人，从伊斯坦布尔来电。他的声音很热情，讲一口几乎没有口音的法语，因为他在法国东部长大并完成了大部分学业。

"我查阅了您的资料，也同负责您的医生做过交流。我想没有其他办法，必须把您护送回国。但我还不知道如何操作。"

我确实很难被运送。我无法像普通旅客那样坐飞机，保持坐姿几分钟都很困难。而想在飞机上得到一个卧铺，在这个度假高峰期，需要等上好几天，我的情况也不允许。而且要用救护车把我送到埃尔祖鲁姆，再坐飞机到安卡拉，最终到达伊斯坦布尔。从伊朗那里走，也不见得更简单。至于租一架包机，我觉得有点过分，我还不至于马上要去死神那里报到。两小时后，救助医生打来电话说，只有一个解决办法：从多乌巴亚泽特坐救护车回到伊斯坦布尔。一辆救护车将连夜从博斯普鲁斯海峡出发，明天晚上抵达。两名司机和一位护士会把我接回去。但古奈医生提醒我，路途肯定相当艰难，很累人。我能想象到，但也没有其他更好的办法，而且随着痢疾减轻，疼痛却在加剧。他向我确认说，在伊朗，学生运动遭到了军队的严厉镇压，所以我也用不着有什么遗憾，因为我很难在那里继续走下去，他总结道。

遗憾还是有的。本来机遇让我在进入伊朗时正好发生了吸引我的事，现在我却被迫无所事事，真让人难以忍受。我躺在床上遥望着云雾缭绕的亚拉腊山，无法说服自己——即使片刻也做不到——我的冒险就此结束。此时此刻，救护车应该从伊斯坦布尔出发了，我坐车环游土耳其的倒计时已经开始。为了打发时间，我重新阅读我从巴黎带来、一直没时间好好研究的唯一资料，关于伊朗的英文版《孤独星球》。

尽管吃了药，阿米巴虫还在继续吞噬我的肠子，我腹部的疼痛辐射到全身。在疯狗的狂吠声中，我最后终于有了一点睡意。夜幕一降临，城里的街道便成了野狗打斗的战场。一场冰凉的雨落在空旷的街上，在亚拉腊山，此时下的应该是雪吧。我睡了很短一会儿，醒来时腹痛稍有缓解。黎明让海拔五千三百米、白雪覆盖的主峰偶露峥嵘，俯瞰着城市。时间尚早，云彩还未来赴约。这座静止的火山可以与我去年参观的日本富士山相媲美，庄严恢宏的山体耸立原野，完美的锥形火山口，裹着它的层次丰富的白色，一切组成一幅让人挪不开眼睛的画卷。这座山被生活在它影子下的人民奉为神明，有什么可奇怪的呢？稍往东，小亚拉腊山沐浴着清晨的微光，呈现出的光学效应，让它看上去跟"大疼山"一样雄伟。

我弯着腰、弓着背出门到街上，但愿能控制住不知哪些细菌在我肠子里的倒海翻江。

在道路拐角处，垃圾堆的腐臭吸引着一群群鸡鸭从院子里出来，过来争抢吃饱的野狗在黎明留下的残渣。这里没有下水道，一摊摊发绿的令人作呕的污水流淌在成堆的塑料垃圾袋之间。发酵的垃圾胀破塑料袋，吐出白色的泡沫，我来到了城市的边缘。凝望亚拉腊山，它在地平线构成一个完美的三角形，这本来只是我旅程的一个界标，今天却成了一堵高墙。我惆怅地回到市中心，尽管天才亮，商店却已经开门。在东方，到处差不多，商店直接开向大街，成堆食品陈列在露天。这个时间偶尔路过的汽车，扬起一阵细细的灰尘，透过敞开的大门，落到货架上。我感觉自己渺小、可怜，就像这个世界尽头的城市一样，从里脏到外。一阵恶心泛起，我真怕会当街呕吐。可是九个星期以来，肮脏的环境不是家常便饭吗？我并没有多么厌恶，但在这里，我却失态了。这种强烈的厌恶感难道不是因为我的冒险旅程将在今天结束，所以难以接受吗？

七点半左右，我回到酒店，喝下几杯茶，没有吐，甚至还慢慢嚼了块面包。该如何度过这一天呢？我不能忍受干等救护车的到来而什么事都不做。当折磨拖延，我感觉时间无休无止；当痛楚平息，我又觉得手表指针转得太快，仿佛在催促那辆该死的救护车快点到来，以坐实我梦想的终结。

因为我不能走路，只好迎合一下所谓的旅游。这里有三处可供参观的景点。首先，当然是亚拉腊山。但自从与PKK发生战争以来，上山的道路几乎都被军队禁止。接下来是"楚库鲁陨石"，离城中心约三十公里，靠近伊朗边境。我曾计划去那里转一圈。一九二〇年，在这个早就陷于荒凉的地方，一块巨大陨石坠落，砸开一个无比巨大的坑，直径六十米，深达三十多米，是世界上第二大陨石坑。这里也一样，由于军队的烦扰，造成此处的游览有着很大的不确定性。针对库尔德激进分子的战争摧毁了这里的旅游业，从前主要仰仗这两处景点。总之，山峰和陨石坑都太远，我去不了。

剩下的第三个景点，我可以去。离城市五公里处，耸立着一座这个国家最美丽的建筑瑰宝之一，俯瞰平原的伊沙克帕夏宫（伊沙克总督），一座家族城堡。一八六五年总督开始建造城堡，一个世纪之后才由他的儿子完成，并以总督的名字命名。城堡守护着土耳其的东大门，防御波斯、亚美尼亚和俄罗斯军队的进攻，他们一直对这片地区进行劫掠。自古以来，安全问题是这里的头等大事，人们居住在山里，躲避耀武扬威的军人。在共和国建立之前，多乌巴亚泽特还不存在呢。二十世纪三十年代末期，新政权比较牢固地掌控了边境，便从山脊和山谷找回居民，把他们安置在这座拼凑起来的城市里。

这次出行肯定有风险，我带上足够多的卫生纸做储备，跟一名出租车司机达成协议，说好他把我送到城堡，不能再搭乘其他旅客，然后等在原地，再把我送回酒店。我无法久坐，只好躺在后排座椅上，我们就这样出发了。我告诉他尽量避开路上的坑坑洼洼，他用一种半是开玩笑、半是因别人侮辱他的职业素养而不满的口吻让我放心。但我们开出不到一百米，我难受得感觉身体要爆炸了，考验太残酷。我只好让败兴的司机把我送回酒店。我躺下，试着睡了一会儿，时间几乎停滞。

午后不久，我感觉好了些，便在原地待不住，又跑了出去。原来的那个出租车司机还在,再试一次?他同意了。这次他把车开得很慢,我尽力不在颠簸时喊出声,去宫殿的这条道一路坑洼。我们一到,我便跳下出租车,冲进建筑高处一家餐馆的厕所,司机则喝着他的茶。接下来,我缓步参观,在肌肉可承受的范围内,紧锁括约肌,夹紧屁股。我没能看到镀了金的大门,它们已经被俄国人弄走,现在陈列在圣彼得堡的博物馆里。组成宫殿的三百六十间屋子大部分已经倒塌,另外还有大片区域不对游客开放,因为人们几乎在重造一座新的。由一圈圈红白石头砌成的清真寺尖塔还保存完好,一旁的陵墓亦如此。幸运的是我是唯一的参观者,这样我内急来不及跑回餐馆时,便可在宫殿找个隐秘角落留下个小纪念。

尽管石头历经岁月沧桑,但经久不变的是从宫殿眺望平原时无与伦比的视野。我眺望着城墙脚下伸向无尽远方的田野,发了一会儿呆。我经常会在刚刚爬上某个山口时,像现在这样,细细品味脚下延展的如此美景。可惜现在一切都变样了,我不得不坐车下山。不能掌控时间,也就不能按着自己的节奏欣赏风景。我斥责自己:这么多星期以来,我一直抗拒坐车,我可不能再犯什么"坐车恐惧症"。

等我急急走出宫殿,司机在门口忠诚地等着我。回程路上,司机善解人意,在一片榛子树林边停下,让我缓解又一次折磨我的肠胃危机。时间飞逝,回到旅馆,受累于这趟外出,我倒下了。这趟远足很艰辛,但我成功地打发了漫长的一天。

晚上十点左右,救护车来了。两名司机和那位护士看上去很疲惫。我看着他们毫无食欲地吃着一份我认不出是什么的食物,接着我们达成一致：他们先睡上三四个小时，我们凌晨三点出发。护士看上去不太随和，捏了捏我的皮肤。"您有些脱水，要多喝水，喝很多很多水。"我很愿意喝水，但我向她承认，可能是疼痛引起的某种遏制，我从早上开始几乎没有小便。"多喝水，您会小便的。"这就是这个煞有介事的女人的命令。说完这些安慰人的话，我们就分开了。

凌晨三点，我下楼时，夜色中宽大的救护车引擎已经预热，在酒店院子里散发出一股呛人的汽油味。他们把我安置在担架上，护士坐在我近旁的位置。要说我现在情绪很高，肯定瞎扯。我曾经发誓到德黑兰途中不搭任何车，现在我要羞愧地食言，腹中着火，坐着四个轮子走回头路。我又想起在苏舍里前碰到的那个司机，建议我坐上他的救护车，我还充好汉，戏谑地回答道："现在还不需要，也许以后吧。"现在应验了，我不嘲笑也不充好汉了。我一边小心翼翼把屁股挪到垫子上，一边暗暗发誓，一定要重返这里，就在不久后。夜里，我又开始合计：回巴黎经过三周或一个月的修养，我体力恢复，有可能直接飞到埃尔祖鲁姆，跳上一辆公共汽车到我摔倒的地方，重新上路，仿佛一切都没有发生过。我甚至还想到了一个好处，这番意外的耽搁，能让我在秋天穿越伊朗，正好避开遭罪的炎热。但我不得不正视现实，想入非非未必管用，我无法抹去被护送回国的苦涩。

从城里坑坑洼洼的道路出发，我痛得直叫唤，肚子又硬又胀，自从这场痢疾以来，似乎还从未这般痛过。每当汽车轮胎陷进路面凹坑，强烈的撕痛感便放射到全身，如遭了电击一般。救护车开得还算平稳，尽量避开车辙凹坑，但这些道路混乱无序。我们出发还不到一个钟头,难以忍受的冲击已经摧毁我的意志。尽管我想勇敢地默默忍受,但每次强烈的颠簸晃动我身下的担架时,我就痛得直叫唤。救护车便放慢速度,但照这个速度,两天后我们才能到达伊斯坦布尔。

我能挺得住吗?通常我很能忍受疼痛,但折磨我的腹痛似乎有点复杂。肠子的绞痛引起前列腺肿胀,继而引发小便阻塞。腹痛之外还要加上这难以启齿的折磨,让我备受煎熬。如果是一种光荣的病痛,忍受起来更容易一点。比如说挨了PKK的一颗子弹,或掉入沟壑摔断了骨头,我可以打着沉重的石膏,绑着带血绷带,昂着头回去,仿佛这就是胜利的桂冠。但我并不是挨了枪子,而是羞于启齿的地方出了问题……有苦说不出。

我们开了一个多小时后,我决定试着小便,因为尿意十分急迫。但事情有点复杂,就像小孩子说的那样,我还要拉粑粑。我心想怎么会这样呢,四天来我几乎没吃什么东西。护士当然什么都考虑到了,她从壁柜里拿出一个圆形尿盆放在车厢后部,让我凑合一下。我虽然不是那么一本正经,但也不愿意在她面前暴露私处。我这么对她说了,她就坐到前面去,把头转向司机。一场艰苦战斗开始了,因为虚弱,站立时我已经很难保持平衡,现在蹲着,更像在特技表演。尽管我紧紧抓住扶手,这辆棺材般的救护车在加速或偏行时我还是不停东倒西歪。等我好不容易找到稳定的姿势,尿盆又在地上滑动,锃亮的塑料地板,像舞池一样光滑。经过一刻钟的折腾,我筋疲力竭,倍感羞辱,把空盆子交还后躺了下来,被彻底击垮。

路上很大一部分时间,护士跟我之间展开了一场博弈。她一定要我多喝水，以缓解我明显的脱水现象。而我在撒尿问题没有解决之前，坚决拒绝，我的小腹已经鼓胀得十分吓人。过了埃尔祖鲁姆，路况好了些，很少颠簸。我们时不时停下，让司机喝口水，换个人开车。护士坚持要我喝水，不怀好意地捏我手臂的皮肤，以证明我的脱水状态，并反复说我要为这种恶性循环负责。她说如果我喝了水，体液得到补充，就会有小便。折磨人的口渴，诱使我试了试，我喝了几杯茶和一罐果汁，但除了肚子更加鼓胀，什么也没有发生。

我不时从垫子上直起身子，鼻子贴着救护车的小窗子，看着急速掠过的景色，前些天我以步行的节奏欣赏过它们，我认得它们。但现在不同，一座城市、一个村庄不可能被飞快移动的目光抓住，要带着爱意慢慢接近它们。

午后，我总算睡着了一小会，很快又被腹部即将爆炸的压迫感弄醒，我小腹的每一寸皮肤紧绷到即将裂开。护士又要我喝水，我把她赶走，这次我绝不让步。这讨厌的女人后来再也不跟我说话。

眼睛盯着挂满钩子和绳子的救护车天花板，我试着从这个塑料和金属的世界中逃离，专注于未来的事。我会很快到达伊斯坦布尔，然后是巴黎，然后回到家里。我又能见到我的孩子们和朋友们，享受诺曼底乡村抚慰人心的宁静。几周后我就可以重新站直，准备新的冒险。如果处理及时，我的伊朗签证不会有问题。自从我的霉运开始以来，我就有个执念：要在多乌巴亚泽特前面一点，正好从我倒下的那个地方重新上路。那条路以及我身前身后光秃秃的山丘，平原上几棵在太阳下树冠发黄的白杨树，山脚下的小溪，甚至我狗啃泥跌倒时悬崖边的小草，一切都像精准的照片刻在我的记忆里。我抓住它们就像抓住一个希望，只有在我迈出第一步时，我才能抹去这四天来的噩梦。

其实，我没有太多要抱怨的，他们会救治我。而从前商人和沙漠旅人在丝绸之路上倒下的话，除了在条件极差的原地等待，等到克服疾病后继续上路之外，没有别的办法。而我，几个钟头后，就可以在伊斯坦布尔的某个诊所得到精心照顾、恢复进食、重新站立。

但眼下还不到时候。随着时间流逝我越来越烦躁，觉得司机开得太慢。当疼痛过于强烈，我请护士给我打一针吗啡。她没有这东西，我就咆哮："去买呀！"尿路阻塞导致的压力让人无法忍受，我多次尝试，没有一种姿势能让我有片刻缓解。我蜷缩在担架上，受尽煎熬。护士要在我臀部抹一层能让我安静下来的膏药，我看不出这有什么关联，但只要她保证能缓解我的痛苦，涂满全身都行。尽管我讨厌向她露出屁股，还是准备随她的意。万能的软膏没有带来任何改善。天黑了，我甚至不能抬起身子看车窗外的风景。我只有一个念头，快点到目的地，"快点，再快点"。我总觉得救护车拖拖拉拉，救援小组把我看成一个找麻烦的人，甚至都懒得回应我。我提出沿路找一家医院让人给我导尿，让这种痛苦结束。他们安慰我说马上就到了。

他们可以想怎么说就怎么说，而我被痛苦缠绕，不知现在到了何处。要是白天，我还可以看一眼我的手表，但在夜里，没有眼镜，我甚至丧失了时间概念，时间停滞，在我受尽折磨的躯体内悠闲踱步，一路上切碎我的内脏。越来越繁忙的交通，让我生出希望，伊斯坦布尔应该不远了。为了在车流中开道，司机不时拉响警报器。肚子胀得我好几次就想这么躺着撒尿算了。如果我能做到，我就在担架上当着这个凶巴巴女人的面撒尿，肉体的痛苦多么能摧毁人的尊严。我被彻底击垮，有两三次陷入昏睡，可惜持续时间太短。经过不断腾挪，我终于找到一个略能缓解痛苦的姿势，四肢趴在担架上，但每遇颠簸还是会痛得叫出声来，我几乎对一切失去知觉。除了折磨我的肠子和膀胱，渐渐又加上了另一种折磨：屁股上的烧灼感，还有一种湿漉漉的感觉。

救护车在路边停下，抛锚了？不，是护士下车，由司机中的一位接替，她回家了。她是对我这个讨厌的病人生气了，还是觉得我已经神志不清？她走的时候甚至没有和我说再见。我欣喜地看着她离开，因为她说过她住在伊斯坦布尔，这就说明我们终于到了。但伊斯坦布尔太大，最后几分钟无比漫长。我们穿过博斯普鲁斯海峡大吊桥，救护车拉响警报、开辟道路。尽管天色已晚，交通依然繁忙。我们终于离开马路，拐进灯火通明的医院。我虚弱无力，躺在担架上被人搬运到一辆平板推车上，塞进电梯。一名矮胖的梳着漂亮大辫子的金发女子领着刚才那名司机，把我带轮子的病床推进一个房间。司机兼男护士逃走了，着急回到自己的床上，这两天的疯狂驾驶，已经让他筋疲力竭。我对一名会讲几句英语的医生解释了我的感受。他给我做检查，我刚一露出屁股，他就叫起来：

"你这儿是怎么回事？"

我看不见，不知道怎么回事。

"怎么了？"

"你被灼伤了！"

"有人给我涂了一层膏药。"

"你严重过敏，你还记得那个药品的名字吗？这可不太妙……"

真是什么倒霉事都碰上了。过了一会儿，一位医生出来给我导尿，难熬的时刻。接着我回到一个单人房间，终于放松下来。我看了一眼厅里的挂钟，我们花了二十三个小时，横穿整个土耳其。我现在终于知道，痛苦超过一定程度，死亡并不可怕。

吗啡产生的慵懒感很快包裹了我。经过狭窄担架床上的一路颠簸，医院有些坚硬的病床，我却觉得像羽绒般又深又软，我终于睡着了。

我醒来时早上六点，睡得不多，不过足以恢复精神。我有点头晕，在床上小便的感觉很不爽，那该死的护士给我涂的软膏引发过敏，皮肤肿胀，无数小泡渗出黄色恶心的淋巴液，沾到床单上，干了后变成硬邦邦一块。虽说这样十分不舒服，但比起我昨天遭的罪，不足挂齿。乐观和幽默又回到我身上，我的样子还不太中看，但我活过来了。阳光灿烂，我听见护士们在走廊里忙碌，她们也许很漂亮。结果令人失望，第一个推门进来的是个矮胖男人，来打扫卫生。他当然也叫穆罕默德，完全无视我的存在。过了些日子，他变得友好起来，他表面的冷漠，实则是一种胆怯，我会设法消除。

八点左右，一群穿白大褂的男人给我做检查。土耳其语的结论由一名法语说得不错的外科医生梅廷·萨彦翻译。痢疾引起的强烈反应和疼痛，让医生放弃了进一步的触诊。必须手术切除某段肠腔，此外还有前列腺引起的尿潴留（这个我已经知道）和神奇软膏造成的过敏，所有这些科学知识汇总起来做出的判断：我必须调养几天才能恢复到可以坐飞机的状态，然后尽快在巴黎做手术。眼下的当务之急，是让身体尽快复原，因为我目前状况太差，恐怕难以承受从伊斯坦布尔到法国的四小时飞行。

医生们离开了，我的情绪一落千丈。手术？那就意味着需要几周时间的住院和休息，这么长时间不能活动，我的体能就要降到零。术后的恢复时间加上最基本的康复训练，河水早就从幼发拉底河流走了。我八月底重返多乌巴亚泽特的计划，现在看上去越来越悬。但最令我担心的还是我的前列腺问题，因为明年我还要在沙漠中徒步。

保险公司的联系人吉奈医生来看我，他倒是个彻底的乐天派。

"你的前列腺没有问题，只是前列腺炎，一过性的临床发作，很快就会过去。剩下的问题，我们很快会为你解决的。你现在住的'瓦当'（祖国）医院，医生水平很高。我预定了一张四天后去巴黎的机票。"

我乐意相信他的诊断是正确的，因为一想到要长期受前列腺问题困扰，我就郁闷。人老得艰难就是表现在这些不起眼的小事上，这些身体上的现象每一样都逃不掉：视力下降、膝盖难弯、腰痛持续、白发掉落、关节刺痛……这么多小毛小病偷偷潜入，在通往所谓的"最终归宿"的曲折道路上留下标记，我觉得"最终归宿"这种说法有点愚蠢。在我被中断的旅途记事本上，我写下作战方案：我回到巴黎，立即手术，两个月后又能重新出发。我必须在九月十五日左右动身，赶在严寒和大雪到来之前离开山区。因为在海拔两千两百米处，雪下得很早。十月底，最迟十一月十五日左右，我就可以到达德黑兰。

我受到了美丽的拉比娅的探视,这位土耳其朋友即将嫁给幸福的雷米。她友爱的探访,是我两个多月来第一次与亲朋好友的接触,终于可以讲法语了,这一切温暖着我的心。拉比娅告诉我她爷爷是库尔德人,东部某个部族的首领。她也希望这场战争早点结束,安纳托利亚的经济发展能最终带给这个地区的和平与昌盛。我说,也许对奥贾兰的审判,是结束冲突的唯一机会?不过这需要议员们有足够的政治眼光和足够的勇气,拒绝投判奥贾兰死刑的票。这个人既是土耳其人最憎恨的人,也是库尔德人最遵从的人。

关于她的婚礼,将会是一场世俗婚礼。我问了她有关穆斯林的一些婚姻习俗,其实特别简单,只要有三个人在场即可:结婚双方以及一名第三者,类似见证人。这人可以是阿訇,但不是必须。见证人问未来的丈夫:"这个女人值多少钱?"男人报出一个按金币计算的价格,他们就算是结婚了。如果日后男人后悔了,他只要重复三遍这句话"你走吧",就算是离婚了。男人唯一的责任,就是必须支付他婚礼时给出的价格。

我在纸上划拉着有关丝绸之路的计划来打发时间,在乐观情绪(我要行动起来,不久就可以出发)和悲观情绪(你就是个死老头,从此以后只能参加旅行团)的交替中,在医院柔软的氛围里天马行空,构想着不着边际的计划和方案。我的痢疾肯定是喝了不洁的水或吃了变质食物所致。迪亚丁那家肮脏的餐馆纠缠着我,现在很清楚了,那个擦洗地板的家伙也负责洗碗。最近几周的遭遇提醒我以后要多加小心，有些时候我无疑对自己的抵抗力过于自信。显然在疲惫状态下，我体内的某些病菌就像我在安纳托利亚高原游荡一样，它们也乐滋滋地活跃开来。随着第一个阿米巴虫经过，一场血色婚礼拉开大幕，我高估了自己的力量。为什么？因为我想逃避衰老？为了向其他人，首先向我自己证明我还是个"年轻人"？有可能，一切皆有可能，即使我认为这一切都不是有意为之。

我应该老实承认：没有走到我的最终目的地德黑兰，我输了一局，但赛事远未结束。毕竟，我今年走过的一千七百公里证明我不缺力量和坚韧，我有足够潜力能一直走到中国。在这样的一次长征中，在这样漫长的孤旅中，生将远去，死将来临，但前者还有些胜利待撷取。我深知后者终将战胜前者，但在等待中，我暂且藐视死亡，我这段一万两千公里的长征才刚开了个头。

这段思绪让我回想起去年在孔波斯特拉朝圣路上的一次难忘经历。有个晚上，在勒皮（Le Puy-en-Velay）附近的一个小客栈里，有位小个子男人对我说："到了七十六岁的年纪，我觉得自己的精力大不如从前，我要利用还剩下的这点力气，完成几项我一直很上心的计划：今年走完孔波斯特拉朝圣者之路，明年去攀登勃朗峰。再后面，我就做点我力所能及的事。"我比他先到达孔克，我在那里休整一天，他赶了上来。他的鞋出了点问题，但他解决了。他看上去精神抖擞，比我先出发，后来我再也没有赶上他。我不时在一些小客栈，听别人说起有个小老头，走起路来像一阵风。

我很想一直走到中国，也一定会回来，为了所有我爱的人，为了在村子墓园里等着我的我的佩内洛普①。然后，我就做些力所能及的事。生活，在面前，不在身后。这趟旅程的准备和实施，是一次不可思议的头脑风暴，是一段新生命的诞生。在土耳其行走的这一千七百多公里，即便后来出现意料之外的停滞，仍然是一趟令人惊叹的旅程。从最边缘的乡村到埃尔祖鲁姆大学，我遇到过那么多热情友好的人，让我一直心存感念。行走在历史如此丰富的大地，我与世界紧密相连。一路上这一处那一处，总有那么多幽魂与我相伴：有特洛伊战争的英雄、有金羊毛勋章、有奥斯曼帝国、有帖木儿的"上帝之鞭"军队，有发明了戈尔迪绳结②的戈尔迪翁和他的儿子们，以及斩断绳结的亚历山大大帝，有恺撒大帝……现实与传说中的所有这些人，都在我身边，陪伴我的每一步，每一缕思绪。至于风景，那些辽阔的原野、高山深壑，我丈量过的隘道、草原，它们朴实无华的美丽深深印刻在我眼底。

如果说这片土地丰富的往昔令我倾倒，土耳其的现状让人不敢恭维。阿塔图尔克领导的变革遭遇阻碍，巨大的贫富差距使社会固化，宗教无处不在。西部的富人巴不得比欧洲人更西化，而东部的穷人只能从宗教和游击战中寻求慰藉。这个国家需要另一个阿塔图尔克，但今日之土耳其还能产生这样的领袖吗？当年苏丹时代的"欧洲病夫"土耳其社会僵化，在僵硬制度的重压下，社会分崩离

---

① 希腊神话中尤利西斯忠贞的妻子，一直在等待丈夫的归来。这里指作者已经去世的妻子。
② 传说在戈尔迪卫城的宙斯神庙，庙内有一辆战车，车辄和车辕之间用山茱萸绳结成一个绳扣。几百年来，智者和能工巧匠几经尝试都不能解开，被称为"戈尔迪乌姆之结"。神谕说：谁能解开这个绳结，谁就能成为亚细亚之王。公元前334年，马其顿的亚历山大大帝来到这里，挥剑斩断了绳索。

析，无力化解矛盾。而今天的土耳其则左右为难，身处东方却向往西方，纠缠于无数相互对立的势力中：被欧洲吸引，社会却保守；极端民族主义、军队的暴力传统以及宗教上的自闭，让国家左右摇摆，犹疑不决，难寻定位。

曾经的苏联和一些亲土耳其的国家为其提供了经济和外交扩张的空间，但它似乎并未从中获益。决定自己到底属于西方还是东方，土耳其需要经历痛苦的重新审视。亚洲并不是如地理学家说的那样，从博斯普鲁斯海峡那端开始。在每个家庭，西化和受过教育的男人，与背负日常劳作的枷锁、远离知识的妻子之间，存在着割裂。在伊斯坦布尔或安卡拉，有着文凭、秀发飘逸的女孩，与土耳其或库尔德乡村无知的、戴着面纱、几乎生活在中世纪社会结构中的妇女之间，存在着巨大的鸿沟。

这个国家经历过的两次重要事件，如果能在国家内部深入探讨的话，也许能让土耳其重新定位。第一件就是欧盟多次拒绝土耳其加入，在舆论界和政界引起相当多反响；另一件就是对奥贾兰的审判。这两件事的深刻含义，在于明确提出了对内与库尔德人、对外与希腊人的和平问题。这是土耳其的两大宿敌，军队主张用暴力解决问题，无疑加剧了土耳其的孤立和贫穷。免于处决奥贾兰，以及一九九九年八月在伊兹密尔地区遭遇可怕大地震时与希腊的相互接近，又让人心生希望。

当然，对于我这样一个超脱于历史背景的西方人来说，很容易下一些武断结论，我尽量避免，因为我真能彻底理解吗？我去那些条件极差的村庄到底寻找什么？我是去寻找穷人们不放在眼里的过往，因为他们更在乎他们所没有的东西。而他们没有的东西，正是我这个富有的西方人拥有却又想摆脱的东西。

在瓦当医院407号房间，我探究哲理、回顾旅程、准备下一趟行程，在我的小学生练习本上画出等待着我的线路。通过出发，我想进入世界深处。但是这个世界愿意让人深入进去吗？我在道路尽头能找到智慧吗？抑或我在死亡抓住我之前，空等智慧上门？出于爱好和需要，我是个主动的人，但在我勾画的这条缓缓而行的道路上，我需要寻找宁静、沉思、灵魂的清静。当然它们不会一下子涌来，不会躲在西安城墙的阴影里等着我的到来，然后突然现身。它们是在途中，在小径或大马路上，在城市，在与人的相遇中，在我还将继续编织的几百万步中，来帮助我从容安放我生命之墙的最后一块石头。

在我之前，还从未有人徒步过完整的丝绸之路。自马可·波罗以来，你们会这么说……但我并不想寻求什么壮举伟业或英勇功绩，我更多迫使自己慢慢消化我的一生。很久以来我一直在寻找自我，这次旅行向我揭示了什么吗？我必须谦卑地承认我还是跟原来一样，然而在某些瞬间，我有过那种通向永恒的感觉。也许你们会说这真有些夸张，但辽阔得一望无际的安纳托利亚大草原，很容易让人陷入幻想，出现与神灵相通的感觉。还有一件事：如我不断践行的那样，心怀愿景，竭尽全力践行，如果你愿意仔细思考，通往无限的大门将很快为你打开。

经过这些天的孤独，我更加确信人只有在努力、逆境和特殊情形下，才是真正的自己。不过我身上的斯多葛派还是战胜了我向往成为的伊壁鸠鲁派。真正的迟缓意味着放弃，我很少放弃。出发前我就会规划好一切：行程、在哪里停留、参观什么……今天，我决定在多乌巴亚泽特和撒马尔罕之间，不制定行程表。

撒马尔罕……自从我第一次读到它，仅是这个城市的名字就已填满了我的梦想，给了我勇气。为了抵达那里，我需要再次面对安纳托利亚的高山、遍布蚊虫的沼泽；需要穿越德黑兰和荒凉险恶的沙漠；在布哈拉停留，那里残暴和疯狂的埃米尔们的幽灵还在游荡。

几小时后，一架飞机将把我送回巴黎。但我的心留在了多乌巴亚泽特路边某个确切的地方，在我的另一生，我倒在了那里。几周以后，如果身体情况比我想象的严重，那就几个月后，我将重新在那里留下我忠实的大头皮鞋的足迹，然后面朝东方，拿起登山杖再次出发。我的前方，是一万公里的未知。